湘东文史资料第九辑

——政协萍乡市湘东区委员会◎编

风范荟萃

湘东艺文录

中国文史出版社

图书在版编目（CIP）数据

风华荟萃：湘东艺文录 / 政协萍乡市湘东区委员会编. —北京：中国文史出版社，2024.7. —ISBN 978-7-5205-4720-8

Ⅰ. I218.56

中国国家版本馆 CIP 数据核字第 20244RD691 号

责任编辑：王文运　　　　　装帧设计：程　跃　王　琳

出版发行：中国文史出版社

社　　址：北京市海淀区西八里庄路 69 号　　邮编：100142

电　　话：010 - 81136606　81136602　81136603（发行部）

传　　真：010 - 81136655

印　　装：北京地大彩印有限公司

经　　销：全国新华书店

开　　本：787mm×1092mm　1/16

印　　张：20

字　　数：265 千字

版　　次：2024 年 10 月北京第 1 版

印　　次：2024 年 10 月第 1 次印刷

定　　价：78.00 元

序

何 超

　　萍水西流，屏山东望。"湘东市外，黄花桥侧，好山都展银屏。"湘东自古人文荟萃、山水迷人，引来了张九龄、黄庭坚、范成大、朱熹、查慎行等一大批文化名人在此驻足吟咏。到今天，此中山水更加壮丽，是一个充满着诗情画意、留得住乡愁的地方。

　　湘东不只山清水秀，更是人才辈出的地方，在军政、科技、艺术等各个领域都出现了大批人中龙凤。单在文学与艺术方面，古代有简继芳、邓锡礼、颜培天等，近代有萧玉铨、汤宝城、文廷式等，现代有汤增璧、张晓耕等，当代有凯丰、黄海怀、彭荆风、张学龙等。他们或文坛精英，或书画名家，或曲艺俊杰，或诸艺兼修，或一艺耀目，不仅在当地出类拔萃，而且声名远播，成就斐然，赢得了广泛赞誉。民国时期著名的政治家、国学大师、"湖湘三公子"中的谭延闿和陈三立在题跋邓锡礼诗书册页时，将其诗与清代诗人、文学家查慎行相提并论，将其书法与道光皇帝的老师、廷考榜眼、礼部尚书、协办大学士汪廷珍放在一起比较，可见其艺术成就之高。更有文廷式的《蝶恋花》、凯丰的《抗日军政大学校歌》、黄海怀的《赛马》、彭荆风的《驿路梨花》、黄乃源的《陕北人民迎救星》、张自嶷的《安塞腰鼓》、陈启南的《玄奘法师》等，传遍大江南北，几乎达到了尽人皆晓的境地。我们拥有这么多可亲可爱的优秀人才，自当记之于册，传之于世，令其发扬光大。

习近平总书记指出："文化兴国运兴，文化强民族强。"政协湘东区文史委本着加强文化自信建设、弘扬与繁荣地方文化、促进湘东经济发展之目的，组织编写第九辑文史资料，将古今有据可查的湘东籍在文学、艺术领域的代表人物及其代表作品介绍给大家，我以为是很有意义的。它可以让人们通过了解具体的人与作品，来认识湘东在文化领域的状况和所取得的成就。这种将一个地方各艺术门类的代表人物及其代表作品全面集中地介绍给大家的做法，是政协湘东区文史委的一个具有创新性的举措，值得肯定。

在编辑此书时，编辑人员做了大量的工作，付出了很多艰辛。上门走访、查阅典籍、细心考证、筛选编排，事事都尽心尽力，可圈可点。尤其值得称许的是，此书呈现了大量以往少为人知的文艺界优秀人物和优秀作品，让湘东在各文艺领域的资料更加全面，对提升地方文化自信有相当大的帮助作用，为"实施'五大工程'、重塑工业辉煌"提供了有力的文化支撑。

（序者为中共萍乡市湘东区委书记）

目 录

辑一 诗韵悠长

辑二　文泉流淌

辑三　艺苑撷英

辑四　影音选粹

附录　阜外名家咏湘东

辑一

诗韵悠长

◎［明］简继芳

简继芳（约1546—?），字师启，别号庆源，祖籍湘东五里亭简家坳（现湘东镇樟里村）。简继芳幼年家境贫寒，潜心向学，博览群书，才智出众，聪颖过人。13岁参加童子试，萍乡县知县称为"昆山片玉"。明隆庆元年（1567）中举，万历五年（1577）中进士，为第三甲193名。任云南按察司副使，为正四品。其为官清廉，所到之处，无不称赞。后以老告归。著有《葛堂集》10卷，吉水邹之标为其作序。简继芳心系桑梓，明万历七年（1579）七月，第二次补修《萍乡县志》，简撰写《补修〈萍乡县志〉序》。明万历十二年（1585）九秋朔旦，第三次续修《萍乡县志》，翌年修成，简读后撰《续修〈萍乡县志〉序》。明万历二十四年（1596）第四次纂修《萍乡县志》，并修补弘治本《嘉定赤城志》重刊，知县陆世绩在撰写《萍乡县志·序》中，对简继芳躬身纂修之经过作过详细记述。简继芳死后，墓葬湘东喻家湾（今湘东镇黄花村），现为市级文物保护单位。

午日城楼观竞渡怀古

三闾抱屈知何处？遗恨而今作胜观。
鼍鼓碎敲谗佞舌，湘流冲激直臣奸。
独醒人处江潭冷，九畹兰凋楚泽寒。
何事贾生亦流涕，五湖烟月任鱼竿。

附：龙泉庵内厅联

地僻不堪容野马；
山深正好养潜龙。

◎［清］邓嗣禹

邓嗣禹（1627—1699），字严壶，萍乡钦风乡（现湘东东桥）人。邓锡礼曾祖父。康熙三十一年（1692）岁贡生，官吉水训导。著有《周易传义合纂》《周易会归》《周易释义》。参与编修康熙《萍乡县志》。

登严壶绝顶

偷闲时复涉嶙峋，石磴盘室迥绝尘。
到眼云烟腾霭霭，沾衣岚翠湿匀匀。
林花著雨飘香远，山鸟当风送语频。
仰止有心怀岱岳，敢云身作最高人。

◎［清］邓锡礼

邓锡礼（1713—1768），字愚若，号悔庵，萍乡钦风乡（现湘东东桥）人。自幼勤奋好学，于清乾隆十六年（1751）中进士，在吏部任吏部郎，后出任河南开封道，继调任驿盐粮道。任内清正廉洁，勤政爱民，主修河渠，抚济饥民，还曾亲率部下与民灭蝗消灾，受到百姓敬仰。因政绩显著，被提升为四川按察使。著有《周易传义合纂》《悔庵文稿》《白贲堂诗集》和书作册页传世（萍乡市博物馆馆藏），该册页（共有 17 页）诗作有"湖湘三公子"之谭延闿、陈三立后跋。陈三立评其作品云："诗既冲夷质淡，书势亦相表里。老成、典型犹可想见，流人披览，益不胜去国怀贤之感也。"

杂　诗

清夜浑无事，呼儿解杜诗。

调高神自在，情至语多奇。

感慨当时泪，穷愁万古悲。

斯人犹可见，轻薄莫相疑。

◎ ［清］颜培天

颜培天（1748—1804），字念纯，号庶轩，萍乡归圣乡（现湘东老关）人。清乾隆三十七年（1772）进士。曾任河南主考，官至福建道监察御史，诰封朝议大夫。为官 30 余年，政绩卓著，政声颇佳。曾受乾隆皇帝奖励。颜培天逝世后，嘉庆皇帝御赐一块正堂匾，题曰"清廉正直，两袖清风"。

广东石城先考煌公德政祠

堂宇望巍然，音容记昔年。

邑人思父母，孤子泣云天。

依旧全神在，因多实政传。

何时生展拜，俎豆隔山川。

◎［清］邓　寅

邓寅（1748—1784），字春皋，号晓村，钦风乡（现湘东东桥）人。乾隆丁酉拔贡，候选直隶州州判，考取四库馆誊录。旧谱原名泳询，字正叔。诗录自同治《萍乡县志》和民国《昭萍志略》。

钟鼓山

尖峰顶上对平峰，午后晴云雨后松。

想是幽岩栖佛境，高悬暮鼓与晨钟。

◎［清］邓　州

邓州（1751—1787），字靖夫，号宛亭。附监生（地方举荐进入国子监读书）。旧谱原名泳沆，字靖叔。葬草市茅坪里。诗录自嘉庆、同治《萍乡县志》和民国《昭萍志略》。

秋晚望严壶岭

苍苍秋树遥，夕阳山际赭。

烟凝秋在山，烟放秋在野。

◎［清］文　晟

文晟（？—1859），榜名凤，字梧生，号叔来，萍乡归圣乡（现湘东镇）人，后移居麻山。嘉庆二十四年（1819）举人，大挑一等分发广东，历任东安、清远、连平、海阳等地州、县官。咸丰三年（1853）以广东第一清官特授惠州知府，咸丰九年守城殉职，谥壮烈公。著有《宜亭诗草》《系言摘存》《经解》及辑《医书六种》。

归舟口号

云山风物认依稀，无限乡心伴落晖。
毕竟有情江上水，载人离别送人归。

◎［清］彭 炯

彭炯（1778—1862），字秋湖，萍乡归圣乡（现湘东腊市）人，道光十七年（1837）岁贡生，家贫好义，以教薪济灾。工书能文擅诗，清标拔俗，筑绿净山庄于里，以供啸傲，时乡贤多有唱和，享年八十有四。著有《绿净山庄诗集》。《昭萍志略》有传。

桃 源 行

偶向仙源一问津，桃花开似古时春。
室庐四面弦歌起，风景何嫌语外人。

附：腊树下上万寿宫戏台联

何须为古担忧，听檀板敲残，依然清风明月；
正好及时行乐，看霓裳舞罢，惟见水远山长。

◎［清］萧玉铨

萧玉铨（1810—1885），原名萧若锋，字梦祥，又字庚笙，美俗乡（现湘东荷尧）人。据族谱载，道光甲午县试第一名，府试第二名，入县学第四名。乙未、丁酉两试超等，补廪中式本省乡试第14名。乙巳会试第40名。殿试二甲第42名，赐进士出身。朝考二等第六名，庶吉士。丁未考试散馆二等第15名，授职翰林院编修。咸丰元年廷试御史第五名。记名以监察御史即用充国史馆协修。二年大考二等第44名。九年以知府归部选用。著有《禀宿堂文集》。

半亩方塘一鉴开得方字五言八韵

观海难为水，盈盈又野塘。

半弯将亩计，一鉴比盂方。

地辟三弓小，陂生五月凉。

新揩尘外境，微画井旁疆。

晖合金波入，流疑玉彩彰。

无私涵淡白，有象写穹苍。

此处微灵脉，何人诮滥觞。

澄清宸赏惬，砥柱挽澜狂。

◎［清］文星瑞

文星瑞（1825—？），原名星见，字树臣，归圣乡（今湘东镇）人。袭骑都尉世职，道光甲辰（1844）举人，捐分福建候补同知赏戴花翎。时值松源土匪滋事，以星瑞前随其父晟带勇剿捕长乐土匪有功奏留广东帮办军务，带潮勇七百名作为头起。岁己未其父署理嘉应州（梅州），城陷遇害。星瑞素有勇胆力，闻父凶耗，忿不欲生，誓将灭此朝食，率队迎敌，奋迅直前，枪炮刀牌齐进，所向披靡，毙敌数千，夺获器械无数，次第克复大埔、嘉应、兴宁、连平等城，迭著奇勋。抚臣黄宗汉奏请奖叙有"在该员矢志复仇，臣等应计功并奖"等语，保免补同知，以知府补用，奉旨依议，旋署罗定直隶州知州，保升道员加盐运使衔署高廉分巡兵备道，擢梅州知府，调任肇庆、梧州等地。后以子廷式贵赠资政大夫，晚年息影广州。工诗，踪追太白、少陵与东坡。论者以为："西江诗派绵绵延延，因之弗坠。"南海谭莹序其诗曰："其诗古直雄，英气磊落。清转不竭，纵横莫当。如空堂阴森，自晋旷之境；如幽涧危咽，远和雷威之琴。"南海李长荣赠诗云："诗句秋摩霜鹘健，剑声寒啸雪龙哀。"有同治九年（1870）羊城刊《啸剑山房诗钞》。诗选入徐世昌《晚晴簃诗汇》（《清诗汇》），李苏菲先生《文物小记》有记。

还　家

一客还家尽室欢，烟尘多故喜平安。
征袍染得湖山色，也当荣归昼锦看。

书《琵琶行》后

四弦弹破月明秋，红袖青衫一代愁。
多少天涯沦落客，伤心岂独白江洲。

◎ [近代] 汤国桢

汤国桢（1829—1917），字芳联，号宝城，今湘东东桥人。晚清著名国画家。常自作画、自题诗，被称为"画笔诗笔双绝"。

晴　竹（二首）

幽黛四面势纵横，倒影临风个个轻。
最是留人清静地，夕阳晴处绿窗明。

小院风来引兴长，修篁左右绿成行。
游人深爱浓荫里，坐久凭教俗累忘。

◎ [近代] 文廷式

文廷式（1856—1904），字道希（亦作道羲、道溪），号云阁（亦作芸阁），别号纯常子、罗霄山人、芗德，祖籍湘东麻山。出生于广东潮州，少长岭南，为陈澧入室弟子。近代词人、学者、维新派思想家。光绪十六年（1890）榜眼。1898年戊戌政变后出走日本，1904年逝世于萍乡。文廷式词存150余首，大部分是中年以后的作品，感时忧世，沉痛悲哀。其《高阳台·灵鹊填河》《风流子·倦书抛短枕》等，于慨叹国势衰颓中，还流露出对慈禧专权的不满，对当道大臣误国的愤慨。其所著杂记《纯常子枝语》40卷，是其平生精力所萃。有书作传世（萍乡博物馆馆藏）。

登 山

山鸟招人信口呼，登山还问意何如？
凌云直上三千尺，犹觉迢迢与我疏。

蝶恋花·九十韶光如梦里

九十韶光如梦里，寸寸关河，寸寸销魂地。落日野田黄蝶起，古槐丛荻摇深翠。　　惆怅玉箫催别意，蕙些兰骚，未是伤心事。重叠泪痕缄锦字，人生只有情难死。

水龙吟·落花飞絮茫茫

落花飞絮茫茫，古来多少愁人意。游丝窗隙，惊飙树底，暗移人世。一梦醒来，起看明镜，二毛生矣。有葡萄美酒，芙蓉宝剑，都未称，平生志。　　我是长安倦客，二十年、软红尘里。无言独对，青灯一点，神游天际。海水浮空，空中楼阁，万重苍翠。待骖鸾归去，层霄回首，又西风起。

浪淘沙·赤壁怀古

高唱大江东，惊起鱼龙。何人横槊太匆匆。未锁二乔铜雀上，那算英雄。　　杯酒酹长空，我尚飘蓬。披襟聊快大王风。长剑几时天外倚，直上崆峒。

◎ ［近代］汤增璧

汤增璧（1882—1948），字公介，别号朗卿，笔名揆郑、伯夔、余波、曼华等，今湘东东桥人，晚清秀才。后升入南京三江师范学堂，以官费保送日本早稻田大学留学。追随孙中山加入同盟会，曾任《民报》（中国同盟会机关报，1905 年 11 月 26 日在日本东京创刊）副主编（主编系章太炎先生）。辛亥革命后，留寓长沙，以文自给，曾任教湖南第一师范，为毛泽东先生国文教员。抗战胜利后，寓居南京，任国民政府国史馆编纂。1948 年病逝。著有《人世之悲客》《同盟时代民报始末记》《同盟感旧录》等。

代孙中山挽刘道一诗

半壁东南一楚雄，刘郎死去霸图空，
尚余遗孽艰难甚，谁与斯人慷慨同。
塞上秋风嘶战马，神州落日泣哀鸿。
几时痛饮黄龙酒，横揽江流一奠公。

感　怀

二十年来计已差，芒鞋破钵走天涯。
不如归卧绿荫下，午梦新回自煮茶。

◎ ［近代］黄钟杰

黄钟杰（1882—1910），字再生，又作载生、直生、黄骥，湘东区湘东黄堂洲谷皮冲（现湘东区湘东镇）人。因学运被查而逃至长沙，从黄兴入兴中会，后转同盟会，为同盟会湘赣外务部成员。活动于萍、浏、醴边区，1910年在浏阳街头被捕，狱中题壁以明志，遂遇害。民国建立后，黄兴请款修烈士墓并抚恤遗属，亲书牌匾及墓联（见附录黄兴联句），墓在萍乡城南宝积寺对面。

狱 中 诗 （二首）

无端风雨荡残舟，黄汉衣冠作楚囚。
我欲鞭露重起露，好教割破一方秋。

我将身世付尘埃，生死原来只刹那。
大好头颅向天掷，血中溅出自由花。

◎ 凯 丰

凯丰（1905—1955），男，汉族，湘东老关人。忠诚的马克思主义者和共产主义战士，中国共产党杰出的理论宣传家。原名何克全，参加革命后改名为何凯丰。他青少年时期学习用功，成绩优异，才华横溢。在武昌高等师范学校（后改名为武昌中山大学）读书期间就积极投身革命，毕业后被中共中央送到苏联留学三年，回国后先后担任共青团广东省委书记、团中央宣传部部长、团中央书记等职务，1934年1月被选为中共中央委员、中央政治局候补委员，参加了举世闻名的二万五千里长征，到延安后担任中央宣传部部长等职务，1937年8月增补为中央政治局委员。他协助毛泽东开展了延安整风运动和主持召开了延安文艺座谈会，协助周恩来领导中共中央长江局、南方局的工作，解放战争和新中国成立初期担任中共中央东北局常委兼宣传部部长、沈阳市委书记等职务。1952年奉调进京担任中央宣传部副部长（主持工作）兼中央马列学院院长职务。

抗日军政大学校歌（歌词）

黄河之滨，

集合着一群中华民族优秀的子孙。

人类解放，

救国的责任，

全靠我们自己来担承。

同学们，

努力学习，

团结、紧张、严肃、活泼，

我们的作风；

同学们，

积极工作，

艰苦奋斗，英勇牺牲，

我们的传统。

像黄河之水，

汹涌澎湃，

把日寇驱逐于国土之东，

向着新社会前进、前进，

我们是劳动者的先锋！

1937年作于延安

◎ 西荃

西荃（1906—1981），原名黄序铨，男，汉族，湘东下埠人。长期从事教育工作，曾在山西、河南、江西等多所中学、师范学校、大学任语文教师。

梦

午夜的虫声怎么不会累，
风吹高树又挟着我的梦飞；
幻想的翅膀扇动缥缈的云烟，
我终于悠忽地坠入睡之谷星。

仿佛我向长空吐气如虹，
像金龙横贯着祖国的天野；
忽然散作满天璀璨的星星，
每颗星星上都系留我一句话。

让梦魂飞越过无限江山，
看云天缀上了蓝色的标语；
醒来一笑我不用什么人祝福，
战斗中的海燕勇敢迎击风雨。

（原载《群报》1945年10月29日）

◎ 修古藩

修古藩（1909—?），湘东区湘东镇人，北京大学国文系毕业。北京师范学院（今首都师范大学）中文系教授。1954年至1955年任中文科主任，1955年至1966年任中文系主任。《语文小丛书》编委。

病榻漫话后呈友人

病中苦枯寂，见君心欢喜。病榻谈心曲，拉杂无首尾。

似有千万言，欲倾胸中儡。唠叨兼慷慨，间或亦娓娓。

忆昔少年时，立志岂不伟？学海思潜游，仕宦深所鄙。

名利视蛇蝎，守穷气不靡。议论亦滔滔，欲挽狂澜水。

嗟嗟岁月驰，时光不我与。有志贵躬行，空谈徒自毁。

今逢盛世时，人人思奋起。齐奔新长征，劲道相与比。

八十白头翁，意气岂能馁？自应供余年，有所作为尔。

总理焦烛喻，平凡见奇伟。光照人世间，万古不磨理。

◎ 张自旗

张自旗（1928—2015），曾用笔名陈夜、白草青、司马长，男，汉族，湘东排上人。主任编辑，江西省作家协会会员，中国散文诗学会会员。1943年开始发表文学作品。20世纪40年代在江西、广西、浙江、上海等地报刊发表了大量诗歌、小说、文艺评论、散文、随笔以及通讯报告、时事评论，并主编了党的地下文艺刊物《人民的旗》。20世纪80年代恢复文学写作，发表诗歌、小说、散文、随笔、文艺评论数百篇。散文诗集《寻梦者手记》获江西省第三届谷雨文学奖。与李耕、矛舍合著诗文集《老树三叶》。

寻梦者手记（摘录）

龙

那份昂首睥睨的高傲，

那股岿然不动的固执，

几千年了，定格为巨大的图腾。

秦时明月汉时关。呼风唤雨佑民的神灵哪里去了？空剩有君临天下狰狞的威仪。

久久蛰伏于空旷的黄土地。是咀嚼昔日的荣华吗？关隘已闭。可曾独享一个安详的梦？

读你一个世纪。遍体鳞伤。有苦涩的泪。

莫效一枕黄粱，莫唱壶中日月。听，警钟正在鸣响。

打开所有封闭的门吧！让自由的空气注入你僵硬的躯体，再造青春的活力。

当咸湿而清新的海风吹来，你当腾空而起，搏击于大海的惊涛骇浪中！

死的花枝

长久地祈求着等待着春的温柔的抚慰。

阳雀飞来了，报告春已来到山的那边。

激动而难耐的时刻！

最后的而又严峻的时刻！

它终于倒下了。像跋涉者倒在大漠的干渴里，劳动者倒在耕作的疲劳里。

它，死于严寒的威逼里。

那些迎着春风舒展四肢的伙伴，声声叹息：

只要信念与理想和着血液流淌，严刑与凌辱，无法使你低下高昂的头：

只要生的意志顽强地在，死神，也会远远避开！

◎ 姚茂初

姚茂初（1937—2009），号抱瓶老人，湘东区湘东镇人。中华诗词学会会员，江西诗词学会名誉理事，萍乡市作家协会顾问、诗词学会顾问、民间文艺家协会顾问等。曾从事教育和文史研究工作，收集整理地方史料出版达 80 余万字。对诗文情有独钟，有诗集《蝉之韵》《鸡肋集》，有中短篇小说、散文、杂记等《姚茂初文集》和长篇小说《好世界》行世。其中，短篇小说《壁像》成为萍乡首个在全国性刊物发表的作品，并获当年市政府文学创作特等奖。此后主编《萍乡山水诗词选》《萍乡当代诗词选》《萍乡戏曲唱词选》《萍乡歌谣》《武功山传说》等。

念奴娇·邓小平小道

"文革"初，邓公蒙难，强令出京，下放至江西新建县某厂做工。其宅与车间有幽径相连。公上下班即就此道。后公复出返京，当地人遂以"邓小平小道"名之。

赣中佳处，正江南春盛，芳菲时节。细柳丝丝柔拂水，
垄上喁喁鹧鸪。小道凝幽，清池薄晕，高树莺声歇。山
河有幸，曩时天赐情结。　　闻道射斗龙光，此间独见，
曾上重霄阙。北望京华云蔽日，旧恨新愁万叠。伊尹耕
莘，太公钓渭，疾首苍生血。空阶人去，尚存千古风物。

（此作品获中华诗词学会纪念邓小平诞辰 100 周年诗词大赛三等奖）

◎ 朱昌勤

朱昌勤，男，汉族，1938年生，湘东下埠人。高级记者。历任《南昌日报》记者，《南昌晚报》记者、副总编辑、总编辑，《惠州晚报》执行总编辑。曾任江西省文联委员，江西省作家协会常务理事，南昌市作家协会副主席。1952年开始发表作品，1985年加入中国作家协会。著有诗集《多彩的土地》《都市的夕阳》《想你的时候》，长诗《落户之歌》《方志敏之歌》，中篇小说集《王牌记者》，报告文学集《不安的强者》《世纪末的冲刺》等。长诗《安源山》获江西省、南昌市政府文学奖，《南昌城，英雄的城》获《解放军文艺》庆祝建军50周年优秀作品奖。

江西老表

这些典型的南方汉子们啊

这些红米饭南瓜汤养壮的汉子们

历史用井冈山权威地标明他们的高度

曾经撑着苏维埃的中国

现在却只撑起一顶老区的帽子

仿佛用来回味过去的辉煌

仿佛用来加冕一种历史

当年戴着红五星八角帽的那个湖南人

站在井冈山头大发诗兴

调动整个山河作他的词汇

结果诗和江山一起发表

老表从八角帽上读到了新的纪元

如今，倘若那个湖南籍的大诗人诗兴又发

他也许会把老区与特区写成一首诗的上下阕

老区是中国的历史特区

老表是中国历史特区的第一公民

而今这些汉子们从历史走出

学那湖南人的样儿站在井冈山头审时度势

发现特区原来就在井冈山不远处

山下有条拐了许多弯子的路

线装着一部史书的两个辉煌章节

关联着区间半世纪的两个历史驿站

于是乎他们摘下老区这帽儿向历史摇出信号

他们在寻找一种加速度

以求尽快跑完老区至特区的行驶区

这些红米饭南瓜汤养大的汉子们啊

总在历史驿道上不倦地跑啊跑

（原载《人民日报》1992 年 6 月 9 日）

◎ 段晓华

段晓华，女，汉族，字翘芝，号颖庐，1954 年 3 月生，湘东下埠人。1985 年硕士研究生毕业，留校任教。现就职南昌大学，教授，人文学院文献学硕士点负责人、古代文学硕士点导师。兼任江西省高校古籍整理研究委员会副主任、江西省高校古代文学学会副会长。主要学术研究范围：中国古代文学、文献学、禅宗文化研究。诗词创作始于 20 世纪 80 年代末。

南柯子·红豆

的历红珠子，缠绵墨客词。无端小字唤相思，赚取多情如醉复如痴。

恨罢闲抛久，愁来细数迟。山盟海誓也参差，只有彤心一点似当时。

（原载《中华诗词》2012 年第 6 期，入编中华诗词学会诗
词类编之《爱情诗词三百首》）

◎ 陈述增

陈述增，男，汉族，1954 年 9 月生，湘东白竺人，中共党员，大专
文化。中华诗词学会、江西省诗词学会、萍乡市诗词学会会员。爱好诗词
写作，先后在有关刊物和媒体发表诗词作品数百首，著有《南天竺韵》。

我的旧军装

一套老戎装，收存日久长。

当年深草绿，今夕浅灰黄。

曾染边关月，犹凝战地霜。

军魂依旧在，伴我共斜阳。

（此作品获中华诗词学会举办的第九届华夏诗词赛三等奖）

◎ 邬洁梅

邬洁梅，男，汉族，1955 年 6 月生，湘东腊市人。1974 年 12 月应征
入伍，2000 年 8 月从部队转业至地方工作。现为中国大众音乐协会、中

国音乐文学学会、中国音乐著作权协会会员。2012年下半年开始业余歌词创作，2016年尝试作曲，已创作歌词歌曲作品300余首，作品散见于《中国大众音乐》《青年歌声》《心声歌刊》《萍乡日报》等报刊，部分作品由中国唱片公司、中国文联出版公司、陕西省音像出版社、四川远程电子出版社等出版发行。《我为您高歌》《美丽中国》《爱在心间》《大美萍乡》《我们和胜利在一起》等10余首歌曲在全国KTV上架。先后三次获中国大众音协金奖、两次银奖，2017年被中国大众音协授予"中国大众文艺振兴先进个人"。近几年来，在陕、晋、川、甘、黑、赣、粤等地征歌活动中，多首参赛作品获奖。

万绿水，东江情（词曲）

（女声独唱）

美丽中国（歌词）

（男声独唱）

1=C 2/4

邬洁梅 词
覃家华 刘静 曲

♩=58 庄重的赞美 气势磅礴地

（5 ⅰ 7̇ 2̇ | ⅰ- | 7 2̇ 3̇ ⅰ 7 6 | 5- | 5 5 5 ⅰ 3̇ | 5- | 4 3 2 5 | ⅰ-）

3 4 5 6 | 5- | 3 3 2 3 | 1- | 6 6 7 ⅰ ⅰ | 2̇ ⅰ 7 | 6 2 2 7 6 | 5-

长城雄伟　泰山巍峨，美丽的中国，呈现出多姿的婀娜；
黄河澎湃　长江壮阔，美丽的中国，跳动着沸腾的脉搏；

6 6 7 ⅰ 6 | 4- | 5 5 6 7 6 | 3- | ⅰ. 2̇ 3̇ ⅰ | 6 5 | 6 4 3 3 2 3

蓝天飘荡　悠悠的白　云，大地盛开　绚丽的花
南方扬起　奋进的风　帆，中部吹奏　崛起的号

1- | 5 ⅰ 7̇ 2̇ | ⅰ- | 7 2̇ 3̇ 7 6 | 5- | 1 1 1 4 5 | 6- | 7 7 6 7 ⅰ

朵，青山呈　现苍翠的森　林，绿水荡　漾清澈的碧
角，东北擂　响振兴的战　鼓，西域唱　出开发的放

2̇- | 5 5 5 ⅰ 3̇ | 5- | 4 3 2 3 | ⅰ- | 3. 4 5 3 3 | 2̇ ⅰ. | 7 ⅰ 2 3

波。美丽的中　国如诗如　歌，啊，美丽的中国　锦绣山
歌。美丽的中　国城乡繁　荣，啊，美丽的中国　幸福祥

5- | 3. 4 5 ⅰ | 7 6 6 | 7 7 6 7 ⅰ | 2̇- | 5 5 3 5 3 | 2̇ 2̇ ⅰ 2 3

河，啊，风景秀丽　燕舞莺歌，春光无限　生机勃
和，啊，走向复兴　奋力开拓，前程锦绣　盛世强

5- | 2̇. 2̇ 2 3 | 2̇ 2̇ 5 6 | ⅰ- :‖ ⅰ- | 3. 4 5 3 3 | 2̇ ⅰ.

勃，春　光无限　生机勃　勃。国。啊，美丽的中国

7 ⅰ 2 3 | 5- | 3. 4 5 ⅰ | 7 6 6. | 7 7 6 7 ⅰ | 2̇- | 5 5 3 5 3

幸福祥　和，啊，走向复兴　奋力开拓，前程锦绣

2̇ 2̇ ⅰ 2 6 | 5- | 2̇. 2̇ 2 3 | 5 5 | 2̇ ⅰ | ⅰ- | ⅰ- | ⅰ- | 1 0 ‖

盛世强国，前　程锦绣盛世　强国。

◎ 张安华

张安华，男，汉族，1957年7月生，湘东区湘东镇人。武汉大学法学学士，中国社会科学院经济学博士，硕士、博士研究生导师，中国作

家协会会员，中国戏剧家协会会员，中国摄影家协会理事，2011年"全国五一劳动奖章"获得者，第一个登顶珠穆朗玛峰的江西人。1987年开始发表文学作品，出版长篇小说、中短篇小说集等作品多部，累计近200万字。六场现代戏曲《月嫂》1992年3月获江西第二届玉茗花新作奖，广播连续剧《本色》获中共中央宣传部第十三届"五个一工程奖"、第三届江西省文学艺术奖，话剧小品《砸锅》2009年11月获文化部"中华颂·全国小戏小品曲艺作品大展"一等奖，小话剧《过关》2010年12月获中国戏剧文学学会"首届全国戏剧文化奖"，长篇小说《洞穴惊魂》2010年1月获全国电力系统第四届文学作品征选（专著）著作奖，小话剧《真情故事》2011年11月获第二十五届"田汉戏剧奖"小戏二等奖，三集广播剧《老镜子》（与人合作，中央人民广播电台录制）2011年8月获第十一届中国广播剧专家奖连续剧金奖，报告文学《西藏的阳光》2020年5月获西藏自治区第七届"五个一工程奖"。

汨 罗 江

从时间深处
递来一条岁月的根脉
穿起
声声斑竹
装成一卷
沉重悠远的史籍

一部悲壮，离骚着
无数只依依流淌的太阳
楚汉雄风

再版翻新着

亿万颗咏唱龙舟的泪滴

路漪涟涟

蹄花阵阵

一匹瘦马

仍在寻找着远去的主人

图腾千秋

沧桑不去

在穿天透地的号子里

浪花激越

洒一路倔强的文字

不断地长成一部

全新的《九歌》

日夜风景着

华夏的时空

（原载《人民日报》2012 年 6 月 25 日）

◎ 叶赛夫

叶赛夫，本名叶良继，男，汉族，1961 年 5 月生，湘东东桥人。江西省作家协会会员，中华诗词学会会员，中华易学研究会特聘研究员，萍乡市作家协会副主席，《萍乡哲学社会科学》杂志原主编，《乡风》杂志原主编。20 世纪 80 年代初开始发表作品，先后在《诗歌报》《诗神》《诗林》《黑土地》《星星》《星火》《创作评谭》《光明日报》《中华诗词》《文学遗产》等全国十余家报刊发表诗歌、诗词、散文、学术论文近 500 首（篇）。出版诗集《漂流瓶》、专著《格律诗学要》等。

只有白天是不够的

只有白天是不够的
你把时间切割得十分整齐
多少个日子都已经过去
而在今年夏季
却像那高山流水
让我在梦里梦见你

梦见你在我的眼睛里
行走，一条大街
干净得几乎是一尘不染
梦见你把一只火柴盒
捏碎，满天的花瓣在子夜
飞翔为灿烂的星星
梦见你不再切割
那些黑白分明的时间
让一棵树在一炉烈火中
燃烧激情

只有白天是不够的
我常常遭遇一座坟墓的
袭击，当封存的闪电

和青芒被你打开

我就梦见你：把白天笑黑

把黑夜笑亮

今年夏季的留恋

在上午，在中午，在下午

在阳光下，在雨中

我们的游船如箭，在被多情拥抱的

岛屿间穿行。它射中

桃花岛时是夏天没有桃花

我采摘一片叶子

让它明年开花。它射中

情人岛时是年份里的秋千

我和秋千握手

仿佛有许多要说的话

我知道你的名字像湖水的样子

当我们经过鸣禽岛时

我还在想着你在仙来岛上

讲述的故事。游船如箭

我问你：那座仙鹭翻飞的岛屿

唐生没有去过吗

在这里，人是岛样的绿

心是水样的情，干宝把故事设计成

无言的结局。我的结局是

回到家乡没有你没有仙女湖

◎ 王 斌

王斌，男，汉族，1961年2月生，湘东排上人。曾任企业工会宣传干事，萍乡市总工会工人文化宫副主任、主任，萍乡市人民政府驻广州办事处副主任，芦溪县副县长，萍乡市社联主席，江西省财政厅驻北京办事处主任，江西省财政厅副厅长等职。有多件文学作品在《星火》《乡风》等报刊发表。

我是钳工

我是钳工
我是生活的装配师

我挥铁锤、钢钎、锉刀
我舞扳手、钢钳、螺丝刀
——叮叮当当

我的理想——
沿着划针
走着、走着笔直的路
沿着划规
转着、转着优美的圆

我锉平、调直、磨亮

——凹凸的面

——弯曲的线

——标示△的斑痕

我拉动

锯声与情感共鸣

我旋转

拧紧每一处松动

我不是数学家

——但我的千分尺

校准着生活

每一微米的差错

我不是音乐家

我却剔除那

机械旋律中

——杂音的干扰

我是钳工

我把轴与孔

我把齿轮与齿轮

我把键与键槽

我把北京的引擎与广州的调速器

我把新疆的机梭与上海的织布机

我把力与速度

我把产品与名誉

我把我与社会

都一起巧妙地组装

我装配着我们的生活——

绕着疾转的轴承飞旋

我当然知道

聪明的电脑与灵巧的机械手

在遥远的托拉斯装配线上

微笑里藏着骄傲、手势中露出逍遥

但是我敢

——与电脑斗智

——与机械手较量

我满头大汗加速我的组装

中国与世界的公差正在缩小

叮叮当当

——我是钳工

在金属工件上

我钻掘着我的思想

我雕刻着我的灵魂

我刻画着我的理想

我用金属件和非金属件

装配着一个现代化的中国

（原载《星火》1984 年第 9 期）

◎ 赫东军

赫东军，男，满族，祖籍辽宁，1963 年 7 月生于湘东。中国作家协会会员，鲁迅文学院第六届全国中青年作家高级研讨班学员，江西省作家协会常务理事。现为萍乡市作家协会主席，国家一级作家。主要从事小说创作。从 1990 年开始，多次在《中国作家》《小说界》《儿童文学》《少年文艺》《飞天》《安徽文学》《星火》等报刊发表中短篇小说。作品分别被收入《江西新世纪中短篇小说选》《2007 年中国儿童文学精选》等十余部作品集。出版长篇小说《我不是坏孩子》《那年夏天》《少女小鱼》《谁主沉浮》《天河》。小说《讨米》曾获江西省第五届谷雨文学奖，《天河》被评为"天勤杯"江西 2022 年度优秀小说。

教女儿下象棋

晨晨，你还小
不可能知道，象棋演绎的
都是些人生必将经历的事情
我也不想告诉你这一切
曾让你的父亲触目惊心

我们还是将这一切视而不见
让我们心静如水
自在而尽情地游戏
摆开象棋，首先要懂得
马走日，象飞田

车纵横，炮轰鸣

这些最起码的规矩

然后，绿茸茸的棋盘

就是你自由驰骋的天下

你下的第一步棋，让我想起

你最初下地走路的情景

尽管异想天开，没有规矩

作为你的父亲

自然是含笑允许

同时我也坚信，你的棋艺

在涓涓跳跃的日子里

会像你的身段

成长得婀娜多姿

下象棋的时候

你要表现得不慌不忙，深不可测

还要学会不费力气就制敌于死地

如果有握手言和的机会

千万不要轻易错过

你父亲的这些心思

就好像我唇边的微笑

相信你届时都会懂得

作为你的父亲

我是你成长的土壤

思想的麦穗，通过我们的劳动

一定会进入你的心灵
从而具备在僵局取胜的绝技

但是田野里的风很大
界河里的浪很高
这个时候，你的精神
就必须是一把利刃
为自由而拼杀
是你能辉煌的唯一武器

（原载《中国作家》1994 年第 3 期）

◎ 丁顶天

　　丁顶天，号一粿，男，汉族，1963 年 11 月生，湘东东桥人。湘东区"丁顶天书法名师工作室"主持人，被中国诗歌春晚评为 2023 年度十佳辞赋家。现为中华诗词学会会员，江西省诗词学会理事，江西省诗词学会辞赋专委会常务副主任，江西省书法家协会会员，萍乡市诗词学会副会长，湘东区书法协会主席。2017 年获《书法导报》全国第二届手卷书法作品展三等奖，2018 年获江西省书法家协会首届"边山资本杯"行草书作品展三等奖，2019 年获中华诗词学会全国第二届"沈鹏诗书画奖"（诗书类）一等奖，2020 年获中华诗词学会与湖南省文联、湖南省作协联合举办的国际首届"汨罗江文学奖"九章奖，2021 年获《诗刊》社举办的首届"司马相如杯"中华辞赋赛二等奖。诗书作品散见于《中华诗词》《中华辞赋》《书法导报》《中国教师报》等报刊。著有《苍苔集》，与人合著《萍乡三友辞赋选》。

庚子春临屏寄友

垄上寒梅开未开？居家日久犯疑猜。

知君静享乡山好，难寄一枝春信来。

（原载《中华诗词》2021 年第 5 期，入编中华诗词学会诗词类编之《爱情诗词三百首》）

【正宫·小梁州】芒种节闲唱

也未清闲也未忙，胜似平常。不锄菜地不插秧，笑这般无聊状，何意竟彷徨。【幺篇】哼支小曲心儿荡，对轩窗也么一任我情狂。人已痴，星犹亮，月生凉，恁是睡难香。

（原载《中华诗词》2023 年第 2 期）

粉 笔 赋

夫粉笔者，三寸纤纤玉体，一腔淡淡柔情。随心化迹，独立特行。虽多磨难，却少逢迎。无颖毫之秀，不作文房之宝；少钢笔之奇，难添雅士之荣。铺路碎身，筑前程以为学子；化尘成土，培桃李以助园丁。

考其源本，说其新盟。黑炭枝，壁记陈年之事；彩粉石，崖摩围猎之珍。及至石膏和水，钢模塑身。一支娟秀，五彩调匀。红如烈焰，绿似新春。更见莹胜玉，白耀银。蓝绘海，黄点樱。设其来日，墙挂莹屏白板，手持电子仿真。不尘不染，可缩可伸矣。

噫嘻！成图千幅，书字万行。逻辑精推演绎，文辞细品商量。书画之华，凭其描绘；诗歌之彩，借此弘扬。盛赞诸朝俊采，点评历代华章。颂今贤之精妙，说先哲之优良。修异国之文，学西海领先科技；述近代之史，骂外邦贼寇强梁。助文明以传播，得正义而伸张。

至于挥洒成文，抹涂无迹。身后化尘，字难编籍。默默兮唯近讲台，谦谦兮不粘缣帛。损形而不吐怨言，得意而常描新画。图桃李枝青兮，染园丁鬓白也。

（原载《中华辞赋》2017 年第 12 期）

◎ 杨有花、王小荣

杨有花，笔名杨泱，男，汉族，1967 年 10 月生，湘东麻山人，文学爱好者，江西省书法家协会会员。小说、散文、纪实、杂论、赏析等作品散见于《萍乡报》《乡风》《苏州日报》《演讲与口才》等报刊。小说《正声》荣获"国土资源杯"萍乡市首届公务员才艺大赛（文学作品比赛）银奖；歌词《良好的习惯早养成》在 2007 年中国音乐文学学会、中国大众音乐协会举办的全国第二届校园歌曲、歌词创作选拔活动中荣获二等奖，被中国戏剧出版社《创作实践与教育理论》一书收录，并刊登于 2008 年第 3 期《心声歌刊》。2010 年双胞胎姐妹王婵、王娟演唱此歌，获得首届"校园时代"全国青少年电视才艺展演金奖。

王小荣，男，汉族，1974 年 4 月生，湘东排上人。自 1999 年与中国唱片广州公司颂今音乐工作室签约推出其词曲唱代表作《祝你成功》以来，陆续创作、演唱大量诗词、歌曲，数十首作品在全国、省市级大赛中获奖并被收入书籍、制成光盘出版发行。创作制作的 12 首歌曲由两届 CCTV 少儿艺术电视大赛声乐类金奖得主、央视"非常 6+1"最佳参与奖获得者王婵、王娟演唱并摄制成卡拉 OK 版 DVD 专辑《阳光女孩》，由南京音像出版社公开上市发行并成功举办光盘专辑签售演唱会。歌曲《良好的习惯早养成》（作曲）刊登于《心声歌刊》，在全国第二届校园歌曲、歌词创作选拔活动中获得二等奖，被中国戏剧出版社《创作实践与教育理论》一书收录。

良好的习惯早养成（词曲）

（王婵、王娟 首唱）

杨有花 词
王小荣 曲

1=E 2/4
♩=72 热烈、欢快地

（5 i i i.5 | 3 3 4 5 | 2 6 6 6.5 | 4 4 3 2 | 3 3 4 5 5 6 | 5 5 4 3.2
6 4 4 3 2 2 2 1 | 1 - ） 5 i i i.5 | 3 3 4 5 | 2 6 6 6.5 | 4 3 2

琅琅的书声　爽爽的风，　我们的校园　多温馨，
青青的草儿　红红的花，　假日的公园　美如画，
蓝蓝的天空　白白的云，　美丽的家园　多欢欣，

3.4 5 5 6 | 5 5 4 3.2 | 5 3 3 2 3 4 | 5 - ‖ 6 4 4 3 2 2 1 | 1 -

天天带着　方便袋，　废弃物品装袋　中。　马上捡进垃圾　桶。
路边有个　酸奶瓶，　　　　　　　　　　良好习惯早养　成。
不乱吐啊　不乱扔，

神气、自豪地
（5 6 5 6 7 6 7 1） 2.2 1 2 | 3 （1 2 3） 4 4 3 2 2 1 | 3 4 5 | 6.5 4 3

老师笑吟　吟，　夸我是文明的　小学生。　爸妈笑吟
大家笑吟　吟，　夸我是爱护家园的　小公民。　不乱吐乱

0 2.2 | 1 2 3 | 2 2 1 7 7 5 | 1 2 3 | 0 6.5

老师笑吟　吟，　　　　　　　　　　　　　　爸妈
大家笑吟　吟，

2 （4 3 2） 6 4 4 4 4 3 | 2 2 1 1 | 6.5 4 3 | 2 （4 3 2） 6 4 4 4 4 4 3 3

吟，　夸我是文明的　小市民。　不乱吐乱扔，　我是那护家园的
扔，　我是那爱护家园的小主　人。

4 3 2 | 6 2 2 2 2 1 | 7 5 6 1 | 0 6.5 | 4 3 2 | 6 2 2 2 2 1 1

笑吟　吟，　　　　　　　　　不乱　吐乱扔，
吐乱扔，

2 2 1 1 | 6 4 4 4 4 3 3 | 3 - ∨ | 2 2 1 1 | （i 0 0 ）

小主　人　我是那爱护家园的　　小主　人。

7 5 6 1 | 6 2 2 2 2 1 1 | 1 - ∨ | 7 5 6 1 | 0 0

◎ 李禹平

李禹平，男，汉族，1969 年 11 月生，湘东下埠人。江西省诗词学会理事，江西省楹联学会理事，萍乡市诗词学会副会长，萍乡散曲社社长，湘东区诗联学会会长。爱好琴棋诗词，有作品散见于诗联杂志及《江西政协报》。

【中吕·山坡羊】走进瑞金瞻仰毛泽东同志旧居

香樟繁茂，公房简陋，一桌一椅人怀旧。住山沟，患民忧，星星灯火三更后。红日东升霜露抖。他，豪气走；咱，仰望久。

（原载《江西政协报》2023 年 8 月 11 日）

◎ 周志刚

周志刚，男，汉族，1975 年 11 月生，湘东东桥人。萍乡市诗词学会理事，鳌洲辞赋社副社长兼秘书长，湘东诗联学会副秘书长。在《中华辞赋》等刊物多次发表辞赋作品，2021 年获得广东韶关风度阁全国征集大赛一等奖，2022 年在《诗刊》社评选"肃州赋"全国征赋大赛中获得优秀奖。与人合著《萍乡三友辞赋选》。

兰　赋

沅芷澧兰，灵根秀质。蕴皓露之氤氲，守空蹊之静谧。翠丛被乎幽壑，紫翘舒张；缃蕊缀于青茎，古香流溢。龙须潜以根深，凤尾披乎叶出。窈窕如芙蓉出水，玉立亭亭；顾盼若淑女和羞，含苞乙乙。或馥于野林，或馨于雅室。人皆爱其素静芬芳，雅致清逸，乃至玉楮描以丹青，诗词记于编帙也。

观其茎萼毓秀，在乎兰根。得日精以固本，汲月灵以培元。君子自强，深土而肥沃；雅士自立，壮根而叶蕃。是以滋蕙若之质，拓营养之源。地旱之时，出水分而供碧叶；天寒之际，导地热而暖芸萱。无惧石棱，落定即抱守；不辞荒野，抽条而出荪。乃至盘根密密，玉结爱爱也。

若夫静姿扶疏，在其碧叶。居中则高标之蘁，对出如展翅之蝶。单植也爽爽清清，丛生则层层叠叠。鳞苞楚楚，直追飞燕之轻灵；萼瓣翩翩，媲美太真之环蹑。仰俯于密林丛灌，何等自如；舒张于藤蔓荆棘，足堪贴燮。清丽恰处女之蛾眉，陆离则高士之长铗。幽幽意古，草兰亭之墨书；落落情深，藏板桥之画箧。

至若粉蕾称奇，玉蕊青缃。娉婷娇嫩，玉躯似初雪细织；浅碧鹅黄，清色如画笔轻搪。尤欣其馥郁清远，播放国香。不以浓重而刺喉鼻，但凭纯洁而慰肝肠。隐隐约约，九畹穿林色而荡；轻轻重重，十步伴清风而扬。幽独以逸士操守，淡雅而沁人心房。故仲尼王之，修道立德而名显；屈子佩者，激浊独清而节彰。

懿其蕙性兰情，难得可贵。无争而处幽深，不取而呈蓊蔚。四时不易，色青而致清心；千载以求，枝净而引静气。喜绽芳苾，地则沃贫不嫌；笑对炎凉，时也冬暑无畏。乃其雅昭四君懿德，香盖一国至味。故芝兰之室，高士倾心以交；桂兰之汤，美人斥金而费。噫吁，虽逊牡丹之艳，而幽抱自多；纵输菡萏之柔，德操足慰。乃直至魂魄，超擢于百卉也。

（原载《中华辞赋》2022 年第 9 期）

◎ 李林峰

李林峰，男，汉族，1981 年 3 月生，湘东广寒寨人。诗人，萍乡市作家协会会员，《赣西作家》编委。有诗歌在《诗歌月刊》《北京文学》《天津日报》《西江文艺》等各类报纸刊物上发表，入选多种诗歌选本。

恋 人

所有的玫瑰都不能永远盛开

也没有一朵朝霞

可以永葆梦幻般色彩

恋人请你一定要

在我的红颜凋谢之前回来

不要让我的期待变得无期

不要让我在守望中变得无望

我在江南古镇里采一株风信子

我的腰比她的茎更憔悴

憔悴到承受不起一粒露珠一粒尘埃

恋人当你失落在天涯之外的极目荒凉

激情消逝了柔情也已淡薄

你还要带着你最后的深情

回到我的心海

火红的石榴在月光里寂寞地燃烧

她刻骨的思念

凝结成一腔珠米的晶莹

而我是另一株石榴树

躲在黑夜里独自吞咽泪水的冰凉

远方的恋人啊她的苦涩和芬芳

请你一定要在我的双眸干涸之前

回来品尝

夏日的风轻拂着荷花香里对唱的虫鸣

那一圈最初的涟漪终化作

今夜我缠绵的呼唤

恋人请你一定要

在我的红颜凋谢之前回来

你何以忍心让我只能在梦中想象

你自天涯归来拽一行飘摇多姿的足印

像一只蝴蝶温柔地搁浅在

我疼痛的胸膛

（原载《天津日报》2005 年 8 月 11 日）

缓慢的水

水，持续不断地升温

从山涧，迈着碎步走进我的村庄

走近一株株小草踮起的脚尖

耕牛，紧贴着原野的影子里

也泊着水，一小片濡湿的阳光

一线水，一线寂静缓慢的时光
草水河这条古老的青藤
结下的一条苦瓜，名叫广寒寒
蝉是那最出色的歌手，整个夏天
它有源源不断的水，用来抒情

（原载《诗歌月刊》2012 年第 10 期）

◎ 赖咸院

赖咸院，男，汉族，1988 年 12 月生，湘东东桥人。中国作家协会会员，全国公安文联委员。作品散见于《诗刊》《人民日报》《绿风》《牡丹》《诗选刊》《星星》《创作评谭》等报刊，入选多种文学选本。诗集《一个人的安源》入选"江西故事中国梦"江西文学重点扶持作品。

一只蟋蟀躺卧在草丛中

草丛中，一只蟋蟀躺卧着
整个下午，它闭目养神，看风吹草动
它不曾寻找食物，也不曾挽留
流逝的光阴，它身上的气息
是泥土的气息，心中的梦
是泥土的梦
它始终怀着敬畏之心
对待每一株草，每一寸土

或许，在它内心，一株草就是一个世界

一个世界就是一株草

草一动，整个世界便随之震动

然而，这只蟋蟀仍然以自己的方式

生存着，它不畏惧，但常怀敬畏

它不躁动，但永远保持激情

就是这样一只蟋蟀，此时，躺卧在草丛中

难道它不曾有过伤痛？

难道它不曾对着吹来吹去的风

叹一声：夕阳无限好

（原载《诗刊》2019年6月下半月刊）

诉　说

黄昏来时，山头的杉木正在急剧下沉

在山的另一头，人语声在光中飞旋

此刻寂静，黄昏是黄昏的样子

山是山的样子，都在回归本身

还有什么话是没有说的

还有什么草木是要走向黑夜的

这是盛夏，白昼变长，黑夜缩短

消失的时间都在汗滴里

多少个日夜，我在来日方长的边缘行走

每一分钟都被钉在十字架上

直至黄昏完全落下

黑夜来临，该走的都走了，该睡的

都睡了。举目四望，只有我，孑然一身

始终不知道该走向哪里？

我开始诉说，面对自己，苦水往肚里咽

所有的语言苍白无力，声音也是如此

广袤天地间，只有一个身影

被赋予了神的力量

（原载《诗刊》2020 年 9 月下半月刊）

◎ 敖竹梅

敖竹梅，女，汉族，1997 年 4 月生，湘东区湘东镇人。毕业于中国社会科学院大学中文系，江西省作家协会会员。曾获北京大学"未名诗歌奖"，南京大学"重唱诗歌奖"，武汉大学樱花诗赛"优秀奖"。曾任上海交通大学全球华语大学生短诗大赛、第十三届北京大学"未名诗歌奖"初审评委。作品多发表于《诗刊》《作品》《星火》《诗江西》等刊物，目前担任上海超思教育科技有限公司媒体部主笔。

漫　游

八月，晚祷的钟声清洗着教堂的荫翳，

孩子呆坐于阶梯上，咀嚼零落的箴言。

时代的胶片在指针转动的瞬间定格：

制造记忆，是它擅长的占有生活的方式之一。

做旧的庄重外，无数异国的面孔流动，

众神仍年幼，而冒险家们早已衰老。

好几次，我们在傍晚穿过千禧桥——
看时间的美术馆展列更多的爱与重复。

八月，缓行的观光船驶入铺满河面的油彩，
广场上的肥鸽子正啄食黄金雨的碎屑。

城市停顿，围住如此多天真的伴侣：
那些尚未退潮的亲密相倚在岸边。

落日被云层压得愈低；街灯在晚景中
失焦，烧着一帧帧陌生的黄昏。

（原载《诗刊》2022 年 10 月刊）

入夜的花园

近海的风是起雾的蓝色，云在涨潮。
没有幽灵，但衰败的树不安地窥视
窥视星星如何像钟一样淌过时间的脊背。
夜晚如潮水，而潮水正将我推开。

园中小径，拖车碾过无脚的啤酒瓶，
那盛满夜行人告解的身体
正在泄气：词语在冷却的嘴唇中
熟睡——但他们没有捡。

幼稚园小小的圣诞树，被夜色托起
呼吸微弱的光蜷入胖天使的咒语中。
栅栏裹紧伴侣沉默的部分，呆滞的
铁一般的黑色使人感到安全。

低层房间缓慢涌起谈话声，裸露的
一帧一帧的，失重的轻快与优美。
千百灯盏闪烁起来，渴的眼睛在眨。
猫跃上窗台，吃干枯的花。

（原载《星火》2022 年 4 月刊）

辑二

文泉流淌

◎ 彭作雨

彭作雨（1922—1994），笔名载寒，男，汉族，湘东区湘东镇人。中国作家协会江西分会会员。先后任南昌晚报社记者、编辑、副刊部副主任，主任编辑。从 1960 年起，在报刊发表杂文、散文、报告文学、小说等作品。代表作品有《荷灯》《波澜》《荷塘村纪事》《猴子石神话》《安源山的怀念》《夜袭黄家堡》《唐伯虎南昌脱险》《宁王府风波》《莫言下岭便无难》《听的学问》等。散文《深山小镇》获南昌市人民政府 1984 年文学创作奖，《春雪皑皑的时候》获江西省人民政府 1984 年颁发的文学创作二等奖。有散文集《淡淡的雾霭里》（合著）已出版，主编出版散文集《石榴花》。

荷　灯（散文）

深秋，收获季节忙碌的时候，夜里，舅舅家门前的荷塘，突然亮起一盏荷灯……

第一次看见这种荷灯，已经是二十多年前的事了。那时，我住在舅舅家里，舅舅家在一个山沟里。那里的农民勤谨达观，在解放前苦难的岁月里，他们也要想方设法遣愁解闷。小小的山村，倒有着牧歌般迷人的乡情。我特别喜欢他们的荷灯，总想看看乡亲赛荷灯的盛况。

舅舅和舅母都是世居那里的农民。他家屋后有青山，门前有一泓溪水。青山峰叠峰，绵亘数十里；溪流笔直地淌向前面水波粼粼的荷塘。那山水都很恬淡、素美，像那朴素的乡土风情一样吸引着我。

我见过的荷灯，其实并不都是荷花形状的，有飞禽、走兽形的，也有人物、花卉形的。这种荷灯，并不常扎，只在偶尔遇到丰收的季节，人们特别高兴的时候，比较殷实的农家才扎一盏两盏亮在池塘里、山麓上，或者村盘中，稍稍吐露他们喜悦的心情。夜间，凋零的残荷中，扶疏的松丛里，透射出一缕缕红光，一点点绿火，和秋空的星星、弦月辉映，的确别致。那时，山村热闹极了。小伙子在山谷里守护着山茶子和薯地，他们东坡追到西坡，嬉笑和呼啸响彻岗峦；姑娘们在溪边浣衣，款款地捣砧，轻轻地低唱；舅舅和村子里的庄稼汉在田间漏夜收割；舅母和妇女们在禾场上打谷子。我们一群小孩子跟着她们，帮着搬搬稻把，系系禾草，也有时追扑飞蛾，指点着远远的荷灯，叫着、闹着。舅舅他们时不时唱起山歌，舅母她们总是轻声地叫我们静点静点，侧耳聆听他们的歌声。

但是这种欢乐的季节，解放前是难得有的。赛荷灯虽是他们古老的风俗，也很难得看到。舅母常常讲，她只在年轻时才见过一次，而且闯了祸。那是清朝光绪年间，当时兵荒马乱，舅舅家在山沟里，倒还宁静，秋收又呈现丰稔气象，不知谁在荷塘点上一盏荷灯，于是家家户户都动手扎灯了。舅母和她那一伙年轻姑娘，更是兴致勃勃，抢先尽扎硕大殷红的，互相比花样，比精巧。不到一两个夜晚，山村满是荷灯闪亮。谁料这下子竟惊动了官府、豪门，他们又是马又是轿地闯进山沟来，加租增税，闹得天翻地覆，惹来一场灾难。从此再也没有人敢比荷灯了。我和表弟小时，常常缠住表姐姐要扎荷灯，表姐姐总是含含糊糊哄过去，没有扎给我们。

我多么希望自己有盏荷灯，日夜梦想着表姐姐会欢欢喜喜领我们到荷塘去，叫我亲手插上它。但是年复一年，直到表姐姐出嫁，我还没有得到梦魂萦绕的荷灯。那年，舅舅家况稍稍松动点，表姐姐秋天归宁，碰上还算好的年景，舅舅一家子倒也欢愉，表姐姐好像特别高兴，我和表弟弟更是跳跳蹦蹦缠着她，只是不再向她要荷灯了。

一天傍晚，塘里又亮起荷灯。我和表弟弟站在门前看那荧荧的灯火，心又飞向塘边去了。表姐姐悄悄走来，把我拉进房间，从床顶上取下一只崭新的大鹰荷灯，笑着对我说：

"表弟，给你玩，不准拿到外面去！"

我接过荷灯，高兴得跳起来。表姐姐一边说，我一边点头，只是她说的话，我一点也没有听进。她一离开房子，我就在灯盏里灌满油，提着它和表弟弟跑到塘边去。我们把荷灯系在长长的竹竿上，小心翼翼地插在池塘中。站在水里瞪开两眼久久凝视它，眼皮眨也不眨。在我们眼里，这盏荷灯实在精巧，实在亮，哪里还会有比它更好、更美的呢！我和表弟弟爬上塘岸，坐在草地上，双手支着腮颊，互相叮咛不许声张。四野的秋虫鸣，山峦的松涛响，远远的麂獐叫，我们都没有听见，只静静地谛听荷灯里吱吱的燃烧声。从荷灯照射过来的光，把身旁的芦苇照得影影绰绰。我呢，正在想着会有无数盏荷灯从我们这盏的周围，向四面排列开去，从塘面到山麓，从山麓向田野，把山村照耀得红晶晶、亮莹莹的。这时，想不到舅舅气急败坏地跑来，叱喝我们：

"好呀，你们替我贴帖子，怕我穷得还不够吗！"

说着他双脚跳下水，把荷灯拔起来，扔到岸上，然后狠狠几脚把它踏得扁扁的。

舅舅是个淳厚的人，从来没有生过这样的气，表弟吓哭了，我也眼泪汪汪地望着舅舅，不知犯了什么过错。舅舅把我们拉回家去，一路上噘口不开，进门时才说：

"好好去睡吧！进城时我买个洋娃娃给你们！"

舅舅的洋娃娃并没有安慰了我。我爬上床悄悄地哭了。慢慢地睡熟了。第二天清早，表姐姐红肿着眼睛，回婆家去了。舅舅阴沉着脸，不时偷眼看我。我才知道表姐姐也因我闯祸了。

从此，我不敢再提起荷灯；后来我离开舅舅家，十几年来也没有再看见荷灯了。

今年秋天，我回到舅舅家，表姐姐也回来了。他们热情地欢迎我。山沟里正在收获，欢乐的气氛特别浓，我儿时憧憬的那种牧歌般的情调，今天才真正使我沉醉。也使我沉浸于童年的回忆里去了。

如今，门前荷塘里的荷灯，越来越多，灯光也越燃越亮，我站在门前入神地欣赏它。舅舅蹒跚地走过来，爽朗地笑着说：

"你不是喜欢荷灯吗？那盏最亮的灯，是我叫你表姐姐做的！"

我望着舅舅，还没有把心里翻腾着的话说出来，舅舅又指着远远的山岭，远远的田垄，欢叫起来：

"你看，你看，那边又添了一盏，那边还有一盏，又一盏……"

◎ 张自旗

惠光和尚（散文）

当这些白发苍苍的老人精神亢奋，齐声高歌"大刀向鬼子们的头上砍去"的时候，那段烽火连天、悲壮激越的岁月，便在我记忆的屏幕上一一闪现，而当年我离开家乡涉足社会后所结交的已数十年不知音讯的友人，更在屏幕上久久定格。

惠光和尚便是其中的一位。我是在1943年的秋天认识他的。父母带着他和两个弟妹，随着成千上万逃难的人们，风餐露宿，辗转流落到了吉安。父母以仅有的一点积蓄，做起了沿街叫卖的小贩。他这位师范学校毕业生经过两年的四处奔波，上下叩求，被分派到这座赣西县城的民众教育馆当了一名业余学校的教师。

来到这座县城快三年了，他好想念远在数百里之外的父母和弟妹。微薄的工资，汽车票价的昂贵，使他无法实现这个愿望，只有在梦里与亲人相会。他变得沉默寡言。每当放学后独坐房中，他总喜欢唱着端木蕻良作词、贺绿汀作曲的《嘉陵江上》："那一天／敌人打到了我的村庄／我便失去了田舍家人和牛羊／如今我徘徊在嘉陵江畔／我仿佛闻到了故乡泥土的芳香／一样的流水／一样的月亮／我已失去了一切欢笑和梦想……"

歌声由低郁转而高昂了，我坐在隔壁房间里，也不禁掩卷聆听，激起了心灵的共鸣。是啊，国土沦丧，流落他乡，谁能不抱家国之痛？我深深地同情他。

这年11月间，一封电报送到他的手里，那是他的一位逃难在吉安的乡亲发来的："敌机昨轰炸吉安伯父母及弟妹不幸遇难。"他失声痛哭，涕泪滂沱，把自己关在房里，不吃也不喝。一家四口死于非命，谁能不痛彻心扉？一夜之间，他好像苍老了十岁。民众教育馆的负责人同情他的遭遇，预支些钱给他赶往吉安处理善后事宜。

半个月后，他从吉安回来了。人消瘦了许多，平日眼里流露的忧悒变成了冷峻、严酷。这是一个经历了大痛苦的人特有的变化。此后的日子里，他经常外出，有时很晚才归。问他，他总以苦笑作答。我预感到会有什么事发生。一个多月后，他突然失踪了。大家先是感到震惊，猜测议论了好一阵，以后也就渐渐地淡忘了。

两年后，抗战胜利了。我来到赣北一座城市。

一天黄昏，我走在一条僻静的小巷里。几个匆促的行人从我身边走过后，迎面又走来一个身穿袈裟的僧人。当我们擦肩而过时，我不经意地望了他一眼。走过十多步后，我突然转过身来，快步追上了他。

"你，你是陈光玉老师?"我满怀惊喜。

他转脸望望我，双手合十："阿弥陀佛，贫僧惠光。"说完，拔腿欲行。

我忙问道："师父在何处挂单。"

"普济寺。"他头也不回地走了。

这一夜，我很久都无法入睡，想着陈光玉——惠光。

第二天，我便走到普济寺找惠光，寺里的和尚说他外出了。过了两天，我早早地去了。他正在寺前扫着落叶，一看见我，便合十道："我知道你还会来的。"他引我走到寺后的松林里。我们席地坐下后，我问起了两年前他失踪的事。他沉默了一小会儿，便向我讲述了他的经历。

在吉安埋葬了亲人的尸骨后，仇恨紧紧咬啮着他的心，使他不得安宁。有一次，他听几位同乡谈论说，赣西北一带前线犬牙交错的地带，一些当地老百姓和流亡青年组成的抗日游击队伍，十分活跃，他们神出鬼没，伏击零散日军，使日军十分害怕。他听后灵机一动，回民众教育馆后便到处打听游击队所在地。经人帮助和游击队取得联系后，他抱着必死的决心，悄悄地走上杀敌报仇之路。一年中，他和当地的抗日勇士一道，歼灭了数十名敌人，他自己便亲手杀死了四个鬼子。

"当初我的刀第一次劈向鬼子、鲜血四溅的时候，我的全身都颤抖了，然而却产生了一种莫可名状的快感，爸爸妈妈，我终于给你们报仇了！"他停了一会儿，伸手轻轻地抚摸一株小草，"第四次也是最后一次杀死鬼子后，终于改变了我的一生。这天，有人前来报告，有几个鬼子正在邻村骚扰。我们十几个人悄悄地包抄过去。正当三个鬼子在一家院子里捉鸡赶羊、手忙脚乱时，我们突然扑向他们。我把一个鬼子压倒在地，用刀抵住了他的咽喉。这是一张未脱稚气的脸，大概只有十七八岁，他瞪大眼睛惊恐地看着我，浑身在哆嗦。同伴们喊'切了'，我用力将刀尖捅进了他的咽喉，鲜血喷到了我的脸上身上。我匆忙地搜了他的身，搜到了一块怀表和一只信封。回到驻地，我找到了一位懂日文的先生看信，这是那个名叫中村的鬼子写给他妈妈而未及发出的信。信上说他非常想家，非常想念北海道山清水秀的家乡，害怕死在异国他乡。信上还说不知道他爸爸在哪个战场作战，但愿他平安吉祥。那一夜，我眼前老出现那张稚气未脱的脸和那双因惧怕死亡而惊恐的眼睛。他是被日本帝国主义者所驱使而参加这场罪恶的战争的。他害怕死，但还是变作了异域之鬼。战争，毁灭了多少家庭！毁灭了多少人的希望！人类为什么不能和平地相处？那些战争狂人，将坠入万劫不复的深渊！"

他停顿了一会儿，继续说道："在一次战斗中，我负伤了，游击队把我送到山中一座古庙中养伤。不久，传来日本投降的消息。我已没有了亲人，没有了家，了无牵挂，便出家了。"

这也许是一种解脱，我深深理解。

一年后，我离开那座城市到了省城。或许是他已超然世外，觉悟世间无常，而我也由于工作的繁忙，从此便失去了他的音讯。

六十多年后，当《大刀进行曲》和其他抗日战歌又响彻中华大地的时候，它使我们永远不忘抗日战争那段威武悲壮、惊心动魄的历史，它让我们清醒、奋进！而我同时想到的是——

惠光和尚，你还健在吗？

（选自《老树三叶》，中国文联出版社 2007 年版）

◎ 彭荆风

彭荆风（1929—2018），原名彭芝生，笔名彭樊、刘扶，男，汉族，祖籍湘东区湘东镇。中国当代著名文学家，军旅文学代表人物，中国作家协会名誉委员，入选中国当代文学辞典、中国散文大辞典。1946年开始文学创作，1949年参加中国人民解放军，是中国第一个用小说、电影文学体裁描述拉祜、哈尼、佤、景颇、苦聪等民族的作家，出版文学著作35部。代表作有电影《芦笙恋歌》《边寨烽火》，短篇小说《驿路梨花》。中篇小说《蛮帅部落的后代》荣获全国第二届少年儿童文学三等奖，短篇小说《今夜月色好》荣获中国作协第八届全国优秀短篇小说奖，长篇纪实文学《解放大西南》荣获第五届鲁迅文学奖，散文《桑荫街》荣获第五届冰心散文奖，长篇小说《太阳升起》荣获《长篇小说选刊》第三届金榜特别推荐奖，短篇小说《驿路梨花》1978年至今被选入人教版初中语文教材。

桑荫街 (散文)

从佤山西盟南去的路上，有座突出的、但不太险陡的悬岩，岩下边有块较平坦的地方，中间有两棵老桑树，旁边有一大块突出的岩石，像一匹屈着前腿的马。这就是拉祜族人称为"桑荫街"的地方。

虽然被叫作"街"，一年三百六十五天，却有三百六十四天是杂草丛生寂无一人的荒野，不仅没有一间店铺，就连一座小草棚也没有；只有每年的农历八月十五日才会热闹起来。这一天，西盟佤山各个拉祜村寨的人都要赶来这里聚会，过一个狂欢的节日。

桑荫街是怎么形成的？说法不一，有的说是与中秋团圆有关，又有人说是清同治年间，拉祜族首领朱阿霞等人在抗击清兵的起义失败后，带着千余拉祜人退入西盟山区，长途跋涉后，曾歇马于此，战马走累了走伤了，化成了石马。拉祜人也在这里分手，去往西盟的大小山岭寻找耕地，建立村寨；时间长了，他们怀念当年一起退进佤山的同族人，每年中秋节，都要来这里聚会一次，从而形成了比他们的春节、火把节、新米节还热闹的大团圆。也是滇南其他地方的拉祜族人所没有的特殊节日。

1954年的农历八月十五日早晨，远近的拉祜人又如期从娜妥坝、木古坝、南凹坝、南约、八嘎那、莫窝、马散、力索……那些村寨赶来，近的二三十华里，远的百余华里。

山岭险峻，道路崎岖，天又热，俭朴的拉祜人先是穿着家常衣裳，把新头巾、新绣花鞋放在背篓里、挎包里，接近桑荫街了，才在山溪水边洗干净手、脸、脚，换上鲜艳的节日盛装；小伙子们也拿出芦笙、蟒锣来吹奏敲击，让欢乐的乐曲声散向四周山野，同时也是召唤附近的拉祜人走快些，别耽误了这喜庆节日。

在西盟的贸易小组和做生意的汉族人，也挑来白酒、米线、糖果来这里摆摊子，增添了市场的热闹气氛。

力索寨是拉祜族人较多的一个大村寨，也离桑荫街近，这里的年轻男女早就在准备节日的衣着、吃食和歌舞。

娜朵是个身材修长的俊俏姑娘，也是歌舞场的领头人。前半个月就在精心缝制一件新的衣裳，在衣领和腰下开叉处镶上闪亮银泡和花边。她18岁了，又这样美丽，该在桑荫街上显露她的姿色和歌舞才能了。为了买布选料，她还特意去了几次西盟，托贸易小组的同志去澜沧进货时，把她要的丝线、银泡、银扣带回来。

寨子里几个小伙子也是把芦笙、月琴、口弦修了又修，试了又试，唯恐音色不正，吹奏时输给别的村寨。

那天，桑荫街上除了拉祜族人外，与往年不同的还多了一些特殊的赶街人，这就是驻扎在西盟的人民解放军、民族工作队队员、贸易小组，以及新成立的西盟、力索小学的学生。

部队的同志来不仅是看热闹，还有着保护节日安全的任务，人多杂乱，这里离边境又近，境外还有残匪盘踞；两个小学则是来进行一次秋日旅行，开阔眼界，山区生活寂寞，难得有这样的盛大集会。

先到的拉祜族人已吹着芦笙、敲响蟒锣跳开了舞。芦笙悠扬地表达着他们的欢乐情绪，把人们都吸引过去；姑娘们却不急于加入舞圈，三五一群地挤在一起，嗑着炒葵花子，说着开心的话，悄悄打量着周围的小伙子，遇见能使她们心动的人，就会低垂下眉眼，似乎在想着什么。

一些不跳舞的男子，或者跳累了，就去找许久没见面的熟人聊天，或者蹲到卖酒的人面前，大碗地喝着酒。力索寨的汉族商人和拉祜族人都善于酿酒，那糯米酒色清、味醇、口感极好，从酒罐子里舀出倒进碗里时，会泛起一圈珍珠似的酒花，悠然散开，也把酒的香味散向周围，引得那些拉祜汉子酒瘾大作，喝了一碗又一碗，忘了再去跳舞吹笙，也忘了有姑娘在失望地冷眼看着他们……

西盟和力索小学的学生则在比赛唱歌，唱了一支又一支新歌，也给这古老的节日增添了时代气息。

秋收刚过，拉祜人的吃食都比较丰富，那石马形状的岩石上放满了拉祜人祭祀的鸡、猪、甘蔗、糯米粑粑。

时近中午，桑荫街的活动正式开始，先由一名德高望重的老人焚香行礼，念念有词地祷告，然后男女们围着"石马"吹笙跳舞，演出先民们打猎、耕作的各种舞蹈动作，既是对民族过往历史的回顾，也是表达他们对劳动的热爱。

她们热情、执着地把自己的感情全都倾注了进去，芦笙的音调也就特别悠扬欢快，舞步更是优美翩翩；小伙子的动作矫健有力，精心打扮过的姑娘们都如同一朵朵鲜艳的花朵。

我看到了舞圈中的娜朵，那身精心裁剪绣制的节日盛装特别艳丽。她跳得满脸通红，那对黑而明亮的大眼睛闪烁着兴奋的光芒。她热情地向我招手，要我也加入她们的跳舞。我要忙着招呼随同来的战士轮换休息、放哨，顾不上进舞圈去，向她挥挥手，谢谢了。

她眼睛里流露出了失望的神色。

冬日农闲时，力索寨的人常在空坪上烧起一堆篝火来歌舞，她们也热情地邀请连队和民族工作组的人参加。这是加强军民关系的好机会，过去我们常常和她们跳到深夜。

今天早晨，她和女伴们离开寨子时，特意来民族工作组的住处问我："你们去桑荫街吗？"

"去。"

"记得来和我们跳舞呵！"

"好！"

她高兴地和女伴们背上盛着吃食的背篓走了。

她系了一块新包头巾，还别出心裁地在包头上绣了一朵鲜红的山茶花，更把她那白净丰满的脸颊衬托得光艳照人，这样必然会比别的姑娘更吸引小伙子们注意她的包头巾。

这里拉祜族人的风俗，桑荫街这天，小伙子看中了哪个姑娘，跳完舞后就会堵在山路上去抢姑娘的包头，抢到手了，姑娘就要嫁给他。如果姑娘不愿意，他只好悄悄请人把包头巾送回来。不过这都是通过跳舞熟悉了，相互有了感情和默契了，小伙子才敢动手去"抢"，以免讨个没趣。

今晚，她是准备让哪个小伙子来抢她的包头巾呢? 那朵山茶花多鲜艳!

我在周围山头上跑上跑下观察地形和情况，再走进舞圈时，天色已完全昏黑了。圆盘似的金黄月亮正缓缓地升起，映照得天边的浮云和草地上都是一片淡黄色；月光下的人影像在水波上一样地晃动，变化着不同的图案，搅碎了月光……

朦胧月色中比大白天还富有情调，年轻男女们跳得更痴迷了。我在几个舞圈之间走着，想选择一个熟人较少的去跳舞，这样可交一些新朋友，多了解一些那些寨子的情况。突然一只温暖而又柔软的手紧紧抓住了我，把我拉进了舞圈。是娜朵。

"你去哪里了?"她问。

"忙事情去了。"

"我找了你好久呢!"

"是吗?"

"还问'是吗?'刚才叫你来跳舞，你也不来。"

"我忙呀! 我们是有任务，哪能随便活动……"

她点头，理解地说："也是!"

我们随着芦笙的乐曲声和舞圈的移动，轻轻地跳了起来。她今天和往日不一样，把我的手抓得紧紧的，好像怕我又会跑掉似的，使我又高兴又有些紧张。她很热情，我作为受纪律约束的军人却不敢坦率回报呀!

我想着想着，脚步就迟滞了。

她用力抖了抖我的手，"你怎么啦？"

"我？没什么。没吃晚饭，有些饿了。"我找了个借口。

"你怎么不早说？哎呀！我也忘了这事。"她忙把我拉出舞圈，在草坪旁边找到了她们放置的背篓。那里边有炒黄豆、烤苞谷花、烤熟了的牛肉干巴、冷糯米饭……丰富得很。

见我吃得香，她很高兴，说："这些是特意留给你的呢！"又问："想喝酒吗？我帮你去找。"

"不，不。多谢了。"

她在我身边坐下，默默地望着我，想说什么。月光越来越亮，照在她白净的脸上，如镀上了一层银色，她更美丽了。

随着月亮的缓缓移动，夜深了。跳舞的小伙子、姑娘在三三两两地散去，多是小伙子们走在前头，姑娘拉开距离走在后边。

我随口说了句："是去抢包头吧？"

她笑了："你也懂。"

我说："听说过。还不太懂。"

她又问："你想去抢哪个的包头？"

我吃惊地说："我怎么会？"

她却悄声问："你来抢我的包头好吗？"

我只好老实地回答："不敢！"

"是不想，还是不敢？"她追问。

"不敢。"

"唉！你呀！"声音里充满了伤心。

"你也知道，我是解放军呀！"

她低下了头，幽幽地说："解放军就不兴有家吗？"

"至少现在不兴。"

"以后呢？"

"我不知道。"

她又长叹了口气。月色下那本来明亮得如泉水的黑色的大眼睛像被罩上了一层薄雾,变得黯淡了。

有人在远处喊我,附近还有几个人走过来寻找她,那是她的同伴。夜深了,大家都该回去了。

我忙抓住这时机跳起来,说:"他们找我呢!"

她没有作声,无力地坐在那里,也不答应那几个姑娘对她的呼喊。

几天后,力索寨的拉祜人还沉湎于桑荫街的愉快中。这个寨子已有几个姑娘在回来的路上被小伙子抢走了包头,她们正在兴奋地商议着未来的嫁娶呢!

但最美丽的娜朵却没让人抢去包头,不是没有小伙子注意她,但冲到她面前时,却见她没有系着包头,而是露着高高的发髻,只好失望地走开。

她的女伴悄悄告诉别人,娜朵一走出桑荫街,就把包头取下来塞进了藤背篓里。

寨子里的很多人不明白地叹息:她怎么会这样?

只有我明白是怎么一回事,也在暗暗叹息!

第二年,还没到桑荫街,我就调走了。这叹息是永远的!

（2002 年 8 月 26 日—28 日作于昆明,2011 年 6 月 13 日—14 日修改,原载 2011 年 6 月 17 日《云南日报》、2011 年第 9 期《散文》,2011 年荣获第五届冰心散文奖）

驿路梨花（小说）

山,好大的山啊!起伏的苍青色群山一座挨一座,像大海的波涛你推我挤,延伸到遥远的天尽头,消失在那迷茫的薄暮中。

这么陡峭的高山，这么稠密的树林，走了一天，路上也难得遇见几个人。看着黄昏阴沉地张开那黑绒般的口袋，把夕阳的金色余晖一点点收起，我们有点儿着急了，今夜若赶不到山那边的太阳寨，只有在这莽野深山中露宿了。何况人已经走得很疲累了，我只觉得两条腿又酸又木，好像要从身体上断开一样……

我的同伴老余是在边地生活过多年的人，走山路比我有经验，脚上也有劲。他在前边走着、走着，突然高兴地叫了起来："看，梨花！"

眼前一片白茫茫，白色的梨花像飞扬的雪片一样撒满了高矮的枝头，好整齐的一片梨树林啊！

老余用有经验的口吻告诉我："看这梨花开得多丰满、漂亮，枝丫修剪得多么好。有这样好的梨树林，前边不远也就会有人家。"

那真是太好了。温暖的火塘、滚热的饮食，对于我们走远路的人来说，是多诱人呀！我仿佛看到了火，闻到了米饭的香味，觉得身上有了热力，腿上也有了劲……

一弯新月升起了，我们借助这淡淡的月光，在忽明忽暗的梨树林里走着，山间的夜风吹得人脸上凉凉的，也把梨花的白色花瓣轻轻拂落在我们身上。

老余兴冲冲地迈开步子跑在了最前头。突然，他又用欢快的声音喊了起来："快来，有人家了！"

我跟着他跑出了梨树林。

一座孤独的草顶竹篾泥墙的小屋出现了。屋里黑漆漆的，没有灯光也没有人声。我们迟疑地站住了，这是什么人的房子呢？

"老乡！大哥！"我们乱喊了一阵，屋内还是静悄悄的没有人出来。

老余打着电筒过去，才发现门从外反扣着，白木门板上有黑炭写的两个歪歪扭扭的大字："请进！"

真有意思！我们推开门进去，但火塘里的灰是冷的，显然，好多天没人住过了。一张简陋的大竹床铺着厚厚的干净稻草。倚在墙边的大竹筒里装满了水，我尝了一口，水很清凉，不像放了好多天的污水。

这屋内的一切，可把我们搞糊涂了，但走累了也管不了这些，就放下东西决定在这里过夜。

老余用电筒在屋内上上下下扫射了一圈，又发现墙上写着几行粗大的字："屋后边有干柴，梁上竹筒里有米，有盐巴，有辣子。"

我们大笑了起来，这是哪位"神仙"的洞府？大概是"未卜先知"算准了我们要经过这里，诚心招待我们吧？那就不客气了。我们搬来了干柴，烧起了火，煮了一锅饭。温暖的火、喷香的米饭和滚烫的洗脚水，把曾在黄昏前后沉重折磨过我们的疲劳、饥饿都撵走了。我们舒畅地躺在那软软的干草铺上，对这小茅屋的主人真是有说不尽的感激。我和老余商量，明天临走前要给这没有见面的主人砍点柴，扛满水，留下粮票、菜金，再写一封感谢的信。但是，没有见到这好客的主人，当面说声道谢，总是一件憾事。我问老余："你猜这家主人是干什么的?"

"我想，可能是一位守山护林的老人，他一心为公，很关心群众……"

"是吗?"我又相信，又怀疑。

"要相信我，我是料事如……"

正说着，门忽地一下被推开了，一个须眉花白，手里提了杆明火枪，肩上扛了一小袋米的瑶族老人站在门前，乐呵呵地笑着："嗬！你们先来了。"

主人回来了。我们急忙一翻身爬起来。老余得意地向我眨眨眼睛："怎么样，我没有猜错吧?"

我真佩服老余的料事如神，可是这时候，我也没时间恭维他，我得先感激好客的主人要紧。哪晓得老余比我动作还要快，扑上去一把抓住老人的手握了又握，把准备写在感谢信上的话全都哗啦啦倒了出来："大爹，真感谢你……"

我也很激动，当然不甘落后，也凑上去一句接一句帮腔。

我们两个人抢着说感谢的话，就像两串欢乐的鞭炮噼里啪啦地响个不停。老人眼睛瞪得大大的，几次想说话都插不上嘴。我们怕他会因为客气，打断我们这些感激的话，也就说得更快更响。根本不想让他有回答的余地。心情激动的时候，不把藏在心里的话说完可难受啊！

可是这老人却越听越皱眉头，脸都快皱成一张网了。为了制止我们说个没完，突然，他亮开嗓门用比我们还高几倍的声音，洪钟似的朝我们大吼着："感谢！我也感谢你们！"

"什么？"我们一下愣住了。说实在的，从来还没见过主人这样致"答辞"的呢！

我们不作声了。老人才笑呵呵地说："好同志，你们认错人了，我不是主人，也是过路的人呢！"

这可叫我们傻了眼。料事如神的老余比我还狼狈，那张脸在火塘的亮光下红得像个大烧盘，有点儿恼羞成怒："你不是主人？唉！你该早说嘛！"

老人叹了口气："唉！我还没进门，你们俩就像火烧干毛竹一样噼噼啪啪响个没完，轮得上我说话吗？"

他这样一说，把我们也引得大笑了起来。

我们抱歉地把老人请到火塘前坐下，看他也是又累又饿，赶紧给他端来了热水、热饭。

老人诙谐地笑了笑："多谢，多谢！说了半天还得多谢你们。"

对他这个"谢"，我们可不感兴趣，我们很想搞清楚，究竟谁是这小茅屋的主人？

看来老人是个很有窜山走林经验的人，不填饱肚子，他不多说话。他低着头大口嚼着米饭，不看我们，也不理会我们的问话。等到把饭吃完了，他才燃起一袋旱烟，笑着说："我是给主人家送粮食来了。"

"主人家是谁?"

"不晓得。"

"粮食交给谁呢?"

"挂在屋梁上。"

天哪!我真给搞糊涂了,苦笑着说:"老人家,你真会开玩笑。"

老人却很严肃:"你们不要急嘛!听我说清楚,就知道是怎么一回事了。"

他悠闲地吐了几个烟圈,才慢慢说了起来。

"我是红河边上过山崖的瑶家,平常爱打个猎。这一带路远,地形又不熟,也很少来。上个月,我追踪一头麂子,在老林里东转西绕迷失了方向,不知怎么岔到这个山头上来了。那时候,人走疲了,干粮也吃完了,真想找个寨子歇歇。偏偏这一带没个人家。我正想爬上大树去过夜,突然看到了这片梨花林,梨花的清香把我引到了这小屋。更妙的是这屋里有柴,有米,有水,就是没有主人家……"

"和今晚上一样。"我说。

"不完全一样。今晚上还有你们先来给我烧火做饭。"

我们想起刚才那盲目的激动劲儿,又相互笑了起来。

"我从晚上等到第二天早上也不见主人来。吃了用了人家的东西,不办个手续说清楚还行?给别人知道了,那会败坏我们瑶家的名声的。我急着赶路,只好撕了片头巾上的红布,插了根羽毛在梁上。告诉主人,有个瑶家人来打扰了,二天再来道谢。"说到这里,他用手指了指,"你们看,那东西还在梁上呢!"

一根白羽毛钉在红布上,红底白图案怪好看的。

瑶家老人又继续说下去:"回去后,我惦记着该怎样偿还,该怎样道谢。到处打听这小茅屋的主人是哪个,好不容易才从一个赶马人那里知道了一个大概。原来这是对门山头上哈尼寨的一个名叫梨花的小姑娘,常来这里砍柴、背水、打扫房子。这小姑娘真好，她说，这大山里前不着村后不挨寨，她要用为人民服务的精神来帮助过路人。"

我们这才明白，屋里的米、水、柴、干草，以及那充满了热情的"请进"，都是出自那哈尼小姑娘的手。多美、多纯洁的梨花啊！

瑶族猎人又说："赶马人还告诉我，过路人受了照料，有的是不知怎么谢，有的是四处打听，总要把用了的柴、米补上，好给后来人方便。我这次是专门送粮食回来了。明天，我还要去哈尼寨找找这小梨花。"

我明白了一些，不过还没有完全明白，老人还没有告诉我：

这小茅屋是怎么盖起来的？小梨花为什么要从对门山头跑到这里来照料过路人……但是再怎么问，老人也说不清楚了。

这天夜里，尽管外边风很大、很冷，我却睡得十分香甜，梦中仿佛在那香气四溢的梨花林里漫步，还看见一个清秀的、身着红蓝黄格子花边长衫的哈尼小姑娘在白色的梨花丛中跳舞、唱歌……

第二天早上，我们没有立即上路，决定把小茅屋修葺一下，给屋顶加点草，墙上补些泥，把房屋前后的排水沟再挖深一些。一个哈尼小姑娘都能为群众着想，我们真应该向她学习。

我们正在劳动，突然梨树丛中闪出了一群花似的哈尼小姑娘。走在前边的约莫十四五岁，红润的脸上有两道弯弯的修长眉毛和一对黑得晶莹的大眼睛，显得又美丽又聪明。

我以为还在昨夜的梦境中呢！我认真看了一下周围，阳光灿烂地照在梨树林上，光彩夺目。这确实是白天呢！

领头的哈尼小姑娘走到我们面前，用银铃般清脆的声音笑着对我说："昨天晚上，我见这边有亮光，猜想有人在这边过夜……"

她一定是梨花！我想，道谢的话该说给她了。

哪晓得瑶族老人也是个"老激动"，他使出追捕麂子的身段矫健地一下闪到了我们前边，像对待一位尊敬的成年人似的，深深弯下腰去，行了个大礼。吓得小姑娘们像群小雀似的蹦跳开了，接着就嘻嘻哈哈地大笑了起来，说："老爷爷，你给我们行这么大的礼，不怕折损我们吗？"

老人没有笑，神情很严肃地对着那个十四五岁的哈尼姑娘说："小姑娘，多谢你盖了这间草房，又给我们准备了……"

小姑娘红着脸听着，等老人和我们唠叨够了，才欢快地说："你们还不晓得吗？这房子是解放军同志盖的……"

"啊？"我们又傻了眼。

小姑娘们见我们这憨态，又一窝蜂地哈哈大笑起来。笑得我们真不好意思，只能喃喃地问："是，是哪个部队的解放军？"

她摇了摇头："我也不晓得。盖房子的时候我还小呢！听我姐姐说，那是十多年前的事了。这里虽然山高林密不是交通要道，但隔个十天半月还是有一两起人从这里路过。十多年前，一队解放军护送一队马帮从这里路过，也是和你们一样无法赶到前边寨子，只好在梨树林里过夜。半夜里又刮风又下雨，把他们淋得真够受的。可是，解放军同志多好啊！他们说：'这条路这么长，该在这里盖间小屋让过路人避风躲雨过夜。'第二天早上就砍树割草盖起了房子。那时候，我姐姐还小，也只有我这么大，刚好过这边山来拾菌子。她好奇地站在旁边瞧够了，又问他们：'大军同志，你们要在这里长住？'大军说：'不，我们是为了方便过路人。'我姐姐不懂，只会傻笑，也有点儿笑那些解放军傻，但又觉得这些解放军心真好。就问：'你们是哪个教的？'解放军同志笑着送了我姐姐一本画册，说：'小姑娘你看看这个就明白了。'我姐姐拿过来一看，才知道这是一本雷锋事迹画册。她很感动，也很受教育。看到这小茅屋盖起来后没人照管，常会被风吹歪，被雨打坏，就利用砍柴、拾菌子、找草药的机会，来收拾这小茅屋，扛几筒水，放点柴，放一些大米或苞谷……"

说了半天，我们才明白：她还不是梨花。我问："你姐姐呢？"

"前几年嫁到山那边去了。姐姐出嫁前对我说：'小妹，我要走了，有件事叫我放心不下，这小茅屋以后叫哪个来收拾呢？'我平常就受姐姐的影响，常跟着她来照料小茅屋，就说：'姐姐，我接你的班吧！'大队的支书也支持我们，他说：'好事要大家做，一棵小梨树容易被风雨折断，一片梨树林才能互相支撑成长，你就多邀约几个小姑娘一起来照管这小茅屋吧！'"

啊！我们才明白了！

这天早上，我们和这些哈尼小姑娘一起，把修理茅屋的事做得很认真。我们都感到这不仅是修葺一座小茅屋，而是在建设一座共产主义风格的大厦。

我们望着这不平凡的小茅屋，这群充满了朝气的哈尼小姑娘，以及那雪白的梨花，心情久久不能平静，我想起了一位诗人美丽的诗句："驿路梨花处处开。"在我们伟大的祖国，在共产党领导的今天，助人为乐精神代代相传，就像这驿道上的梨花一样，一茬接一茬，开得多么茂盛、美丽啊！

（原载 1977 年 11 月 27 日《光明日报》，1992 年 11 月 26 日
台湾《新生报》转载，1978 年至今选入人教版初中语文教材，
2013 年 12 月荣获中国小说学会中国当代小说奖）

今夜月色好（小说）

她刚把窗户推开，山谷里那冰凉而又潮湿的浓雾就涌了进来，雾腾腾地四散着，好像要把这小屋的一切都吞没掉，化成水，化成烟……

她本来想看看丈夫和那几个道班工人在哪里劳动，但眼前一片白茫茫，山峦、树林、公路都消失在浓雾里了。她只好赶紧关上窗子。

如果不是她的丈夫——这道班房的班长，一次又一次给她写信，劝她、求她，她怎么也舍不得离开自己那傍着大河的美丽坝子，到这终年被云雾深锁的大山上来。这里除了孤零零的一座道班房外，周围几十里没有一户人家，真是荒凉、寂寞。

她才上山来就想念自己那河边的村寨，那里多热闹，渡口上人来人往，还可以冲凉、洗衣裳。这里只有她一个女的，丈夫他们一出工，连个说话的人也没有。昨晚下了一场大雨，山上的泥石冲泻下来，把公路截断，丈夫天不亮就带着人去清理塌方，临走时，关切地叮嘱她多睡一会儿，还叫她不要在外边乱走乱动，这里野兽多。真的，昨晚上她还听见老虎的啸声呢！呜呜地真吓人，她又撒娇、又害怕地紧伏在丈夫那壮实的胸膛上，好久没敢出声，丈夫却笑着安慰她："别怕，别怕，它走近了，我就用枪打它，弄张虎皮给你做袄子。"

她抱住丈夫娇羞地笑了："我不要，毛茸茸的怪吓人。"傣族妇女还是喜欢她们那薄薄的紧身衣衫，那猩红、浅绿、淡蓝的筒裙，那样才会衬托出自己修长苗条的身段。

去年春天他们新婚不久，丈夫就来山上道班房工作，一年难得回家几次，这使她很恼火。这次上山来，她本想劝丈夫回坝子里去，这大山里有什么可待的？阴雨、大雾，雾散了，也只见满山的树林。烦闷时连个可以走动的人家都没有，买点儿盐巴、辣子也要托顺路的车从山下捎来。如今，农村在搞责任田，家里又缺劳动力，回去多好！就是在渡口摆个小茶摊，一月也可赚个一两百元，比在这大山上出憨力强多了。但，她是个温顺的女人，上山后，见丈夫很关心这条新修的公路，从早忙到黑，很少休息。她明白，话只能慢慢说，说早了、说急了只会吵嘴，那又何必呢！

她准备再住几天就回去。这些天帮助丈夫和他的同事洗洗缝缝。这道班房尽是男子汉，多么脏乱呀！到处都是呛人的汗臭味……

她洗完脸，又仔细地梳头，把那柔软的长发高高地挽了一个髻，才走出房门。四处空荡荡的，她想到应该替丈夫他们把早饭煮好，他们累了一早上，一定饿了。她走进厨房揭开灶上的锅盖，却发现饭早已焖好，还冒着热气呢！原来道班工人的习惯是一起床就淘米做饭，半熟时，抽去大火，让余烬慢慢焖着，这样回来就可以吃。

她怜惜地叹了一口气，唉！真难为他们了。

又过了一个多小时，丈夫和那些道班工人才推着小车，扛着锄头、铲子回来。虽然是在冷雾浸人的早晨干活，每个人还是汗流满脸。

她迎上去，把丈夫敞开的衣衫扣好，埋怨道："看你，也不怕着凉。"

当着这么多人，丈夫反而不好意思，想把她推开："没关系，没关系，习惯了！"

她却紧紧拉住他，为他把扣子一个个扣上。

那几个调皮的小伙子开心地大笑："班长，你就别客气了，大嫂是心疼你呀！"

她微嗔地朝那几个小伙子扫了一眼。

小伙子们早饿了，用凉水擦把脸，就忙着去盛饭吃。他们早晨来不及做菜，都是吃点儿咸菜。

她拿出从家里带来的小腌鱼给丈夫，丈夫说："给大家吃吧！"

小伙子们也不客气，三条、两条夹过去，一会儿就去掉了半罐。见他们这馋相，她后悔没多带点儿来，小鱼在自己家的河边上算什么，晚上打着火把带着网兜下河去，能捕捞好几斤呢！

"忙完了？"她问。

"哪里完得了，这条新路路基太坏。"丈夫摇摇头。

"就你们几个人能忙得完？"她说。

"人是少了点儿。没办法，如今有力气的小伙子都不肯上山来当道班工人。"丈夫说。

她轻声说："只有你连家也不顾。"

丈夫明白她的意思，默然不语。

"算了，还是回去吧！"她悄声说。

丈夫摇摇头："不行，要打仗了。"

"是吗？"她惊疑地问，难怪昨天下午有几辆军用卡车艰难地从这里越过。她又问，"哪个时候打？"

丈夫答道："不晓得，上边只是叫我们把路养护好。"

看见丈夫那累得消瘦的脸颊，她心疼地说："就是要打仗，你也不能不顾自己的身体呀！"

丈夫笑了笑，没作声。

吃过饭，丈夫深含歉意地说："你看，我也没法陪伴你……"

她垂下头轻声说："我不要你陪，今天我就回去。"

"这、这……"丈夫急了。

那几个小伙子围上来，有个人打趣地说："班长，今天是不是放假？"

"放什么假！这么忙。"丈夫生气地说。

"丢下嫂子她会生气呀！"那小伙子有意取乐。

她可是个好强的人，赶紧推了推丈夫："快走，忙你的去，等会儿我给你们送开水。"

小伙子高兴地嚷着："大嫂真好！白开水不好喝，我们要喝茶。"

她微笑道："我给你们泡糯米香茶喝。"

丈夫感激地看了她一眼。她真好，真懂事，如果不是这么多人在旁边，他会紧紧抱住她，亲个够。

他们走远了，又消失在白色的浓雾中了，她还痴痴地站在门口想着心事。

一种烦恼在悄悄搔弄着她的心，自己既不能把丈夫从这里喊走，又没法帮助他们解除劳苦……

一点钟左右，她挑了一挑热茶，晃悠悠地沿着那雾雨轻飞的公路走去，刚走出一段路，一辆军用吉普迎面驶来，在她面前戛然止住。车上几个战士都是满脸灰尘和倦容，有个人伸头望了望，兴奋地喊道："啊！有热茶。"

坐在驾驶座旁边的一个干部制止那士兵："别给人家添麻烦，你没看到，茶是送给道班工人的！"

那个战士不作声了。

她却赶紧放下担子，亲切地笑着说："同志，想喝茶吗？请下来嘛！"

车上的战士却不动，他们虽然口渴却不敢违反命令。

她举起茶桶递过去："喝嘛！客气哪样！"

见那些战士还不敢动，她故作生气地责备那个干部："你看着干哪样？快接着嘛！我抬不动了。"

那个年轻干部赶忙接住。

"喝呀！"她殷勤地劝道，又补了一句，"我们家就在路边上，喝完了我再烧。"

那些战士也实在太渴了，接过她递上去的茶缸就大口大口喝开了，有的还边喝边说："好香！"有的说："天哪！这一上午真把我渴坏了，冷水又不让喝。"

那个干部长相颇文静，等其他人喝够了，他才接过茶缸。

看他满满饮了一茶缸又一茶缸，也是渴得很呢！

她蛮有兴趣地望着他们，微笑着问那个干部："你是个排长吧？把小弟兄管得怪严的呢！"

那个干部也不说话，只是笑。

旁边一个战士笑道："阿嫂，你猜错了，他不是排长，是参谋。不过还是管着我们的官。"

参谋敲了一下这个战士的脑袋："就你知道得多！"然后拿出一块钱，抱歉地说，"阿嫂，多谢你了。这是茶钱！"

她生气了，红着脸大声说："哪个要钱！"提着桶，折转身就走。

参谋急得在车上大叫："阿嫂，你别生气，别生气。"

她这才回过头来妩媚地一笑："参谋，你们慢走！"

车飞速地开走了，看来他们急着赶路。

她又折返回去烧第二锅开水，给丈夫他们送茶。这天上午她忙进忙出，也就不觉得寂寞。

这天晚上，她睡到半夜突然感到雷鸣电闪，风雨大作。轰隆的雷声自远而近，铿锵地打在山谷的岩石上，震得这简陋的道班房门窗剧烈晃荡，接踵而来的是那一泻千里的疾风骤雨，整个山野都被这风雨雷电压得在痛苦地呻吟、呼唤。

她靠在丈夫的怀里睡得正甜，也被惊醒，看着窗外那一掠而过的苍白闪电，迷迷糊糊地说："你们这大山上好怕人哟！"

丈夫紧紧搂着她，搂得那么有力，真舒服。

风雨中，还听得见有低沉的吼声。

"老虎。"她恐惧地说。

丈夫轻轻笑了："是汽车。"

"这么晚还来车？"她又想起了上午路过喝茶的那几个战士。

"部队多是在晚上行动。"丈夫说。

"风大雨大，晚上在山里行车多危险。"她的思绪被引向那些雨夜行车的战士。

丈夫坐了起来。汽车的声音越来越响，看来车不少，还是载重车。可是，车子怎么老在远处响着，不见过来呢？他担心地想："是不是又塌方了？"

她也坐起来，紧靠着丈夫侧耳倾听。

丈夫轻轻抚摸着她的脸道："我看，你明天还是找个顺路车回去吧！"

前些日子，丈夫是那么央求她来，来了，是那么欢喜地舍不得她走，如今，却突然提出叫她走，她明白大概真是要打仗了！

她身子一扭，伸出那裸露的雪白手臂紧紧箍住丈夫："我不走，我不放心你。"

"一打仗，我们养路工人就更忙了，可能几天几夜不回来。我没时间招呼你，你会恼火的。"丈夫说。

"我就是不走。"她口里这样说，心里却想到，真要把自己孤零零地丢在这道班房里，那多害怕。

但，她没有说，她见丈夫脸色越来越严峻，不知在想什么。

风雨更猛烈了，那风雨从云天扑下来，又仿佛从山谷腾起。这小小的屋子也好像要被冲垮、抬走。

那汽车的声音还在时停时响着。

丈夫下床抓了件蓑衣披上，说："我看看去！"

"这么晚……"她才说了半句，丈夫已推开门消失在雨夜中。接着那些道班工人也在纷纷往外走。

她拥着被子靠在床上，还觉得全身发冷。可是丈夫如今却在雨中呢！还有那些战士。

她盼望雨停，盼望天亮。可是，风雨仍然是那么猛烈，夜仍然是这么黑……

她再也坐不住了，穿好衣服，戴上竹笠，还披了件塑料雨衣，锁上门就往外边走。

她一走进黑沉沉的雨地里，就像掉进无边无际的巨大深渊中一样，四顾茫然。才走了几步，一阵急骤的风雨旋转着扑过来，刮走了她头上的竹笠，把她拢起的发髻也抖散了，顿时像有无数柔软而又有力的双手抓起她的长发，散乱地飞舞……

雨从她的头上灌进颈里，内衣全都湿透。既然已经淋成这样，她也就横下一条心来往前走。

风雨团团围着她，扑打她，掀起她的雨衣、裙子，把泥水溅在她的腿上。她只好艰难地一步一步往前挪，尽量不滑倒，不跌下路边的悬崖。

她走走停停，终于听见了低沉的人声和车辆移动的声音，那不是一个人，一辆车，而是几十，几百……

她加快步子，滑倒了，一身泥水，又爬起来急急往前走。她想念丈夫，更想搞清楚，这么多车子为什么会阻在这里。

她听到了丈夫的声音："左打、左打，慢、慢，右打、右打……"

她走近前，通过一掠而过的闪电，才看清楚，是丈夫站在车队前边引路呢！

那都是平日很少见过的巨型牵引车，炮筒裹着防雨帆布，高高翘着，威严吓人。每辆车前都站着一个干部，似乎每人牵着一辆车。

她明白了，这雨夜又临近边境，不能开灯，只好这样摸索着走。丈夫熟悉这一段道路，当然是牵头人。

在这庄严时刻，她哪里还敢过去惊动他们。她呆呆站立在路边，任凭风吹雨打……

第二天，这山顶公路上一字长蛇似的摆下了许多门大炮。士兵们神速地挖好掩体、支起帐篷、搭起伪装网，寂静、荒凉的山野，一夜之间变成了肃杀庄严的炮阵地。云从山谷间升起，温柔地向炮位上的士兵涌去，好像他们是老朋友。

她清晨出门一看，几乎惊疑这是梦幻。但，那天见过面的参谋笑着走过来，说："阿嫂，你好呀！"

"你好！"她也笑盈盈地回答。

他指了指离道班房五十米左右的那门大炮和帐篷："我们是邻居了。"

她很高兴："我天天给你们送茶水。"

"谢谢！我们带了锅灶。自己烧开水、做饭。"

她不以为然地说："你们的开水，哪有我的糯米香茶好喝。"

"是这样，是这样。那天，我们车上的同志都很感谢你呢！"

她微微一笑："你管得太严了，弟兄们渴了，也不让他们喝。"

他也笑了。

吃过中午饭，丈夫对她说："明天有一辆车子上山来送米、送菜，你坐那辆车子回去吧!"

"我不走。"

"要打仗了。"

"我晓得。"

"这里危险!"

"你不怕，我也不怕。"

前几天她闹着要走，这时候又坚决地要留下来，丈夫未免有些纳闷。

房间里没有其他人，她温柔地亲了亲丈夫："要打仗了，你一定更忙、更累，我不放心，我要留下来照顾你。还有那些解放军，我也可以给他们缝缝补补，你看他们的衣裳，破成什么样了。"

丈夫感动地伸出双臂紧紧抱住她。

第一次炮战时，她几乎被吓呆了。那巨大的轰响似乎要把这大山都劈开、掀掉。

尽管大雾弥天、大雨滂沱或者星月无光，敌我两边的大炮都睁大着眼睛寻找各自的目标轰个不停。

那天下午，她刚挑着桶去送茶水，炮声轰地一响，山也剧烈晃动，震得她的心都几乎要从喉咙里蹦出来，那两桶茶也摔得淌了一地。她不知道炮弹在哪里爆炸，只觉得天在压下来，地在崩塌，慌乱中她抱住那株老杉树，树干也在抖动……

炮声刚歇，那个参谋不知从哪里冲了过来，抓住她的手就往附近一个由天然岩洞改建成的防炮洞跑，把她推进洞里后，才说：

"阿嫂，危险，你别再出来!"又往洞外跑。

一会儿，剧烈的炮声又起了。

她腿脚都是软软的，只好坐在那光滑而潮湿的岩石上，听着时紧时缓的炮声，为丈夫和那些士兵担心……

这几天，丈夫和道班工人们日夜都在公路上忙着，炮战一停止，就沿路去检查，对那些被敌人的炮弹轰坏的地段，运土填石，进行抢修，好让运炮弹的卡车能顺利通过。这是既辛苦又危险的事，虽然领导给增加了十几个临时工，可是哪里忙得过来呀！

如今，丈夫在哪里呢？他平安吗？越想，她越难以在这洞里待下去。趁着炮战的间隙，她走出石洞，收拾起那对水桶，赶回去又烧了一挑茶，送往丈夫的工地。刚走了一段路，炮战又起，炮弹在银色的雾中呼啸乱飞，在附近爆炸，震得山谷长久轰轰作响；她想找一个地方躲一躲，但，这附近一个山洞也没有，只好硬着头皮往前走。

越往前走，炮弹的爆炸声越剧烈，这说明敌人又在朝这个方向射击。前边有座在两山峡谷之间凌空悬起的铁索桥，敌人大概想轰垮桥来切断这条公路。

她只好疾走一阵，又在树脚下躲一躲。她也知道，什么大树也挡不住那么重的炮弹，但，这样做，好像能定定神，再积蓄一点力量往前闯。

丈夫和那些道班工人正在公路拐弯处填一个弹坑，见她来了，都有些惊讶。丈夫还用埋怨的口气说："哎！你怎么也来了，这里是炮击区！"

那些工人实在是太口渴了，都拥过来抢着喝茶。

可是，丈夫对大家却是催促得那么紧："快、快，喝完水，就快干，再过半小时，运炮弹的车队就要过来。"

他们又忙开了。

丈夫抱歉地对她说："我忙，那边有个防炮洞，你去躲躲吧！"

她见丈夫一脸泥水、大汗，心疼得很，拿出手帕来要给他擦拭。丈夫怕人笑话，忙躲闪："别这样，别这样。"

"怕什么？"她紧紧拉住丈夫不放。炮弹飞来，不知是凶是吉，还顾虑什么？然后又抢过小车来帮助推土。

好几个年轻人同时喊起来："阿嫂，你别管，有我们呢！"

"这是我的心意。"她轻声说。汗从她那白嫩的脸上流下来，像涂了一层油彩似的闪光发亮。

这天炮战很激烈。打打停停，停停打打，从拂晓一直轰到黄昏。

开始她只是想帮帮忙，但，弹坑不断出现，运炮弹的卡车不断受阻，她也就忘了疲惫，拼命地推车运土。丈夫起初还关切地叫她回去休息，后来一紧张，也就忘了。

黄昏时候，道班工人们才填平大小弹坑，清理了塌方，疲累地往回走。

这时候，她才觉得手臂、腰、腿都很酸痛，一步也不想挪动了。

丈夫扶着她走，轻声埋怨她："我说了，你不要来，你不听，累坏了吧？"

她紧紧靠住他："这样挺好。叫我在家里等着你、盼着你，比这还难受。"

丈夫感动地做了一个想拥抱她又不敢的姿势。

一个年轻道班工人大笑："班长，勇敢点嘛！"

她脸红了，也更美丽了。

另外一个正推着小车的年轻工人说道："班长，阿嫂累了，让她坐车吧！"

"不，不，我不。"她真的害羞了。

丈夫已经轻轻把她托起放进小车里。年轻的工人们高兴地大笑，好几个人争着来推车。

她坐在车上甜甜地笑着。她真想对丈夫说："我不回去了，在山上和你们在一起多愉快。"

她又想起了那简陋的道班房，她突然觉得那里是多么温暖诱人，如今，回去洗一洗，吃顿热饭，安稳地在那竹篾床上睡一觉，多舒服。她决定忙过这几天后，好好地把房间收拾、布置一下，既然不走了，那就要像个家。

她半倚在小车上，微闭着眼，觉得是这么幸福。

突然，道班工人们一阵惊愕的呐喊声把她惊醒。

敌人的一颗炮弹在道班房附近爆炸，已把房子震塌。上午还是青砖灰瓦的小四合院，如今已断壁残垣一片瓦砾。

那个参谋正守在那里，忙迎上来面有难色地说："真糟糕，你们的屋子被震塌了。领导上已有指示，打完仗给你们重建，今晚先给你们送几顶帐篷和一些被褥来过夜！"

大家没有作声，这实在是太出乎意料了。

这参谋又说："敌人本想拔掉我们这门炮，可是技术不高，打偏了。这就给你们带来了灾难，真让我们不安。不过，请你们放心，今天的炮战，敌人的炮群已被我们轰毁，再也闹不起来了。"

她望着那伪装网下的大炮，又望望已塌毁的道班房，脸上滚下了几颗热泪。

那个参谋以为她是可惜自己的家，忙说："阿嫂，你别难过，我们领导已经说过，损坏的东西，我们都负责赔偿。"

"不，不，不是这样。"她擦去眼泪从小车上跳下来，"我是为你们担心。幸好这颗炮弹打偏了，不然，真，真叫人害怕。"

那个参谋没有再作声，那对严峻而又自信的明亮大眼睛却一片湿润。

这时候，天色已晚，飘荡了一天的云雾，如今都文静地沉在山谷里，如同一湾乳白的奶汁；一轮满月刚刚升起，把清澈的银光从天际洒下来，帐篷、大炮、战士的钢盔，以及倒塌的墙垣，都在闪闪发亮。

她觉得今夜月色真好，这山野是这么清爽、明净……

（原载 1985 年《人民文学》第五期，1986 年入选《1985年全国短篇小说佳作集》，1988 年入选《1985—1986 年全国短篇小说评选获奖作品集》，1996 年入选《人民文学小说选萃》，1999 年入选《五十年精品文丛·短篇小说卷》，1999 年 1 月入选《中华人民共和国五十年文学名作》，1988 年 4 月荣获中国作家协会第八届全国优秀短篇小说奖）

◎ 张来赣

张来赣（1944—1999），男，汉族，湘东排上人。中国民间文艺家协会会员，曾任萍乡市作家协会理事、萍乡市音乐文学学会会长、萍乡钢铁厂文协主席。1958年进入南昌钢铁厂工作，1963年调入萍乡钢铁厂。毕业于电视大学中文专业。发表过诗歌、散文、中短篇小说、民间文学、报告文学和歌词等作品。1962年处女作《甘蔗岛啊甘蔗林》发表在《南昌晚报》上，以后分别在《星火》《心声歌刊》《词刊》《人民日报》《江西日报》《江西工人报》《花径》和《乡风》等报刊上发表作品，出版有中短篇小说集《神秘配方》、散文集《远山、远水、远村》。

蛇　趣（散文）

对于蛇这种生物，人们既好奇又惧怕，既想看到它又怕碰到它。若是有人讲蛇的故事，听的人是很乐意的，要是真的蛇来了，人们又会毛骨悚然甚而惊叫的。

对蛇的惧怕，不要说是一般的人，就是那些个捕蛇者，对蛇也是敬畏三分的。前不久我采访了一位捉蛇能人，他说："不要光看我们轻易地能捉到蛇，谁又晓得我们比不捉蛇的人更怕蛇呢？"他说有三种蛇不能捉：一是对着你来的蛇不要捉，它瞪眼吐舌，呼群直追，以死相拼；二是特长特细的蛇赶紧躲开，它在变换着法招，惹你上当；三是特短特粗的蛇千万莫捉，它不合比例，蓄谋在胸，随时准备与你斗法。这三种蛇都有来头，斗它不过就会送命。捉蛇的人被蛇咬伤的事例比不捉蛇的人要多得多。

小时候在家乡，经常会看到蛇，尽是些小蛇，有土皮子蛇、百结蛇、扇头疯和菜花蛇，还有水蛇，都不过尺多，或者两三尺长。有一天深夜，鸡突然咯咯叫着，父亲听到情况有异，点灯一看，鸡窝里进了一条扁担长的蛇。乡下对蛇是忌讳的，因为发现早，鸡没有伤着，父亲把那黑色的圆滚滚的蛇赶出屋外，没打它，那蛇以后再也没有来过。有次扯猪草，我在田岸上坐着休息，看到不远处禾田缺口下的小水宕里，一条一尺多长的蛇将头尾缠在两边青翠的禾梗上，肚子成弓形垂下，白色的肚皮扇一边打着小水宕的水，一边吞吃宕底的小鱼。这是条很聪明的蛇，怕它咬人，我悄然离开。

乡间对蛇的传说很多，而传得人人皆晓的是说有人打蛇把蛇的尾巴打断，蛇却钻进了洞中，蛇不忘断尾之恨，在尾上长了个包，作为复仇的标志，寻机报仇雪恨。那蛇溜进了打断它尾巴的人家中，见仇人睡在蚊帐内，一时不好从何处进攻，于是，蛇从床架爬上帐顶，见有一小洞，将头钻入洞中，想扑到仇人身上咬一个痛快，可是蛇忘记了自己尾巴上长了个包，包大于洞，只好悬在空中，口中吐着暗红色的毒芯，可就是够不着。也是那人命大，醒来见毒蛇悬顶，吓得瞳孔扩散，面黄如蜡，轻轻移身床下，把上次没打死的蛇判了极刑。

蛇是有灵性的，自古有牛鬼蛇神之说。牛鬼在此不论，且说蛇神，来源甚古。《拾遗记》有故事说：夏禹开凿龙门时，见一神人，蛇身人面，送夏禹一个玉简，可以量度天地，夏禹用这玉简平定水土。相传伏羲女娲都是蛇身人面之神，《山海经》和《列子》都有此说，便是佛经中也有蛇神，是《延命地藏经》所载十五种神之一。佛经有故事说：古时有一大毒龙，自愿出家受戒进入深林，疲极睡眠，此龙睡时变身为蛇，身有七色条纹，不幸被猎人发现，它宁可忍受剥皮之苦而不愿伤害猎人，因此善念，便转生第一忉利无上云云……可见在古时蛇是神的化身，是人们崇拜的图腾。

可是，这三角头、软溜溜、阴森森、来无踪、去无影、躲在那里冷不防咬你一口的怪物始终没有逃脱被人憎恶的命运。尽管人们吃它用它，将它换钱，用它治病，取胆制药，整条浸酒，剥皮制琴，清炖红烧到现今养它取毒，仍换不到人们的一丝善念。它不仅时刻防人——地球上对蛇最野蛮最残酷的敌人，还要对付吃它的鸟类和黄鼠狼，狗熊也吃它，连野猪也以它为食。

蛇，古时被人们尊为神，在人和自然界的天敌大力捕杀它时，它有时不得不显示神的威力。报载神农架一蛇王报仇与一野猪同归于尽的故事，真叫人不可思议。一头500多斤重的野猪，毛坚皮硬，凶猛无敌，靠吃蛇长大，膘肥体壮。那蛇王用计诱敌，谋划得周密仔细，直逼得那野猪竖起前身捕食时，瞄准猪下身，一口咬住其勃起的生殖器注射毒汁，直到野猪气绝身亡，蛇王也同归于尽，完成复仇使命，演出原始森林中悲壮的一幕。可见蛇为了自己的生存权力是很有些壮烈精神的。

然而，人类不愧为地球上的主宰，对付蛇的办法真是智精技绝。但蛇在长期被人狂捕滥杀中能够生存至今，是对人类的一种无声的蔑视。但有一点蛇是愿意与人做朋友的，而且百依百顺。有文章写东方奇人王林，王林用一支竹笛，可以在10分钟内呼喊成千上万条蛇集于一处，长短不一，颜色各样，扭成网，结成团，戏闹着，亲热着……当他吹奏各自归去的笛音时，成千上万条蛇倏然而去。王林从不伤害一条蛇。

说实在话，我不喜欢蛇，至今我没有吃过蛇肉，我不敢吃，我是害怕它的样子。那鼓出的吻突，塌扁的鼻翼，时刻都想进攻的毒舌，尤其那些复仇雪恨的故事叫我耿耿于怀。但无论如何，我发现蛇是一个爱梦幻的物体，无论面对多么残酷的现实，蛇总是慵懒地梦幻着，盘缠起来沉入梦幻的天国，它是在重温过去的梦，还是幻想着它还在被人类当作图腾供养着？它想或许只是方式的不同。因为它是有恩于人的。据传远古时候本是蛇死人换皮，只是人实在是忍受不了这换皮的痛苦，惨相百出，惨不忍睹。人恳求蛇调换一下，宁可死也不受此换皮之苦。蛇毅然地把痛苦留给了自己。因此它在极其险恶的境遇中顽强地生存着，期待着人类中有识之士对它的理解或感恩。

日渐增长的人类自身生存的危机，是该与野生动物和平共处的时候了。人类的生存链中能够缺少哪一个环节呢？

◎ 张学龙

张学龙，男，汉族，1953年5月生，湘东老关人。中国作家协会会员，江西省作家协会原理事，江西省滕王阁文学院特聘作家，萍乡学院客座教授，萍乡市作家协会名誉主席，被中共萍乡市委、萍乡市人民政府授予"优秀人才"荣誉称号。毕业于中国人民解放军南京工程兵学院建筑工程系、江西师范大学中文系。20世纪80年代以来，充分利用业余时间，勤奋笔耕，创作并出版了长篇小说《安源往事》《大清洋矿》《龙骨》《惊涛裂岸》《日照苍山》《镇宅宝》《火种》《红炉》，中短篇小说集《兵血》《都想活得像个人》《焚黑》，长篇传记文学《凯丰传》，长篇散文《星出金鳌洲》和散文集《安源龙蛇》《情感世界》等作品多部，担任电视连续剧《晨光中的硝烟》编剧。其作品中，《安源往事》入围第六届"茅盾文学奖"，《大清洋矿》入围全国第十届"五个一工程奖"并获中共江西省委、江西省人民政府第二届优秀文艺作品奖，《火种》被列为2019年教育部主题重点图书、高中以上学生选读长篇作品之一并入围第十一届"茅盾文学奖"。1999年《兵血》、2012年《凯丰传》均获萍乡市人民政府优秀文艺作品一等奖。

村的冬晨 (散文)

下了几天大雪，天地间变成了大冰库，冷飕飕的，动物都被"冻住"了，村庄死一般的寂静。"窸窸窣窣"，"窸窸窣窣"……一个细微如老鼠做窝的动静在我耳边响起，这是稻草与稻草摩擦发出的声音，这声音告诉我，奶奶起床了，她在悄悄地穿着衣裳，"窸窸窣窣""窸窸窣窣"……

奶奶是村里起得最早的人,她要在我们起床之前,赶走屋里的冷,赶走屋里的饿。

"嗤——"一根火柴点亮了,火光立即勾勒出奶奶的身影,弯弯的背腰,干瘦的身躯,细细的颈脖,就像羞于将自己瘦小的躯体面对世人那般,火光很快又被团拢,团拢在奶奶两只合拢的巴掌中间。风在轻轻地吹,奶奶的白发在微微地动,奶奶跋着布鞋,捧着这团火光,走近书案,将煤油灯点燃。

油灯用墨水瓶做成,墨水瓶安在一截凿凹的松筒上,松筒上安了一个耳形的铁丝把。奶奶一手捏着灯把,一手挡着来风,轻轻地打开又带上房门,走进了她的生产车间——灶房。

我不知多少回看到这种景况。妈妈去世得早,我和弟妹差不多都是在奶奶一次次地点燃太阳光般的火团里成长起来的。奶奶不光天天首先走进冬的寒冷,也天天首先走进夏的酷热,走进知了叫得如同在油锅里炸一样惨叫的中午。奶奶会在村人午睡的梦乡走进当头的太阳。她担着鸡鸭粪,带着锄头和豆种,去田头地角进行"八月黄"的点播。钢水般的太阳煎出的汗水,常常会把奶奶胸前背后的衣裳湿透。土地上蒸起的热浪,常常把奶奶的脸庞灼得通红。奶奶挑担挥锄的喘息声,常常压过树上的知了声,这时的奶奶常常捞起粗布裤子揩汗,她那对瘪瘪的奶袋常常会向寂静的旷野坦白着她的廉洁和清贫。奶奶的一生,总是在和沉寂安静打交道,在和冰冷酷热做伴儿。奶奶不是不晓得"六月的日头十二月的雪,躲得一刻是一刻"的说道,可是人世间的生活,迫使她老人家不得不以只争朝夕的精神在水深火热中拼命劳作着……

"沙沙沙","沙沙沙",奶奶在用捅钩捅炭火,奶奶的手用力用得很轻很轻,生怕捅重了将一炉炭火从炉桥上捅下来。因为有时因炭里少放了黄土,没有黏性,使炭火容易散炉。今天,尽管奶奶谨小慎微得如同伺候一棵含羞草,可是她的努力还是白费了。就听得"哄"地一下,炉火就像泻肚子一般，全都掉进了灰膛里。于是，灶房里沉寂了。不难想象，现在的灰膛定是一片彤红，烧红的细炭拈不起、和不拢，在对奶奶作着无声的嘲笑呢。"吭！"我听到一个铁器与铁器的撞击声，那是奶奶扔开的捅钩重击在柴刀上，奶奶生气了，气得不得不弄出一个她平时最不愿意听到的声响，因为重新烧红一灶炭火，得花去奶奶半点多钟啊，奶奶怕她的孙子们上学迟到。奶奶的双脚开始移动，移动得比起床那刻快捷了许多许多，我知道，奶奶的下一个目标一定是去楼上，去楼上抓茶壳重生炉火。

在伙房劳作过的人都清楚，引燃煤炭最好的燃料是木炭，其次是油茶壳，干干的油茶壳下面放一把松毛，一根火柴就能使灶膛炉火纯青起来，奶奶生火做饭几十年，其工作要诀熟练得如同穆桂英挥舞夺命枪。

其实，奶奶的拿手好戏并非烧火做饭，而是结、织苎麻蚊帐。晒干的片片苎麻在她两手拇指和食指甲片的剥捻下，先分成一条条，再分成一丝丝，直至分剥到不能再分的头发丝状才肯罢休。苎麻分丝后，奶奶左边放一只麻篮，右边放一碗清水，右手蘸着清水，就在水平放置的两腿上，一根根地将麻丝搓结起来。奶奶结苎麻结得那样快捷，结得那样均匀，首尾相连的麻丝在她的两手之间就像春蚕吐丝般吐了出来……奶奶曾经当着我的面说："我要给你们每个人织一床苎麻帐子，乡下的蚊子太多。"她说这话的神色和郑重其事，不亚于秦始皇面对国人宣布要建一条万里长城。奶奶活了七十五岁，尽管进了城的我们不再需要蚊帐，尽管乡下的弟妹早挂上了尼龙蚊帐，但奶奶在二十几个寒暑中的晨曦里、夕阳下，依旧履行着自己的诺言，在她永远离开我们的前一个月的冬日里，终于完成了她一生中的一项宏伟工程……织了七床蚊帐，七床苎麻蚊帐的麻丝到底有万里长城几分之几长，到底能绕地球一周的几分之几，我和弟妹们没有算过，换成别人家的儿孙们恐怕也不会有人愿意花那时间对此作出详细的丈量，因为比起万里长城来，它的长度和分量在我们这些子孙面前显得是那样的微不足道……

听到奶奶上楼的动静，我无法再恋温暖的被窝，赶紧起床，为从楼上下来的奶奶扶着笔陡的楼梯。有我在楼下的仰望，奶奶下楼的双脚便踏实很多。奶奶一手提着装着茶壳的围裙，一手抓着梯杆，采星摘月归来般下到地面说："就起来做什么？"我说："睡不着。"奶奶说："肯信。"

奶奶站在灶的后面，将敲成一坨坨的炭块往灶筒里小心翼翼地放去。我蹲在灶的前面，往炉桥下面打着蒲扇。蒲扇很烂，发出杂乱无章的声响，像抖动一把烂伞。茶壳火被扇子扇得很旺，金黄色的火焰像蛇的信子一样一下一下从灶筒里窜出，奶奶的手就被火舌一次次地舔食着，她的双眼被滚滚而出的浓烟直熏着，熏得不停地左躲右闪。奶奶的手因怕炭块架得不准不稳，在烈火中经受着真金般的考验。奶奶的双眼在浓烟中淌着泪水，却还像天宇中的启明星一样一眨不眨着。奶奶啊，你就是在这样的环境中为你的子孙们驱着寒、赶着饿的哟！

当灶房里暖如春的时候，当厅堂里溢满了饭菜的香味的时候，我的弟妹们如同窜出埋伏的小土匪，一个个蓬头垢面、披衣搂裤，哇哇乱叫地冲向火塘边，冲向餐桌上……

这时的奶奶，连围裙也没时间解下，盛着一碗薯丝饭，夹一夹咸腌菜，站在她的工作台灶背后，静静地启动着残缺的牙齿，艰难地蠕动着喉结，吃着她的所谓早餐。她的心思丝毫不在她的苦难生活上，她的注意力全在餐桌边我和弟妹们的贪婪进食中。这时奶奶极像一个音乐发烧友，像在细细品尝着来自维也纳金色大厅中的"施特劳斯"之音啊。

（选自《情感世界》，大众文艺出版社 2010 年版。文章原名为《火光中的奶奶》）

《大清洋矿》节选（小说）

安排赖伦等人安歇后，顾家相回到了县衙。由于衙里除了十几张油漆斑驳的书案和十几大柜写有字或没写字的纸张，没有什么值钱的东西，连老鼠都不愿进来。因此，除大门侧室里有个裹着脏兮兮棉袄守夜的老头儿外，别无他人。县衙内清静，公事房安宁。

顾家相走进漆黑的院内，一时竟迈不开步来。这时，他想起李寿铨刚才送给他的一件东西。李寿铨说，这洋鬼子的东西能让瞎子开眼。他忙把这个叫手电的东西从怀里取出，按李寿铨教给的法子，两手认认真真地握着，再用右手拇指一按。嘿，这家伙神了，你看，那条光束多像一根老长老长的刚刚剥去皮的杉木棍啊！它直直地戳穿黑暗，把所指的地方照得如同白昼。他两手动一动，光束遂人愿，想指哪里就指哪里。有这光束，他再也不担心眼前这个天地中哪里深哪里浅了。顾家相一高兴，就想哼几声。他学着舞台上的老生模样，迈着四方步，抖着马蹄袖，唱开了京剧《铡美案》："包龙图打坐在开封府……"可刚唱几句，他就闭了嘴。原来，老父母官一高兴，就松了大拇指，不承想大拇指下的那粒被按的小籽欺软怕硬，趁他松手之机，居然弹了起来，把那根刚刚伸出的"杉木棍"抽了回来。他这才知道，这小籽松不得，松了它会让你再度变成瞎子的。他一拍额头，记起来了。为了不让光束缩回，李寿铨教给了他另一种操作办法。于是他再次两手握着手电，右手大拇指将手电上那小籽后的一块瓦形的小铁皮按住，往前一推，"哗"，光束又伸出去了。他小心翼翼地松开大拇指。嗬！那横在黑暗中的光束再也缩不回来了。

走进公事房，来到书案边，他弯下腰，将一只沉甸甸的小皮箱从抽屉里取出，放到案上，准备出门。春节将至，作为一县父母官，他得在节前把一些该处理的事情处理熨帖，该去的地方得去去，该看的地方得看看，爱民如子嘛。

"老父母，别来无恙吧?"一个声音突然在室内响起，惊得顾家相的毛发都直了。他赶紧拿起手电，往声音方向照去。活见鬼了，面前站着的竟是秦汉坚！秦汉坚很坦然，进门后连门也不关，就像来办公事一样说："没想到吧，这个时候来你面前的，会是被你下令通缉的在逃犯秦汉坚！"

秦汉坚走到书案边，摸了摸案上的皮包，并用指头在上面弹了弹，说："顾大人，如果我没猜错，这是你向李寿铨索要的银子，这银子是送给文廷式夫人陈氏过年的。"

顾家相大吃一惊，问："你怎么知道？"

秦汉坚说："因为陈氏离开了文廷式，手头拮据得很。文廷式为萍矿建矿起了重要作用，要几个银子，那是天经地义的事，对吧？当然，你不向萍矿要，萍矿也会给的，因为李寿铨毕竟是个通情达理的人嘛。"

顾家相本想大叫"来人，将秦汉坚捆了"，但夜深人静的衙门内没人当差，就是喊破嗓子，除了惊了几只不停地叫冷的蟋蟀，不会有一根人毛来到跟前。父母大人只能镇定下来，沉着应对："你是走投无路了，来自首的？"

"顾大人，你什么时候看过秦某走投无路哇？"秦汉坚反客为主，给顾家相打了个十分礼貌的手势说："站着说话腰痛，我们坐下慢慢聊吧。"

顾家相没有搭理秦汉坚，再问："这么说，你还想过亡命天涯的日子？"

秦汉坚不急，从火盆上拿起那把链在一起的铜火筷，把火盆中的木炭灰扒开，于是，埋在炭灰中准备第二天用来生火的火种便亮在了面前，秦汉坚把所有燃着的木炭很有耐心地一一拢在一起，残存的火种居然死灰复燃，形成了青色的火焰。秦汉坚真像是夜里闲着无事来这里聊天一样，说："顾大人，我根本不存在亡命天涯的可能。我倒想提醒大人，你倒是有可能发配伊犁。"

顾家相悬着的心悬得更高了，问："什么意思？"

秦汉坚取一根香烟，在木炭上点着火，说："四个月前，你跟张赞宸是怎样送文廷式离开萍乡的，估计你不会忘记吧？"

顾家相脑袋里"嗡"的一响。

秦汉坚将点燃的香烟吸了一口，很是舒坦地吐出来说："别以为你们做得很隐秘，告诉你吧，天下没有不透风的墙。真是应了'若要人不知，除非己莫为'这句话啊。"

顾家相凑近秦汉坚，压低声音说："你别狗咬蚊子，张口乱撂！"秦汉坚斜了一眼顾家相，非常轻松地说："湖南巡抚陈宝箴派他的儿子陈三立，给你送来的那东西，难道是请你去长沙赴宴的请柬？"

顾家相被秦汉坚的话压得几乎透不过气来。

秦汉坚说："文廷式被老佛爷削职为民，依旧不忘大清，忠心耿耿地帮助朝廷建造萍乡大矿，这种精神委实会感动你和张赞宸这种良心未泯的官员。可文廷式好心没好报，慈禧就是不喜欢文廷式，偏要拿他去京城问斩。我曾在老佛爷宫外当过差，就因手脚有些不检点，差点被她打死。现在不得不拿你们暗助文廷式逃跑的事，去她老人家那儿将功补过、邀功请赏了。"

顾家相一屁股坐在秦汉坚身边，感觉自己脖子上正架着一把锋利无比的鬼头刀，那刀只需一动，自己的脑壳就会在地下打滚啊！有眼前的秦汉坚，不但他的一切要完，就连萍矿总办张赞宸也不可能幸免。

秦汉坚慢慢抽着烟说："当然，我秦汉坚也不是非得拿文廷式的事为难你们。如果顾大人以文廷式诬陷我贪污他的钱为由，收回官方对我的通缉令，同时允许日本人来萍乡买地开矿，我可以把你暗助文廷式的事永远埋在我的肚子里。"

顾家相没有说话，他知道秦汉坚今天来衙门里的真正目的了。怎么办？答应这畜生的要挟，他就对不住文廷式。秦汉坚贪污广泰福号的银子，那是铁板上钉钉的事。同时，他更对不起供他俸禄的大清王朝。帮助日本人进萍乡开矿，就等于让日本人切断大清制铁业的能源，大清哪个稍有点爱国之心的人，会允许野心勃勃的日本人把手伸进萍乡来？如果不答应他的要挟，秦汉坚肯定会将自己暗助文廷式逃脱的事捅出去，到那时，他跟张赞宸甚至连盛宣怀都可能牵扯进去。他已经连累一回远在家乡浙江会稽的老父老母兄弟姐妹，以及身边的妻子儿女了，他再也不忍让他们遭牢狱之罪啊。

秦汉坚说："文廷式远走他乡，估计十有八九回不了萍乡了，我拿他那一万两银子，就你一句话，一切都化为子虚乌有。"

顾家相说："可走了文廷式，还有刘泽鳌！"

"刘泽鳌？哦，对了，"秦汉坚指头一敲脑门子说，"还有刘泽鳌知道这件事。这好办，我叫北方那几个朋友放下手头的活，发点儿狠，帮我一个忙，就可以让刘泽鳌永远躺在北方的乱葬岗子上。日本人来萍乡，只要你顾大人去一下省衙，上一个批准开矿的折子，剩下来的事由我去办。要是顾大人想在日本人的矿上入点干股，只需向我说一声，一切都将办得天衣无缝。父母大人，天下人都在昏睡，就你一个清醒，何苦呢！你的能耐有文道希大吗？没有，肯定没有！皇帝爷都保不住文廷式，你把腰板挺这么直？累不累呀？"

顾家相说："要是本官把腰板继续挺这么直，不嫌累呢？"

秦汉坚轻轻一笑说："等一下我就上街，向整个萍乡城吆喝一遍，就说顾大人私放大清钦犯文廷式！"

顾家相一拍桌子，站了起来，声色俱厉地警告说："可我会在你还没开口之前，就把你的脖子拧断！"

"好啊！"秦汉坚将尚未抽完的烟砸进火盆里，也站了起来，他将脖子一扯长，伸向顾家相说："顾大人，拧啊，你拧！本人还从没享受过被人拧脖子的滋味呢！"

顾家相两手一伸，握住秦汉坚的脖子。他要将这个欺骗过文廷式、多次煽动不明真相的民众对抗朝廷大矿在萍落户、引日本人侵萍乡并要置他和张赞宸于死地的家伙活活地掐死，要掐得他的舌头像吊死的狗一样伸出来，要掐得他的眼珠像金鱼眼一样凸出来，连遗嘱都无法留下！可父母大人心有余力不足，他的双手平日里只能舞文弄墨，连杀只鸡都得请人帮忙。他不敢往秦汉坚的脖子上使劲，他面对的是一个活生生的人啊！

"这就对了。"秦汉坚把顾家相的手推开后，径直走到书案边，为顾家相铺开文牍纸，说："写吧，先写我欠文廷式一万两白银纯属子虚乌有，然后向省衙呈请让日本人进萍乡开矿。"

"让爷子给你写！"

一个声音突然出现在公事房里，说话人身曳寒风，手持尖刀，几步闯进房来，只见尖刀闪一道亮光，便直抵秦汉坚的胸脯，将秦汉坚逼得连连后退，最后乖乖地紧贴在墙上。

轮到秦汉坚毛发倒竖了，他惊叫道："陈老板，怎么会是你？山虎兄弟！你想干什么？"

陈山虎眯缝着眼，眼中射出比冰霜还冷的光，逼问道："你说，给德国矿师面包里下毒药，是不是你指使穿山甲干的？"

"不是！我……"

"你一潜回萍乡，我就派卜未来先生暗地里盯上你了，还想赖账。说！"

陈山虎右手稍一用劲，刀尖便扎进了皮肉之中。

"哎哟！是……是我！"

"说！为什么这样做？"

"是黑山一郎叫我这样做的。他说，只要把德国矿师毒死了，安源煤矿一定会大乱，国际纠纷一旦发生，盛宣怀在萍乡的工程就得停止，到那时，汉阳铁厂还得进口日本的高价焦炭，制铁业还得受制于日本。即使盛宣怀平息了乱子，坚持要挖萍乡的煤，德国和所有西洋矿师也不敢来萍乡，盛宣怀还得求助于日本人。日本人一来，垄断萍乡的煤炭就有了希望。"

"使得好手段呵！"陈山虎的刀子一挑，四两拨千斤地把秦汉坚挑到了书案边，说，"快，把刚才说的全部给爷子写下来！"

"陈老板，我……"

"写！"陈山虎刀子一收，把秦汉坚按在桌上，再将刀子扎在他的背上。

秦汉坚确确切切地感到，冷冰冰的刀子已经扎进自己的皮肉中，那刀尖正在陈山虎剧烈颤动的手中清清楚楚地摇晃着，陈山虎只消稍微一用劲，他背上的血液就会像喷泉一样射出来，还容得自己想写还是不想写吗？秦汉坚是聪明的，他需要陈山虎赶紧将那该死的刀子拔出来，因此他拿起了笔，按照陈山虎的要求，把毒害德国矿师的经过一五一十地写在了纸上，之后，按上了手印。就在秦汉坚的手刚一离开纸张的那一瞬间，陈山虎的右手就下力了，刀子像牯牛拉动的锋利犁头，顺利地刺进秦汉坚肮脏如垃圾的体内。为了让秦汉坚死得利索些，陈山虎的左手像屠夫杀猪一样，使劲按住挣扎着的秦汉坚，同时如同宣读判决书一样一字一顿地说："秦汉坚，我陈山虎过去不会杀鸡，也不会杀狗，更不会杀人，但今天没办法，你逼得我走投无路，这怪不得我。过去，你骗了刘泽鳌，害了文三哥，拿紫红送人，让我跟日本人联手对抗朝廷大矿。现在，你又从黑山一郎手里接过毒药，去毒德国矿师，挑起更大的事端，企图歹毒地中止整个萍矿的建设。这还不算，你还借过去对你很是不薄的文三哥落难之事，加害顾大人和张总办。你心狠手辣，蛇蝎心肠！你不是人，你是豺狼虎豹！萍矿有你在就别想建成，萍乡有你在就别想安宁，今天我成全了你！"

垂死的秦汉坚不甘就此走完人生路，他悄悄地用脚后跟猛地往后一勾，恰好击在陈山虎胯下的要害上，陈山虎猝不及防，痛得将刀子拔了出来。秦汉坚趁机转过身，黏着鲜血的双手猛地向陈山虎扑了过来。陈山虎不敢迟疑，右手用力一推，沾满鲜血的刀子再次捅进秦汉坚的体内。秦汉坚"啊"了一声，再也支撑不住了，他乖乖地靠在书案上，两条手臂如同死蛇一样垂落下去，无力地摆动着。陈山虎刀子一旋、一拔，一股温热的液体"哗"地从秦汉坚的胸前喷射出来。

面对突如其来的事变，顾家相傻了眼，一动也不敢动地站在那里。当秦汉坚扑地倒下去时，他才猛然惊醒过来，压低嗓门叫道："陈老板，你……怎么能这样？"

陈山虎很平静地走到一边，从墙上扯下一块白抹布，将刀上的血迹揩拭干净说："大人，你别担心，等下我用这块抹布蘸上这畜生的血，在县衙的大门写上八个字：杀秦汉坚者，陈山虎！"

"你疯了！"顾家相尖叫，"这里不是《水浒传》里的狮子楼，这是执法如山的县大衙，你懂不懂？"

陈山虎无所谓地说："正因为是这样，我才更应当这么做。大人，就凭你为了萍乡人能过上好日子，日日夜夜操劳着；就凭你不怕掉脑壳，帮助文三哥离开官方的缉捕；就凭你从不向别人伸手，却为我身无分文的姐姐、文廷式的夫人向李寿铨讨钱；就凭你刚才不向邪恶妥协，义正词严地怒斥秦汉坚，我陈山虎也不能让你再吃官司，你回家歇息吧，这里由我来处理。"

"你来处理？一个大死人，你把他弄到哪里去？今后他的家人来萍乡找人，怎么向他们交代？本县令明人不做暗事，自己惹的祸自己消灾，你让我好好想一想。"

顾家相来来回回地走动着，拼命在茫茫脑海里搜寻着应急对策。突然，他转过身来，从陈山虎手里夺过刀子，对着自己的腿上就是一刀，之后，不容分辩地喝令："快去外面叫人，就说有人潜入县衙行刺本县！正在衙里办事的你小便回来，恰好撞上凶手，你为保护本县奋不顾身，与刺客展开一场死战，最后将刺客刺死！"

（本文选自长篇小说《大清洋矿》第三十二章"透风墙泄露文道希走脱原因，青锋剑堵死临头祸出口"）

◎ **彭鸽子**

彭鸽子，女，汉族，1957年4月生，祖籍湘东区湘东镇，毕业于北京大学中国语言文学系。中国作家协会会员，入选中国散文家大辞典、古今中外女名人辞典。1979年开始发表文学作品，著有小说、散文、报告文学。代表作有长篇小说《红嘴鸥的寻觅》，散文集《走进司岗里腹地》《雨雾山乡》，短篇小说集《倾斜的雪山》，报告文学《黑色走廊的幻灭》等。

2000年至2002年，长篇小说《红嘴鸥的寻觅》先后荣获文化部全国第三届蒲公英奖银奖，中国作家协会、国家环境保护总局首届全国环境文学优秀作品奖，云南省第三届文学艺术创作奖三等奖，中共昆明市委宣传部"优秀图书奖"。

2004年、2009年，散文集《走进司岗里腹地》先后荣获第三届冰心散文奖，云南文艺基金鼓励奖，昆明市第二届优秀文艺作品茶花奖铜奖。多篇短篇小说、散文荣获全国及省市报刊奖。

受《边城》的启迪（散文）

1976年还处于"文革"造成的书荒之中。巴金、沈从文、艾芜这样一些老作家的文学作品被"四人帮"扫荡焚毁后，已很难寻得。一天父亲的朋友拿来了一本人民文学出版社1957年出版的《沈从文小说选集》，为了能把这本书保存下来，这位朋友把书的封面撕去，用牛皮纸糊了个假封面。他知道父亲喜爱沈从文先生的作品，特意把这本书作为"文革"灾难后，他们能重逢的礼物送给了父亲。

父亲获得此书后，整日舍不得放下，他的"痴迷"也吸引我想看看这是一本什么样的书？一个月后父亲"读够了"才把书递给我说："你先读《边城》，这是沈先生小说中的经典。"

小说经典？我对这个词很茫然。正当我应该接受文化教育时"文革"开始了，由于家庭受冲击我只好辍学去当工人。那年月天天讲阶级斗争，除了"样板戏"没有其他的文学艺术，对中国有哪些优秀作家，产生过什么样的文学作品？一概不知，更不懂得什么是文学经典。

我用三个夜晚读完了《边城》，还谈不出经典之处。但有两点感受，《边城》很吸引我，我关心作品中"翠翠"的命运，她后来会不会幸福？

我把这感受告诉父亲，他说："你多读几遍，不要只是看故事。"

我又两遍、三遍、四遍地读下去。读第四遍时我感到沈先生笔下的《边城》有一种无穷无尽的既素朴又色彩明净的美吸引着我，感到了这个世界的过去和未来有那样多我发现不了，体会不了的美，需要优秀的文学作品来启发、提示我，也就想寻找更多的文学作品来读。

我被《边城》简洁的语言和艺术魅力所冲激，一下班回家就趴在桌上摘抄书中对景物、人物的描写。父亲见我很热爱这部作品，说："要学习经典之作，最好的办法是全文抄写，而且要多抄几遍。"

我用了三个月时间抄完了《边城》。每当月色好的夜晚我就会想起沈先生笔下那管渡船的老爷爷和他的孙女翠翠也是在这样月光如银子的夜晚吹着芦管唱着歌；看到河流我会想"茶峒"的河水现在还像《边城》中描写的那样清澈流动吗？

在抄第二遍《边城》的同时，我读完了收入这本选集中的《阿金》《萧萧》等21个短篇小说。父亲看我受《边城》的启迪开始了喜欢文学，又为我找来巴金的《家》，艾芜的《南行记》让我读。我感到这些文学作品描述的人事是那样丰富多彩，不由得也拿起笔开始把我看到的感受到的事物、情景记录下来。

1978年我随父亲去北戴河，第一次看到辽阔的大海，看到海上的日出和银子般流泻到海上的月亮，把我这云南高原的姑娘的心掀动得如涨潮的海水久久难以平静，我写出了处女作《日出》《夜海》两篇散文在1979年《个旧文艺》上发表。同年我第三遍抄完《边城》。

1979年后我的散文、小说陆续在全国报刊上发表，随着对文学作品的大量阅读和比较选择，我更加仰慕沈先生。为了鼓励我在文学创作上更加努力，1981年沈先生为我抄写的第三遍《边城》封面上题写了"《边城》鸽子存读"。

20 多年过去了，沈先生也早已仙去，如今当听到读者对我说："你的文章写得很抒情。"我会在心里说："感谢沈先生的《边城》给我的启迪。"这正如苏联作家爱伦堡所说："书籍通常会使人发生变化，但这一过程很长，而是觉察不到的。"要想不断提高自己，只有多读好书！

（原载 2005 年 5 月 20 日《云南日报》，2001 年 9 月获"第十二届全国书市'书与人生'征文"三等奖）

滚滚泥石流（散文）

我们的车出了昆明就往滇东北行走。行驶了 90 余公里后，就进入了东川地段，虽然路途这么近，地貌却大不一样，道路狭窄，弯越来越多，车转过几个 S 弯后，窗外如铅灰般暗淡的天空下，是一座又一座光秃秃的山包，这与我们刚走过的那些青绿山水相比，反差是那样大；受这天色地貌的影响，车上本来有说有笑的人，也变得情绪低沉而鸦雀无声了。只有驾驶员一边减慢车速，一边喃喃祈祷老天千万别下雨。

云南的 6 月初是雨季的开始，可以把炎热的夏天调节得如春天一样凉爽，可是对于处于雨洪型泥石流地区的东川，下雨就麻烦了，雨天常会发生泥石流，冲烂大地，阻断公路。由于路难行，东川并入昆明已半年了，我才踏上这片红土地。

我们的车刚开进东川城，雨哗哗啦啦下开了。我在雨中下了车，吐出胃里被颠得积存了许久的酸水，担心被阻于路上的事，幸好没有发生。

这一夜我靠在住宿处的床上听着滚滚的雷声和急骤的雨声，心想，今夜会不会又有庄稼、村庄受到泥石流侵害？

东川蒋家沟泥石流在世界上都很出名。这里每年不仅有国内外研究治理泥石流的专家前来居住观察，还有大学、中学及单位组织人员来参观，用实例教育人们要保护自然环境。

第二天清晨我们去往蒋家沟。车在凸凹的乡村土路上颠簸着，不断遇上昨夜被雨水冲下的一堆堆泥石，当汽车开过一段乱石峥嵘的险路，进入满是沙石的江边，我似乎听到了河水流淌的哗哗声，但向窗外的小江望去，却见不到流水，我颇纳闷，是空谷回音？

车开到一座河岔谷前停了下来，流水声变得更响了，如有千百只老虎怒吼着在河谷中乱闯，下车朝河谷中张望，没有老虎，也没有巨大的水浪，只见一股不足50厘米宽的灰色水流从山岔谷下缓缓流来。陪同我们的当地朋友告诉我："那响声就是从河谷中传来的，昨夜的暴雨又造成了山体滑坡，不知冲下多少泥石流进入小江。表面看来只有不到50厘米宽的细流，其实这整个河床都在运动，你仔细看，是河里的沙石在滚动，雨后泥沙的流速每秒钟10到100米，一头牛、一辆大卡车陷下去不到10分钟就会被卷得无影无踪。"

听得我毛骨悚然。

我从泥石流防治研究所许专家那里了解到，东川泥石流的形成主要是从前大量砍伐森林造成。小江泥石流，有四个世界之最：1. 分布最广：小江1400多平方公里流域中，有灾害性的泥石流沟却多达107条，其中有28条成灾严重，分布的密集是世界所罕见。2. 类型最多：小江几乎集中了世界上所有的泥石流类型，有坡面、河谷、侵蚀、量力型等。3. 发生频率最高：仅小江流域的蒋家沟，一年就要发生10至15次泥石流。4. 灾害最严重：据统计，20世纪60年代至今，发生过32次滑坡，阻断交通毁坏农田2000多亩，造成损失1.3亿多元，人员死亡近200人。7次阻断江流。每年有600万方泥沙流入小江，其中4000万吨输入金沙江，占长江泥沙量三分之二，严重威胁着长江三峡和4个即将在金沙江中游开发的特大电站。

许专家一边向我介绍，一边打开录像机让我看他们录下的泥石流龙头，那汹涌状真是如大大小小的黄灰色龙狂吼乱撞，冲向哪里毁灭哪里……

我们正看得紧张，突然听到外面有人惊恐地大喊："快、快抓住我们的手。"

许专家敏感地说："可能有人出事了。"

我们冲出去，看到我的一位同事正陷入江中的泥石流中，几个同事正手拉手去救他。还好，泥石流刚陷到他的大腿就被拉了上来，但他的脚杆上已被泥浆中的石片划出一道道血口。他擦着腿上的泥血心惊胆战地说："刚才我们从江中的一块块干滩上走近岔谷，近距离的去听那如虎啸的水声，原路返回时干滩却不干了，流动了起来，走在最后的我，一下就陷了下去，好可怕呵！"

许专家说："雨后的小江变幻无常，五分钟一个样，可不能随便下去。"

这真是看得人害怕。我想从前那些伐木者痛快地抡动刀斧野蛮地砍倒一片又一片森林时，可没想到会给后人造成这样大的灾难吧！

什么时候我再去小江，不是去观看泥石流，而是去闻鸟语花香。

（2004 年荣获国家环保总局宣教中心、《中国作家》杂志社等主办的"'黄浦江源'全国生态文化征文大奖赛"提名奖，刊于《云南日报》2005 年 5 月 20 日）

◎ 张安华

生死珠峰（纪实文学）

虽说就攀登珠峰的事已经准备多日，但是当出发时间真正来临时，仍然有一些不可名状的纠结和犹豫。我独自在办公室里静静地待了约一个小时。看着手机上朋友们发给我的许多珠峰途中遇难者遗体的照片，想到自己明天就要踏上攀登珠峰之路，晚上少数几位知道我去攀登珠峰的朋友要聚餐为我送行时，一种难以言说之感逐渐涌上心头。

自1921年人类开始组队攀登珠峰以来，先后献身珠峰者已约300人，伤残者不计其数。1953年新西兰人艾德蒙·希拉里和夏尔巴人丹增·诺盖成功登顶珠峰后，登上世界之巅成为许多登山探险者的终极向往和最高追求。曾经，攀登珠峰人员的死亡率约为15%，近几年死伤情况似乎更使人感到悲痛，2014年死亡16人，2015年死亡20余人，无一人成功登顶。我看着挂在墙上的珠峰攀登者遇难地分布图，觉得珠峰之路处处有凶险，在在是危途。面对大概率的死亡之旅，我最终去还是不去？

在沉重的思虑中，我再次打开了存入手机的三首歌曲——《在那遥远的地方》《珠穆朗玛》和《橄榄树》，一一听了一遍。我原计划在珠峰大本营时，多听听较为抒情的《在那遥远的地方》，以使技术性训练和适应性活动中的单调与枯燥得到一些缓解。在正式冲顶时多听听高昂激越的《珠穆朗玛》，以激励自己攀登珠峰的斗志和勇气。而在不幸遇到高原绝症或体力耗尽等无可挽救的情况时，打开《橄榄树》，听着"不要问我从哪里来"的歌声，躺在珠峰的冰雪上，静静地安然逝去，慢慢地与珠峰融为一体。但是，当计划可能变成现实，当死亡也许真的将要来临时，心里禁不住有些怯意和游移。

关于珠峰，虽然有很多令人兴奋的说法："登顶珠峰是极致的人生体验"，"到珠峰上去看一个真实的自己"，"经历过极致的困难，才能看到极致的美景"，"完美的人生，必须有一次绝尘壮游"，"要体验生命必须站在生命之上"，"挑战生命禁区，登上世界之巅，不辜负生命给你的上场机会"，"到珠峰极顶去盛开自己生命的故事"，"到世界之巅去感受生命的伟大，世界的壮丽"……

关于死亡，也有不少表述："要获得伟大的收获，我们就必须生活得好像永远不会走向死亡一样"，"死亡并不是生命的毁灭，而是换个地方"，"人不应该恐惧死亡，应该恐惧的是从未曾真正地活过"，"死亡是生命的赏赐，我们静静地迎接它，就像玫瑰谢落了最后一片花瓣"，"死去何所道，托体同山阿"……

有许多话，说起来很轻松，但轻松过后，真正面临死神时，很难不心生畏惧。

我关闭手机，不由自主地走出了办公室。

冥冥之中，似乎是想对自己熟悉的环境作一次告别，又像是莫名之间生出了一种对生命的珍惜和对人世的留恋，我走出办公楼，来到了长安街。我的办公地点在西单十字路口西南，紧靠长安街，离北京图书大厦不远。我曾经无数次到图书大厦买书购物，留下了无以数计的匆匆脚印。我看着图书大厦熟悉的门楣，心里想起自己老家关于人死后会到处去收回生前脚印的说法，不免在心里问着自己，万一在珠峰不幸身亡，自己的灵魂会来收回这里的脚印吗？

我离开图书大厦继续踱步向东，一会儿来到中南海的红墙外。我的视线在西门停了下来。我在江西工作时，为了华能井冈山电厂的建设事宜，曾经进中南海汇报过，并得到中央领导的关心和支持。电厂建成后，我从一名中层干部提升为厂领导，并在 2009 年 1 月 25 日胡锦涛总书记到井冈山电厂视察时有幸陪同，在 2011 年 8 月 15 日代表电厂来北京参加"全国模范劳动关系和谐企业表彰大会"受到习近平等党和国家领导人的接见。后来，我荣幸地被调入北京工作。由此，我一直将中南海视为我生命的福地，我一直庆幸自己能出生于一个如此美好的时代，能够有一截如此美好的生命。但是，我现在不禁暗自设问，此次珠峰之行，我能继续得到宝贵的福佑吗？

我慢慢走过新华门，来到了天安门。灿烂的阳光下，人民大会堂巍然屹立。2008 年 5 月 16 日，我曾经在人民大会堂参加过中国社会科学院经济学部举办的第四届中国经济论坛，并作了题为《中国电力体制改革的成效与问题》的发言，留下了一段美好的记忆。2011 年 11 月 22 日至 25 日，在人民大会堂参加过中国文学艺术界联合会第九次全国代表大会暨中国作家协会第八次全国代表大会，留下了一次难忘的经历。人民大会堂对面的国家博物馆，我曾经多次前往参观各种艺术作品的展览，也应邀出席过几次艺术作品展览的开幕式。自己也曾经打算将北京798艺术区和美国纽约联合国总部展览过的有关艺术作品，挑选一些到国家博物馆进行展出。如果这次攀登珠峰失败殒命，这些想法也就不可能实现了。

我继续向东走，一会儿到了王府井。这里有两个地方我曾经带着在北京读书的儿子多次来过，一个是王府井书店，一个是便宜小商品店。在书店买书时我会毫不犹豫地按照儿子的需求掏钱，而在购买日常用品时我抠得相当紧，目的是想培养儿子节俭朴素的生活习惯。现在儿子已经学有所成，能够丰衣足食，小夫妻俩虽然都学至博士毕业，收入也不错，但是都养成了低调朴实的生活习惯。这是让我感到十分欣慰的事情之一。

我一边走一边感受着似乎过去没有发现的美好，不知不觉来到了中国社会科学院门前。我停住脚步，注视良久。在这里，珍藏着我许多特殊的经历。我读经济学博士时的社科院研究生院世界经济与政治系就在该大楼的9层，后来被社科院可持续发展研究中心聘为特约研究员是在15层。在第一和第二学术报告厅我多次作过能源与环保方面的演讲。在一楼的大会堂，我曾接过社会科学院研究生院特聘导师的聘书，接受过"优秀特聘导师"的表彰。几个月前，在大楼的9层，我从蔡昉副院长手里接过了"中国社会科学院生态文明研究智库理事"的聘书。我的导师潘家华在这里给予过我无数受益匪浅的指导。如果，我此次去珠峰遇有不测，是否有负于导师和院领导的栽培和期望？

我离开社科院，转身朝西单方向返回。当我走至政协路路口时，看到了北京市政协会议中心。2002年9月13日，在该会议中心的5层大会议室，我参加了平生第一次国际会议，由联合国政府间气候变化专门委员会第三工作组举办的"减缓气候变化：发展的机遇与挑战国际研讨会"。会上我做了题为《近几年中国的能源利用与效率》的发言，获得主办方的肯定。以此为起点，后来我多次应邀在联合国气候变化大会、世界可持续发展大会等会议期间进行交流和发表演讲。经过多次会议的耳濡目染和不断交流的学习提升，以及在工作单位中国华能集团红、绿（环保）、蓝"三色文化"熏陶下，我逐渐成为一名环保志愿者，觉得自己应该在环保方面做一些有益的事情，并开展了"万里边疆环保行"等活动。此次中尼边境的珠峰之行，也是我的"万里边疆环保行"的计划之一。

路上越来越多的汽车，提醒我下班的时间快到了。我赶紧加快步伐，返回了办公室。

我在办公桌前坐下，挂在墙上已经看了无数遍的两幅图片又映入我的眼帘。一幅是 2009 年 10 月 17 日马尔代夫总统纳希德穿着潜水衣戴着供氧设备在海底主持召开有副总统、内阁秘书以及 11 名内阁部长参加的全球首个海底内阁会议的情景。纳希德的举动意在呼吁国际社会关注全球气候变暖造成海水上升，已经威胁到马尔代夫生死存亡的情况。

另一幅是意大利著名钢琴家伊诺第在北极的海冰上演奏自己创作的《北极挽歌》的壮阔景象。他想通过一种特别的方式呼吁人们重视全球变暖与北极冰层逐渐消融的问题。

我将视线移到放在旁边的一帧横幅上，上面印着"中国环保志愿者在珠穆朗玛峰上向全世界呼吁：关注气候变化，关注冰川融化，保护地球环境，保护人类家园"中英文字样。这是我酝酿多时，想在珠峰上亲手加以展示的环保横幅。我想通过一种特殊的形式，在世界之巅郑重表达一名中国作家、一名中国环保志愿者呼吁人们关注气候变化和重视环境保护的心声。

然而，我能够将其带到珠峰顶上吗？如果我告诉别人我攀登珠峰是为了通过一种特殊的形式表达一名中国人的环保呼声，别人会相信吗？会认为自己犯傻吗？如果此行一去不归，值得吗？

隔壁出现了关门下班的声音。我叠好横幅，放进提包。环视了一下办公室，有点不舍地关上门，离开了办公室。

当我来到聚餐地时，大家都已到齐。于是立即开始用餐。餐叙中，有人称赞我，为我的"壮举"干杯；也有人向我提问，为什么要冒着生命危险去登珠峰？更多的人是提醒我，千万要适可而止，能到哪儿就到哪儿，人的生命只有一次，万万不可强求。我向各位一一表达了感谢之意，并保证一定会注意化解危险，争取安全返回。

由于都知道我明早5点要出发，小聚至8点多即告结束。在即将相互道别时，有人提出一起合个影。于是大家站好留了一个影。我当时想，这提出合影的朋友，是否有为将来留个"怀念"的想法？

回到家里，空无一人。我此次去登珠峰，没有告诉家里人，主要是怕他们知道后为我担心。我父母都已去世，我的儿子和儿媳不在北京工作。由于儿媳已有身孕，我夫人半个月前即离京前去照应。我正好利用这段时间默默地做着各项登山准备事宜。我将必带的文件、服装、登山器具、生活用品、摄影录像设备等一一清点一遍，打好包，已近12点。于是赶紧洗漱，睡觉。

翌日，一阵手机铃声将我叫醒。洗漱完毕即到了出发时间。即将出门时，我在屋子里静静地站了一分多钟。我慢慢扫视了一下屋内，刹那间一股说不出的感觉一下涌上心头，有一些孤独、酸楚，也有一些忧虑和不舍。担心此去难再归来，从此变成永别。俄顷，我的双眼不觉有些湿润起来，一种从未有过的伤感涌上来。珠峰上一些尸体的画面再次在我眼前浮现，甚至连自己死在珠峰上的画面也浮现了出来。

片刻后，我心一横，有点视死如归地提起行李，走出了家门。这一天，是2016年3月29日。

早上7点多钟从北京首都机场起飞，经转昆明，于下午5点多抵达了尼泊尔首都加德满都。到机场接我的是尼泊尔亚洲探险公司的小邦以及此次登山团队的队长尼玛·贡布·夏尔巴。

小邦介绍，尼玛是一位很有登山经验的夏尔巴人，他有 7 个兄弟，全部登顶过珠峰，并被载入吉尼斯世界纪录。

由于跨越中尼边境居住的夏尔巴人擅长登山和攀爬并能适应喜马拉雅山脉极端环境，许多攀登珠峰者都以夏尔巴人作为自己的登山协作人。许多组织开展攀登珠峰项目的公司也以有夏尔巴人的协助作为重要保障。

入住香巴拉酒店后，小邦查看了我在北京协和医院的体检报告书，询问了我的有关登山经历和购买意外人身伤害保险的情况，确认了我的身体条件和登山经验后，拿出了一份协议书亦即人们常说的"生死状"给我，要我签字。协议书的核心内容是我在此次攀登珠峰过程中遇有伤、残、病、死等任何情况均由我自己负责。由于事先已经看过此协议的电子版，没费多少时间，我便签了字。接着又要我在两天内写好一份留言，放在身上，以备不测之时用。我说已经写好，一直会放在我左胸前的衣袋里。小邦看着我笑了笑。

来到晚餐处时才知道，我们这次的登山团队共有 9 人，仅我一位中国人。为了我还配了一名中餐厨师。先我抵达的队员已经到海拔 3000 至4000 米的地方去做适应性训练了。按计划我两天后出发。所有队员在珠峰大本营集合。

第二天小邦检查了我带的衣物器具等，让我试穿了他们为我准备的一些高山防寒装备和登山所需设备。然后根据我的情况，到有关商店补充、更换了一些登山设备、高山防寒靴等物品。

4 月 1 日清晨，在尼玛队长的带领下我们乘飞机由加德满都飞抵卢卡拉。到卢卡拉后，必须徒步前去珠峰大本营。

在一路徒步中，尼玛几乎一直在我的身边，对我特别关心。尼玛是一位面相非常慈善的 40 多岁的汉子，是那种"外相很静稳，内心很有斗志"类型的人，具有高山攀登者应有的优秀品性。他说他信仰藏传佛教，很喜欢中国文化，并多次去过中国。他两次去过北京，并计划明年再去一次北京。

我们一路相谈甚欢，并相互希望能早日在北京相聚。尼玛还激励我说，他初步判断，我很有可能会成功登顶。我自然很高兴地感谢了他一番。

经过多日翻山越岭，多次训练性攀爬几座海拔5000至6000多米的山峰后，于4月13日中午到达了海拔5360余米的珠峰大本营。

由于去年4月25日尼泊尔发生了一场8.1级的大地震，珠峰大本营被震得一片狼藉。现在仍然是坑洼不平，乱石成堆，犹如一片洪荒野蛮之地。地震时当即死亡20余人，伤残100多人。由于平地太少，现在有的帐篷仍然建在去年死者帐篷的位置。据尼玛介绍，受前年雪崩和去年地震影响，今年注册攀登珠峰的人大为减少。由于地震后地壳不稳定，今年攀登珠峰的不确定性仍然非常大。

我们还没有走到自己团队的营地，只听右边山上一阵巨响，巨量的冰雪由山顶倾注而下，卷起漫天的雪雾如浓烟般翻滚着向山脚下冲来。似乎是给我们一个下马威，我们立足未稳就遇到了一场从未见过的雪崩。尼玛说，在尼泊尔珠峰大本营，这样的雪崩是家常便饭，有时一天会发生好几次。所以说，攀登珠峰历来都是勇敢者的游戏和生死难料的挑战。尼玛接着说，特别是近十多年来，由于全球变暖，冰雪融化厉害，雪层冰架越来越不稳定，雪崩冰崩的次数明显增加了许多。

我环视了一下四周，4月的珠峰地区，海拔5000多米的地方，其冰盖和积雪确实有点出乎意料的少。许多地方全是裸露的石块石壁，仅存的一些冰雪也在不断地融化成水流持续不停地向山下流去。看来全球变暖的影响，世界任何一个地方都不能幸免。喜马拉雅是亚洲水塔，如果这里的水源日益减少，将会带来难以估量的严重后果。减缓全球变暖，关注冰雪融化，真是到了应该令人警醒的地步。

尼玛的说法晚上立即兑现。当天晚上发生了两次雪崩一次泥石流。在黑夜里，突然发出轰隆隆的声音，使人毛骨悚然。令人时刻担心自己的帐篷会被雪流冲毁或埋没。到了后半夜，逐渐狂风大作，吹得帐篷噼里啪啦直叫唤。四周拉住帐篷的绳子不停地挣扎着，压在帐篷边缘的石头，有的被风移开，帐篷不断地一起一伏，像是要跟随狂风脱缰而去。躺在睡袋里的我，看着剧烈摇晃的帐篷无可奈何，心里只好祈祷不要发生什么不测之事。

俄顷，我觉得脚部非常凉。摁亮戴在头上的头灯，朝脚部看了看，只见睡袋上面一片白霜。我估计帐篷里的温度至少有零下十几度。我赶紧找了一双厚袜子穿上，并将两件羽绒衣盖在了睡袋上。勉强待到了天亮，太阳出来后方觉好转。

在日夜交替的雪崩声中，在顶着狂风、严寒和翻飞的雪花完成了 20 多天的训练后，时间到了 5 月初。由于印度洋上的暖气流与亚欧大陆的冷气流在每年的 5 月间于喜马拉雅山脉处会形成暂时的相对平衡，此时珠峰处的风速相对较小，由此形成所谓的攀登珠峰的窗口期。因而进入 5 月后，我们就在大本营着手完善冲顶珠峰的各项准备事宜。一旦冲顶时机出现即正式出发冲顶。

而在此时，身体上的各种问题逐步显现了出来。先是出现不停地咳嗽，接着是拉肚子，四肢疼痛，反复出现流鼻血，咳嗽时带出血丝，脚跟的冻疮此起彼伏，然后是厌食，体重逐步减轻，心跳的频率增加，呼吸逐渐急促。

尼玛见我咳嗽不止，对我的身体有些担心起来，主要是怕我肺部有问题。如果遇上肺水肿，那可是会致命的。于是他叫人陪我去一个帐篷医院进行检查。我们找到医院后，医生不在，相关人员叫我们明天再来，于是只好折回。

当天我的心情无比沉重。尼玛叫我多喝热水，躺在帐篷里多休息。

我独自躺在睡袋里咳嗽不止，一面不停地喝着热水，一面不断地抚摸着肺部，想着心事，生怕因为身体的原因，攀登珠峰的事情会被毁于一旦，甚至未捷先亡。

肺水肿是最致命的高原病之一。我曾经去过西藏阿里，到阿里的当天，曾亲眼看见由四川去阿里打工的父子俩因肺水肿在一天里同时去世。而阿里的海拔才4500多米，这里是5300多米，并且我们已在高海拔地区先后历经了40余天。

我虽然阅读过一些关于死亡的书，看过一些濒死体验之类的描述，但是对于自己的死亡，还确实没有认真思考过。忽然间我想到如果死亡正式向我逼近，我的生命行将终止，将会是一种什么样的情状？人在死亡的那一瞬间会经历什么？是恍惚，晕厥，还是痛苦，恐惧？假如我就死在这里，接下来会发生什么？会有人将我运回北京吗？我的亲朋好友听到这个死讯后会怎么样？

这时，我想起了从网上下载到手机上的一个帖子。我打开手机，找到它又看了看：有一天，我去世了，恨我的人眉飞色舞，爱我的人眼泪如注。第二天，我埋在深处，恨我的人看着我的坟墓一脸笑意，爱我的人不忍心酸回眸。一年后，我尸骨腐烂坟头荒芜，恨我的人偶尔提到我仍然一脸恼怒；爱我的人夜深人静时欲言难诉。十年后，我只剩一些残骨，恨我的人只隐约记得我的名字，忘了我的面目，爱我的人想起我时有短暂的沉默，生活把一切都渐渐模糊。几十年后，我的坟地长满草木，恨我的人把我遗忘，爱我的人也进入了坟墓，在这个世界，我彻底变成了虚无。三千繁华，弹指刹那，百年之后，不过一捧沙土……

我拿着手机，看着帖子，感慨良多，思绪起伏。

我将手机放下时，忽然想起我带来了几首歌曲。于是我打开手机上的《在那遥远的地方》，闭着眼睛听了起来。舒缓悠扬的旋律，逐渐给了我些许的抚慰。

一会儿，尼玛手拿一瓶罐头钻进了我的帐篷。他将罐头递给我后，问我播放的是什么歌曲，旋律非常好听。

我接过罐头看了看，是瓶杨桃罐头。由于大本营的一切吃用物品及燃用的液化气等，都必须经人力或畜力从卢卡拉运来，如果遇上雨雪天，这里的蔬菜就会短缺，因而会储存一些罐头在营地。

我将罐头放下后对尼玛说，播放的是中国民歌《在那遥远的地方》。

尼玛说，你怎么将它带到大本营来了，有什么特别的原因吗？

我从睡袋里坐了起来，顺手将一些我从北京带来的干果递给尼玛，他找了个地方坐下，我们慢慢聊了起来。

我告诉尼玛，《在那遥远的地方》是一首影响很广泛的中国歌曲。先后获得过中国金唱片奖、联合国教科文组织特别贡献奖，并被法国巴黎音乐学院列为东方声乐教材。在中国传唱了近80年，长唱不衰。这首歌是我认为原创地离珠峰最近的一首好歌。歌曲的原创地就在青藏高原的青海湖畔。

尼玛打断我说，青海我知道，青海湖我去过。你这么一介绍，将这首歌带到珠峰来还确实有点意思。

我继续说，我喜欢这首歌，还因为作者王洛宾先生坎坷的人生经历和坚韧不拔的意志感染了我。他出生于北京市区的一个油画匠家庭，在北平师范大学也就是今天的北京师范大学音乐系毕业后，到中国山西抗日前线参加了八路军西北战地服务团，后又加入了西北抗战剧团。1941年初被国民党特务逮捕入狱，坐了三年大牢后才出狱。

尼玛提高声音问我，他进过监狱？

我说是的，他还不止一次进过监狱。1949年9月他因音乐专长参加了中国人民解放军，在新疆军区做文艺工作。1951年被新疆军区军法处判处两年劳役。1960年又因历史问题被关进乌鲁木齐第一监狱长达15年，直到1975年62岁时刑满释放。后来新疆军区撤销了对他的判决，并为他召开了平反大会。1986年新疆军区政治部、新疆音乐家协会为他举办了

"人民音乐家王洛宾作品音乐会"，并授予他"人民音乐家"称号。虽然他先后坐了近 20 年的监牢，历经了无数磨难，但是对音乐的追求和创作始终没有停止，他"用我的歌声迎接一切苦难"，用血用泪写出了许多囚歌，被誉为"狱中歌王"。他一生改编译配创作大西北民歌 1000 余首，不少歌曲脍炙人口，广获好评。他先后被人们敬称为"民歌之父""西部歌王"。他这种坚忍不拔的精神，正是我攀登珠峰所需要的。

尼玛笑了笑说，这非常对，有了这种坚忍顽强的精神，何愁做不成大事。

接着，我摁响了另外一首歌曲《橄榄树》。我们静静地听了一会儿。尼玛说，这首歌也挺好听的，是不是也有什么说法？

我说，这首歌曲的词作者叫三毛，是一位很有特色的女作家。我曾经读过她写的很多书籍，她那文字里的万山千水、大漠沙原、人间苦乐、异国风情，对我有过较长时间的影响。她去过的许多地方后来我也去过。她曾经说，"生命不在于长短，而在于是否痛快地活过"，"一个人至少应该拥有一个梦想，有一个理由去坚强"等，我至今没有忘记。她的这首《橄榄树》，在华人社会有很高的美誉度，有人评论它是华语流行乐坛的殿堂级曲目。这首歌明面上叙述的是关于流浪的故事、流浪者的心结，而隐含的是一种渴望得到生命的皈依之情，渴望生命得到一种永恒持久的依托。我想，来到险象环生的珠峰，很可能在某个时候，我也会需要这种皈依和依托。

尼玛笑了笑，将一粒腰果送进了嘴里，然后说，想不到，你还是一个很有思想厚度的人。

我也笑了笑说，你想不到的，是后面的故事。三毛曾经到过尼泊尔，她在尼泊尔还购买了一件藏式毛料裙服。后来，她穿着这一裙服将自己打扮成《在那遥远的地方》歌曲中藏族姑娘卓玛的样子，到乌鲁木齐去见了王洛宾先生。

尼玛很有兴趣地问，是吗，为什么？

我告诉尼玛，20世纪80年代，《在那遥远的地方》以及《达坂城的姑娘》《半个月亮爬上来》等王洛宾先生的歌曲，传到了台湾。在台湾的三毛，对王洛宾的歌曲非常感兴趣，并通过一些杂志的了解，逐渐对王洛宾产生了仰慕之情。1990年4月，三毛通过各种努力，从台湾到了乌鲁木齐。4月16日，她穿着尼泊尔藏式裙服打扮成卓玛的样子，到王洛宾家见到了崇拜已久的"西部歌王"。两人相见甚欢，第一次见面，三毛就向王洛宾唱起了自己作词并已流行于世界华语歌坛的《橄榄树》。此后，两人相互写了不少赞美对方的文章，并进行了频繁书信来往。后来，三毛搬进王洛宾家住了下来。但是，由于种种原因，两人最终分开，三毛于1990年11月回到了台湾，并在12月给王洛宾写了一封深情的信后，于1991年1月3日不幸去世。王洛宾得知三毛去世后，非常难过，他将三毛的相片放大，围上黑色纱巾，放在三毛居住过的卧室里，并将三毛留给他的一缕秀发用白绢布包起来，放在三毛的相片前，为她设了一个小小的灵堂。同时，他写了一首"献给死者的恋歌"《等待》，作为对三毛的深情怀念：

> 你曾在橄榄树下等待又等待，我却在遥远的地方徘徊再徘徊，人生本是一场迷藏的梦，请莫对我责怪。为把遗憾续回来，我也去等待，每当月圆时，对着那橄榄树独自膜拜。你永远不再来，我永远在等待，等待等待，等待等待，越等待，我心中越爱。

王洛宾的传奇人生和他与三毛的故事被收藏于青海的王洛宾音乐纪念馆。

我们正聊着，有人叫尼玛，说是来客人了。尼玛跟我打了个招呼，很不情愿地走出了帐篷。

我又摁响《橄榄树》，钻进睡袋里，闭上眼睛听了起来。

不知道是歌声具有疗效，还是身体自我修复功能起了作用，或者是喝了不少热水有了效果，我当晚咳嗽的状况好了许多。一整晚睡得非常踏实。

第二天，我按约到帐篷医院做检查。结果尚好，除了心率偏高，每分钟 111 次，比在北京时的每分钟 69 次有较大增加外，其他情况都较正常。血液中的含氧量仍有 83%。医生的意见是攀登活动可以继续进行，但是心率偏高太多，一定要多加小心。举止要缓慢，行走不能太快，尽量减少心脏的负担。

我知道自己暂无生命危险后，一下放松了不少。感谢了一番医生，接过医生给的一些治咳嗽的药，返回了营地。

5 月 13 日晚，尼玛一一通知我们，15 日凌晨 3 点出发，正式冲顶。

第二天我们仔细检查了一遍登山器具、吸氧设备、保暖衣物后，将帐篷里的东西进行了全面整理，所有物品被装进了两个大包里，并贴好姓名和通信地址，以防遇有不测时，便于相关人员作善后处理。

15 日深夜两点半，团队所有人被统一叫醒。尼玛检查了每个人的衣着、装备后，吃过早餐，即列队出发。此时，留在大本营的后勤人员一一来和我们握手或拥抱告别，嘴里不停地说着同一句话："呐吗斯得（愿神保佑）！呐吗斯得！……"

尼玛要我走在最前面，于是我第一个来到插着经幡的尼玛堆（类似神龛的石头堆）前，待大家站好后，尼玛端上一盘大米，让每个人抓了一把，然后他领着大家一起朝尼玛堆、深邃的天空念念有词地抛撒大米，祈求珠穆朗玛女神保佑大家平安往返。接着，尼玛给每个人献上一碗夏尔巴酒。大家喝完酒后，朝着珠峰方向深深地鞠了一躬。然后在尼玛的引导下，我们走到火光摇曳的煨桑堆前，每人朝火堆里添加了一些柏树枝，顿时使火光更为明亮起来。大家在火光前站立了一会儿，各自默默地许了个心愿，然后提起拐杖，踏上了正式攀登珠峰的路程。

我在登山协助者夏尔巴人三穆僜的陪同下，凭着头灯的光亮一步一步向登山道路走去。一会儿，后面的人群陆续跟了上来。闪动的灯光，很快汇成了一条不断移动的"灯龙"。

越过两条雪水形成的溪流，翻过几道不是太高的冰梁，来到了著名的"昆布冰川"前，许多人将其称为"恐怖冰川"。这里是从南坡攀登珠峰必经的最艰难最危险的路段之一。2014年这里曾经夺走16位攀登者的性命。冰川内冰峰林立，冰裂缝密布，冰岩四突，冰路峭立，冰崩雪崩经常发生，时刻令人胆战心惊。

由于冰川的情况变化无常，每年攀登珠峰的路都不完全一样，甚至一两个月内也会有所改变。因而无论爬过多少次珠峰的人，都会经常遇到新情况新风险，都会担心随时遇到不测，瞬间生命被夺，每次都会高度谨慎，极端小心。

我们行进不久，遇到一处奇形怪状的冰岩。虽然已多次进行过攀冰训练，但当看到眼前这处既高又陡嶙峋崎突的冰岩时，心里还是感到紧张和犯难，有点畏缩。不过，一想到事已至此，不可能刚一开头就打退堂鼓，同时也没有谁会助你一臂之力，一切全靠你自己，于是只好硬着头皮咬紧牙关往上爬。由于心里有些紧张，再加上此处冰岩不是直线往上攀爬，而是先要向左边攀登四五步，拐到一个突出部位后再回头斜向右边的一个冰岩往上攀登，我抓着冰岩上垂下的安全绳努力了好几次都没能将自己的身体正确晃到左边以使自己的左脚恰好踏在冰岩上的一处落脚点上，我晃来晃去，没有多久就弄出了一身大汗。由于三穆僜已先于我攀上岩顶，他在上面看着我，一脸茫然，不知如何帮我，由于要节省体力，他也不愿下来。我稍微停顿了片刻，分析了刚才几次的不足，一下定向发力，终于晃到了正确点位上。向左攀登了几步，来到了突出部位。由于看不到突出部位的上面，我向上抓安全绳时一下抓空，差点摔了下去，还好我的手迅速抓在了一处冰楞上，将自己稳定了下来。休息了片刻后，我将身子先向外仰，双手紧抓安全绳以双脚为支点将身子往上送，腰部到达突出部位后，再将身子折向右边往上爬。经过断断续续地攀爬和坚持不懈地努力，最后总算爬上了冰岩的顶端。

冰岩的顶端上面还是冰岩，我整理了一下衣着，调整了一下身上的装备，继续向上攀行。我抓住冰岩上垂下的安全绳往上攀登了六七步，忽而一下踩在了一处松动的冰块上，在身子往下坠的同时脑袋往冰壁上撞去，幸亏戴了安全帽，避免了头部受伤。在身子往下坠时我拼命抓住了安全绳和上升器，向下滑了不到 1 米距离就止住了。我停顿了一会儿，平息了一下呼吸，集中注意力看清了冰壁上的落脚点后，再次往上攀爬。慢慢爬到冰岩上面后，一处冰裂缝等在不远处。

该冰裂缝不是太宽，上面没有架梯子。但是也不是太窄，有一米多一点宽，而且是由下往上跨，有约 30 厘米的高差，并且深不见底。三穆僜过冰裂缝时是先进行一两步助跑然后一下跨了过去。我有点害怕，不敢跨。因为我身上背着冲顶包、冰镐，头上戴着安全帽，腰上挂着安全绳、升降器、下降器、安全环、8 字环等，脚下穿着内外三大层的高山保暖鞋及冰爪，全身负重有近 20 公斤。我怕万一不慎没有跨过去，后果不堪设想。我看了看周围，没有其他的路可走，也没有其他办法可想。犹豫了好一会儿，无可奈何，只好壮起胆子硬跨。我退后几步，加力起跑，借着助跑的惯性拼尽全力一步跨了过去。由于有一个向上跨的高度差，我跨到对岸时身体有一些往后仰，幸亏三穆僜一把拉住我，不然的话后果不堪设想。三穆僜待我惊恐的心情逐渐平静下来后，引着我继续向前行进。

翻过几道冰沟，钻过一处冰林，转过两个大弯，来到了一处大的冰裂缝前。该冰裂缝五六米宽，深不见底，上面架着用绳子绑着 4 个铝合金梯子连接而成的光溜溜晃悠悠的梯子。

三穆僜见我有些犹豫，他走到我前面，拾起雪地上的两根绳子，一手抓紧一根，然后抬起套着冰爪的脚小心翼翼地踩在梯子上，为我做着示范，一步一步地走过梯子，越过冰裂缝，到了对岸。

我虽然心有恐惧，但是三穆僜到了对岸后不断地用手势催促我，弄得我非常尴尬，最后不得不壮着胆子前行。我拾起绳子，一手抓一根，拉紧绳子的一端，身子向前倾斜，使抓绳子的手与绳子在地上的固定点以及踩在梯子上的脚底形成一个大约的三角形，使劲相对稳固自己，然后一步一步缓慢地向前移动。由于冰爪和梯子都是金属的，踩在上面觉得随时都有打滑的可能，神经极度紧张。尤其是走到一半时，梯子不断往下弯曲，一阵风吹来，吹得心里无比惊悚。两腿逐渐酥软，全身颤抖不已，深感随时都会掉入无底裂缝。我不由自主地瞟了一眼冰裂缝的深处，差点摇晃着要晕倒下去。

2014 年在此冰川丢命的 16 人据说还有两人没有找到，不知是否就在此处冰裂缝里。

我停了下来，想稳定一下极度紧张的心情。我不停地提醒自己，千万不能慌乱，尤其两只脚不能错乱，一旦脚下踩空，势必粉身碎骨。

三穆僜见我站在梯子上一动不动，又加大手势催促我。由于在冰架四悬的冰川内不可大声叫喊，以免冰塌下泻发生难以想象的危险，所以他老是用手势示意我。

我慢慢镇定下来后，认真仔细地看清楚梯子上的横杆，缓缓地抬起一只脚，准确踏实地踩在了杆上后，再抬另一只脚，然后稳步向前移动。经过提心吊胆如履危卵地缓慢移行，最终绝处逢生般地越过了冰裂缝，到达了对岸。

三穆僜笑着向我竖起大拇指晃了晃，以示夸赞和鼓励，然后引着我继续向前攀登。走着走着，天慢慢变亮了。

天亮不久，我们来到了一处高高的冰岩下。由于这里是通过 4 个连接的梯子往上爬，每次只能承担一至两个人通过，所以梯子下面滞留了不少人，有 3 个中国人、6 个外国人、9 个夏尔巴登山协作者。快要轮到我上梯向上爬时，头顶的冰山上突然轰隆声大作，许许多多的冰碴雪块顷刻间哗哗啦啦地直往下落，突然有人叫了起来："雪崩！……雪崩！……"

我心头一惊，快速扫了旁边一眼，迅即往附近的一块大冰岩下躲避，并迅速掏出一根早已准备好的红色绳子，一头抓在手上，将另一头尽量向外抛去，以备自己被冰雪埋住时别人能够循着绳子尽快将自己找到救出。然后双手抱着脑袋，身子紧缩一团，做好防打击防挤压的准备。

在不断作响的冰雪下滑声中，我似乎感到电视电影里所展现的珠峰那种夺人性命的场景就要发生在我的身上，觉得此次必死无疑了。顿时感到极为遗憾起来，还没有真正冲顶，就要命断冰川。一种悲伤凄戚和心有不甘之情蓦然涌上心头。开始后悔自己没有把需要向家人和工作单位交代的事情写得更加清楚一些。

惊心动魄的响声过后，冰雪逐渐停止了下落。我慢慢伸直身子，走出冰岩。看看大家，都平安无事，只是都默不作声。一会儿，大家拍打完身上的冰雪和污物，又秩序井然地继续往上攀爬。

历经千难万险，历时 7 个多小时，我们于上午 10 点多穿过"恐怖冰川"抵达了海拔约 6000 米的 1 号营地。大家坐在雪地上吃了一些东西，喝了一些自己携带的热水后，又继续朝 2 号营地行进。这说明大家的状态尚好，如果有谁出现问题的话，按计划会在 1 号营地停下来住一晚再往前走。

随着海拔的升高，加上疲劳度不断增加，行进的速度不断减慢，越走越觉得精疲力竭。仅鼻孔喘气早已不够，嘴巴本能地张开，不断地大口呼吸，致使喉咙超负荷工作，每咽下一次口水就疼痛不已。但是，队伍里没有人叫苦，没有人愿意给人以懦弱的印象，均默然不语地顽强地向前走着。

至下午 5 点左右，到达了海拔约 6400 米的 2 号营地。我一见到给我

张安华攀登至珠穆朗玛峰约 6000 米高度时留影

准备的帐篷，即刻钻了进去，摊开四肢喘着粗气如释重负地躺在垫子上放纵地歇息起来。

从深夜 3 点多于大本营出发到现在已历经了约 14 个小时的高强度攀爬，此时我除了全身无比疼痛外，便是难耐的疲倦和睡意。我一躺下去就连续睡了两个多小时，不是被人叫醒用餐，不知会睡到何时方醒。

按计划我们在 2 号营地住两个晚上。主要是为了适应高海拔环境，同时也可恢复一下体力。第二天主要是晒太阳、喝热水聊天，交流冲顶第一天的体会，了解下一阶段路线情况。我打开太阳能充电器给照相机摄像机的电池和两个手机一一充满电，然后写日记，修复登山器具。午饭前，我在附近画了三幅速写。自 4 月 1 日从卢卡拉步行开始一路速写到现在，已经画了 40 多幅。我希望能够在攀登珠峰结束后，编辑一册《用生命速写的风景——张安华攀登珠峰速写作品集》。

2 号营地就在珠峰南侧，但是看不到珠峰峰顶。只是感觉到珠峰就在身边。向右侧望去，可以看到海拔 8516 米的洛子峰。它是世界第四高峰，其西侧在尼泊尔境内，东侧在中国西藏。洛子峰与珠峰一样，有许许多多的攀登者逝于其上。

午饭时，三穆僜将尼玛通过对讲机告诉他的一些情况告诉大家，前天有一批人实施了冲顶行动，其中有十几名中国人。由于珠峰顶上风特别大，只有两人成功登顶，其他人都被迫下撤。有的待在4号营地，有的已撤到了2号营地，准备打道回府。中国的夏伯瑜在几天前也先行实施了冲顶行动，同样是功亏一篑，未能成功登顶，现在已经返回大本营。

听了三穆僜的通报，大家都有些沉重，难道登顶珠峰就真的如此之难？

在大本营我与夏伯瑜老师见过两次面。他曾经是中国国家登山队队员，1975年即攀登过一次珠峰，克服千难万险到达8600多米后，因故未能登顶，遗憾撤返，并由于将自己的睡袋无私给了犯病的队员而使自己的双腿冻伤被迫截肢。时隔近40年后的2014年，他又萌生重登珠峰的念想，并到达了尼泊尔珠峰大本营，由于恐怖冰川出现大雪崩，未能如愿。2015年再次来到大本营，因发生特大地震而再次无功而返。今年他又一次与"登顶"失之交臂。我为他的坚强意志真心点赞，为他的运气不佳而深感遗憾。

午饭还没吃完，忽然响起了直升机的声音。三穆僜跑出帐篷打听一番后回来告诉大家，2号营地有人出现严重的高山反应，直升机前来紧急救援，并说，前几天有几个斯洛伐克人在3号营地遭遇雪崩，被打掉了眼镜，引起雪盲，失去了视力，也是被人带到2号营地后由直升机救援送往了加德满都。三穆僜顿了顿又说，直升机只可到2号营地，再往上走就不行了。由于空气中的氧气严重不足，直升机发动机效率受到影响，超高海拔起飞极其困难，驾驶员都不敢往更高处进行起降。

20世纪30年代，英国前陆军上尉威尔逊曾计划从尼泊尔一侧单人驾驶飞机进入珠峰地区，然后攀登，并认真学习了半年飞行驾驶技术，但因尼泊尔政府拒绝而被迫放弃。不过，后来人们还是在海拔7000米附近发现了他的遗体。

午饭后，又有消息，有几个美国人在爬西壁时不幸遇困，相关人员找了两天没有找到。后来总算找到，但因严重冻伤，也被直升机紧急送往了加德满都。

下午 3 点左右，太阳悄然隐去，接着刮起大风，继而雪花飞舞，气温骤然下降。大家各自钻进自己的帐篷休息。

我进入帐篷后，脱掉分体羽绒服，换上连体羽绒服，并将冲顶背包里的东西重新整理了一番，然后摁响手机里的歌曲，钻进睡袋，闭上眼睛听着音乐休息起来。

当《珠穆朗玛》响起时，雄浑激越、气势磅礴的旋律，歌唱家嘹亮甜脆、大气爽净的歌声，使我心里一动，精神一振，一种从未有过的此山此歌相映生辉的感觉油然而生。我静心地聆听着，享受着。

忽然间，又响起了隆隆的直升机的声音。陆续有人走出帐篷外向远处瞭望着，议论着。我睁着眼睛看着帐篷顶部，心里问着，谁又出了问题需要紧急救援？真是不来不知道，来了心直跳，才到 2 号营地，就出现了这么多紧急情况，那到了 3 号和 4 号营地，从 4 号营地到峰顶的路上，那将会是个什么情况？

翌日，5 月 17 日 7 点，简单用完早餐后，继续朝 3 号营地进发。

刚出发时天气尚好，阳光灿烂，风速不大。但不到两小时，阳光瞬间逝去，旋即狂风骤起，雪花翻飞，氧气也似乎越来越少，行进变得越来越困难。

一会儿来到了一个山坳下，挡在前面的是一座高不见顶、坡度至少在 75 度以上的雪山。看着这寒风飞雪中又陡又高的雪山，心里禁不住犯了难。

这应该是从 2 号至 3 号营地最难攀爬的一段路程。有的地方几乎是向天垂直，有的地方暗藏着冰裂缝、陷断层。昨天上午还讨论过如何对付它的一些方法和措施，今天一到它的面前完全傻了眼，束手无策，左右为难。

我想坐下来休息一下，三穆僜赶紧制止了我。他指了指头顶，意思是头上的冰雪随时有砸下来的危险。

我抬头一看，头顶的雪层冰岩嶙峋崎突，在不断翻卷的风雪中摇摇欲坠，觉得随时都会向你猛然砸来，我本能地想快走几步离开这危险之地，但是心里有想法腿上没办法，双腿如同注了铅一般沉重，被强磁吸引似的难以挪动步子。

三穆僜在前面严肃而急促地不断向我招手要我跟上他，并且一边招手一边不停地向前走去，大有"我已经提醒你了，你站在那里不动被砸死了别怪我，我可不愿陪你送死"的意思。

三穆僜离开此地那紧张匆忙的样子，一下激起了我逃生的潜能，我拼尽全力提起双腿朝着已经远去的三穆僜不顾一切地追去。但是因坡度实在太陡，而且总是没有个尽头，追了一小段路，就喘着粗气停了下来，难以动弹。此时此刻，哪怕是看着头顶的冰山往自己头上砸，也无能为力，也只有等死而已。

我弯着腰低着头面朝雪山休息了一会儿，静静地理了一下思绪，觉得还是要慢慢地持续地往前走，不能过快不能着急，要迈小步不停步，按照自己适宜的速度和步伐走，尽量不要受别的因素干扰。既不怕死，也不等死。集中思想，一切为了"缓慢而持续地走"。

我将心情平静下来，将速度放慢下来，整个身心轻松下来以后，体力似乎有了好转，两条腿也觉得没有那么沉了，又慢慢地手脚并用地一下一下攀爬了起来。

比计划晚了约两个小时，我们终于跟跟跄跄地到达了海拔约 7100 米的 3 号营地。这里说是营地，其实没有一点平地，所有的帐篷都是在雪山的斜面上挖出一小部分空间稍微平整一下临时搭建。由于海拔已经很高，风雪特别大，而且持续不断，大部分时间人都不能自然站立，行走时多是弯着腰扶着雪山移动。相当一部分人已经开始吸氧。

我也给了一瓶氧气，但没有开始吸，背在冲顶包里以作备用，以免一旦感到严重缺氧时措手不及。

我们在3号营地是临阵搭建帐篷，顶着急剧的高山风雪在雪山的斜面上搭建帐篷，那真是无法想象的困难。支撑帐篷的支杆被大风吹得不断东倒西歪地摇晃，长时间无法固定下来。费尽周折好不容易将支杆固定后，大风又冲着帐篷斗起劲来。帐篷一会儿被大风鼓起，一会儿又被瘪下，一会儿被大风强劲拉高像是要随风而去，一会儿又被强风压制匍匐在地难以直立。如此起伏无常，反复折腾，花了比其他地方多出数倍的时间才将帐篷勉强搭建好。而这时，每个人都精疲力竭了。

由于搭建帐篷太困难了，临时改为3人一个帐篷。我与三穆徵及一位乌克兰小伙子合住一个帐篷。当我们匆忙进入帐篷时，大把大把的飞雪也跟随而入，整个帐篷里的东西几乎全被白雪覆盖。我们拉紧帐篷人孔门的拉链，将呼呼作响的风雪挡在帐篷外面后，立即清理帐篷里的积雪，立即用固体酒精炉融化冰雪烧热水。攀爬高海拔雪山，最重要的是要时刻注意补充体内的水分，比吃饭还要重要。由于身处严寒之中，喝的都应该是热水，所以攀爬高海拔雪山，携带一只大容量高质量的保温杯极端重要。烧完了水，赶紧煮面条。吃完了面条，都立即钻进睡袋里，抓紧时间睡觉。

第二天，三穆徵最早醒来。他做的第一件事又是烧热水，将三个人的保温杯灌满后，又将三个一次性快餐米饭袋弄好，然后叫我们从睡袋里坐起来即吃，吃完了就收拾东西。收好东西即拆帐篷，拆完帐篷叠入包里背起背包就上路，向4号营地进发。

我习惯性地看了一下手表，已是5月18日7点33分。

风雪比昨天的要稍小一些，但是仍然很大。我们低着头，弯着腰，沉着身子，几乎匍匐在雪山上慢慢地往上爬。腰部和腿部都早已酸痛，双手挂解安全绳的灵活性也明显降低。我一再提醒自己，这里已是超高海拔，是真正的生命禁区，动作一定要稳，要慢，要万无一失。

可能是昨天晚上温度太低，雪面比昨天更硬更滑，冰爪踩上去相当费劲，而且极其容易打滑。再加上冰雪里不时会间杂着一些石块石壁，一旦冰爪的方向和力度不当，或者人的重心发生偏移，极容易造成夺命的滑坠。

在高海拔山峰攀登中，不幸滑坠是造成死亡的重要原因之一。喜马拉雅数据库里有一个统计数据，1950 年至 2009 年间有 608 名高山攀登者和 224 名登山协作者在尼泊尔境内的山峰死亡，其中约 50% 的协作者死于雪崩，而将近 40% 的攀登者死于滑坠。

到了海拔约 7500 米的地方后，我感觉有些缺氧，于是停了下来，将氧气面罩戴上，将氧气瓶的阀门打开，开始补充氧气。

戴上氧气面罩后，一个大的问题随之而来，由于氧气面罩会将呼吸的一部分热气导向眼镜处，使镜片上产生一层雾状物，遮挡住视线，使得我时不时地要停下来擦拭眼镜片，从而大大降低了行进速度，增加了滑坠的风险。

我采取了几种措施试图解决这个问题，但是均不理想。先是将氧气面罩尽量拉紧，再拉紧，以图使热气上不到眼镜处，但是没有作用。后又换了一副眼镜，并同样是拉紧再拉紧，还是没有作用。然后又在氧气面罩的上端扎一布带，用以挡住热气上升，同样没起到多大作用。

我赶紧向其他人取经讨教，一位同行的其他团队的人告诉我，我用的这种氧气面罩是俄罗斯的，已经比较老旧，问题比较多。所以只能将就着用。

我立即大声问三穆僜有没有备用的氧气面罩。三穆僜给了我一个备用的氧气面罩，我换过后，仍然没有多大的改善，急得我直想冲着三穆僜叫起来，想责怪他们怎么选用这样的氧气面罩，对如此重要的事情不予重视。但是很快我就忍住了，在海拔七八千米的高山上，与自己的协作者过不去，无异于拿自己的生命当儿戏。在攀登珠峰途中，死去任何一个人都会被视为正常，因而在途中被人算计的无辜死去者不在一二。何况，每位前来攀登珠峰的人都签了"生死状"，无论是在什么情况下死去，协作者都没有任何责任。

我只好冷静地看了看三穆橙，然后戴上备用氧气面罩，小心翼翼地向前走起来。为了减少擦拭眼镜的时间，我将防风眼镜换成了墨镜，然后将眼镜稍微向上抬了抬，使眼镜下面出现一点缝隙，用以观看路况。为了避免导致眼睛出现雪盲，我将眼睛尽量睁得小一点，能看清路即可。同时由于眼镜向上抬了一些后，镜片上的雾气会慢慢散去，当雾气散去后我又将眼镜戴好，使眼睛得到休息。如此交替往复，眼睛基本上没有大的影响。

但是，由于频繁地来回倒腾，再加上海拔不断升高，体力不断消耗，动作逐渐变形，行至海拔7600多米处时，我一步没有注意，踩在一块湿滑的石壁上，啪的一下倒在雪地上，紧接着一个大滑坠，哗哗不停地向雪山下摔去。

三穆橙见我滑坠，急得直用中文叫我，老张！老张！……

向下急速滑行了近20米，戛然而止。幸亏我身上安全绳的安全环一直牢固地挂在路途中的安全绳上，当安全环顺着途中的安全绳下滑到安全绳上的一个固定点时，一下被止住了，避免了继续下滑。

我心有余悸地躺在雪地上，长时间没起来。许久后，我动弹了一下身子，没有感觉到有什么疼痛的地方。还好此地的雪比较厚，使身体得到了保护。

一会儿，感觉腰部被安全绳勒得有些难受。虽然难受，自己不能将其解开，一是没有力气，二是解开后极其危险，只有等待救援。

为了减轻腰部的受力，我将两只脚的冰爪的后跟慢慢扎进雪地里，然后将身体的重心逐渐移向脚下，用双脚顶着身子向上移动了一点距离，使腰部的压力得到了一些缓解。

我继续躺在雪地上，两眼望着天空，想着一路的艰难，想到后面不知还有多少艰险，再想想自己体力已消耗得差不多了，开始怀疑自己是否有能力到达珠峰峰顶。逐渐地，萌生了退却的念头。觉得适可而止，可能是明智的选择。

一会儿，三穆僜来到了我身边。他先是站着观察了我一番，然后又摸了摸我的腿、我的手，摇了摇我的头，不断地问我有什么问题没有。我望着天空回答他，没有感觉到有什么问题。

三穆僜见我两脚的冰爪已扎进雪地里，向我竖了竖大拇指，对我进行肯定。然后慢慢将我扶起，让我坐着。我想要他帮我解开腰部的绳子，他立即制止说不能解，解开会有危险。说完，他在我旁边坐了下来。然后取出我的保温杯，倒了一些热水让我喝。我坐起后，摇了摇头，扭了扭腰，拍了拍胸部，觉得没有什么大的问题。然后接过热水，慢慢喝了起来。

经过二三十分钟的休息后，我把本想对三穆僜说"我不想往上爬了"的话吞了回去，整理了一下身上的装备，又继续谨慎地向前行进起来。

克服一次次湿滑，避过一次次险情，经过多次休息，多次犹豫不前，多次咬牙硬撑，最后在接近中午12点时到达了海拔约7950米的4号营地。

到达4号营地，这是我徒步到达地球上的最新高度，有点兴奋，也有点五味杂陈。站在大风呼啸不止、云雾变幻莫测、雪花急剧翻飞、海拔已近8000米的冰雪之上，面对一个全新的未知之地，想到后面随时可能出现的风暴、雪崩、严寒、滑坠、体力耗竭、高山绝症等等，真是有一种"虽然上得来，怀疑下不去"的感觉。

海拔8000米以上，氧气会越来越稀薄，高山反应会越来越严重，人的体力会越来越衰竭，突然死亡的概率会越来越增大。一旦遇上狂风暴雪强雾严寒等极端天气，九死难求一生。所以，不少人说，海拔8000米以上的危险不能用常理推测。海拔8000米以上的攀爬之路，是名副其实的

"亡命之途"。

1996 年两支登山队在 4 号营地至珠峰峰顶之间遭遇暴风雪，造成 8 人死亡，这一悲剧事件被好莱坞拍成电影，取名叫《绝命海拔》。当来到 4 号营地后，再回想起电影里的一些镜头，其体会和理解确实大不相同。

我们到达 4 号营地后，第一件事仍然是搭建帐篷。然后是烧水，煮热食，充饥。经过短暂的休息后，按照预定计划我在三穆燈等 4 位队友的帮助下，在 4 号营地的一块雪地上举行了"气候·冰川·灾害——张安华环保美术摄影书法作品展览"，展出作品 20 幅，历时 30 分钟，参观者 12 人。这是一场必须戴着氧气面罩参观的环保作品展览，也可能是人类历史上海拔最高的艺术作品展览。

展览活动的举行，完成了我一个多年的心愿，也实现了我此次攀登珠峰的最低目标。虽然身体很疲惫，但是心里很欣慰。

展览活动结束后，我察看了一下周围的冰雪情况。这一想象了无数次的高海拔地方，积雪和结冰的情况也非常不好。搭建帐篷的一块略显平坦的地方，石头密布，冰雪极少，使人难以相信这里是海拔约 8000 米的地方。旁边的山体上，有许多裸露的石楞石壁，竟然既无雪也无冰，与在海拔四五千米的地方很是相像。

通过实地察看，我已经完全相信，现在南极、北极和珠峰"世界三极"的冰雪储存情况都在不同程度地呈下降趋势，确实到了需要引起高度重视的时候。

我在记录察看冰雪情况的时候，顺便画了一些速写。待最后一幅速写画完，已经到了下午 4 点多钟，按计划晚上 8 点钟要开始从 4 号营地出发实施最后一段路程的冲顶。我赶紧走进帐篷休息，按响《珠穆朗玛》，将声音调到合适范围，钻进睡袋躺下，听着音乐睡起觉来。

由于风特别大，帐篷被刮得不停地响，加上营地其他人的吵噪，几乎没有睡着就到 7 点半了，我勉强从睡袋里坐起来，赶紧补充营养，吃一些自己带的东西。根据这几天吃东西的经验，晚餐肯定指望不上什么好吃的。我吃了一些能量棒、能量胶、麻辣豆腐、袋装榨菜以及好不容易带到4号营地的我原来在北京时儿子寄给我的一些干果等。

一会儿，三穆僜端来一碗夏尔巴稀饭，说这是冲顶前吃的最后一次热食。我看着这碗稀饭呆了半天，在攀登世界最高峰前居然吃的是一碗稀饭，并且在此之前我已经消耗了一整天约13个小时，几乎没有休息，接下来还有约20个小时的崎岖陡峭的路程要消耗。如此这般，真是难以置信。

我拿出相机拍了一张稀饭照后，三下两下就将稀饭吃完。

晚8点，三穆僜招呼我出了帐篷，仔细检查了我携带的氧气瓶、安全带、升降器、8字环、头灯、手套，帮我紧了紧脚下的冰爪，拉了拉我背上的冲顶包，拍了一下我的肩膀，说了几句鼓励的话，然后指了指山上，山上已有不少灯光，有不少人已先于我们开始冲顶了。于是，我和三穆僜相互示意了一下，一起上路出发，开始了正式冲顶行程。

我又习惯性地看了看手表，时间是5月18日晚上8点3分。

刚开始时路不是太难走，按照三穆僜的计划在这段路上要稍走快一些，尽量省出一些时间给后面的行程。我用头灯照着他踩出的脚印，紧跟着他匀速向前行进。

攀登珠峰有一个惯例，一定要在中午12点前登顶，身体条件和登山经验特别好以及登山速度比较快的登山者最迟不能于下午1点登顶，超过了这个时间没有登顶，无论走到哪里，无论什么情况，都应该放弃登顶下撤返回。因为必须留出时间在傍晚前回到4号营地的帐篷里，否则会在山上活活冻死。傍晚的珠峰经常会生成一些强烈的风暴，对登山者形成巨大威胁。同时，如果登山时间拉得过长，氧气消耗殆尽，同样具有致命的危险。

尼玛和三穆僜给我计划的时间是12至13个小时从4号营地抵达峰顶，最多不能超过14个小时，否则必须无条件下撤返回。过长时间的攀登，会使一个人的体力消耗至极，会使人体力衰竭而丢命。

由于对山上的情况不明，也不知道自己到底要多长时间才能登上峰顶，或者会在哪里出现问题使自己登不上顶，心里没有任何底，我一直低着头，跟着三穆僜不紧不慢持续不断地向前行进。

走了一段路程后，山势逐渐变陡。由于是在夜晚，看不太远，当上上下下翻过了几道山梁，一条较陡峭的路一下出现在眼前时，令人深感突兀。由于道路陡峭，行进的速度突然减慢，路上陆陆续续聚集了好几个人，大家都用手拉在同一根路途中的安全绳上往上攀爬，使我对安全绳的牢固性有些担心起来。

由于途中的安全绳出问题而发生滑坠致人死亡的信息时有所闻。

我赶紧将冰镐取出拿在手上，以防万一途中安全绳出现问题时可以及时用冰镐插入雪中牵引住自己，减少滑坠的风险。

真是说曹操曹操就到，我手握冰镐还没走几步，只听哗地一下一堆人向下滑了下来，固定安全绳的铁钎被从雪地里拉扯了出来。我立即用力将冰镐插入雪地里并手抓冰镐匍匐在雪地上，刹那间好几个人从我身边滑了下去。

我看了一眼三穆僜，他也用冰镐将自己固定在了雪地上，安然无恙。我又看了一眼向下滑去的人群，基本上也没有大碍，大概下滑了10多米远，都先后用脚上的冰爪或手上的冰镐等将自己稳定了下来。还好坡势不是特别陡，雪也比较厚，才避免了严重情况的发生。

各位拍打了一下衣着整理了一下装备后，又陆陆续续往上攀爬。

翻过几座山峰，爬上一处 V 形山口，风速突然变大起来。我的内衣已经被汗水湿透，被风一吹，全身感觉寒冷起来。

我抬起手腕看了看海拔表，已经到达 8300 多米处。我停了下来，动作缓慢地环视了一下四周。虽然是晚上，仍然可以看出群山的轮廓。

到了 8300 米以上，就真的只能听天由命了。在 8300 米以下，如果攀登者遇到险情发出求救信号，可以获得紧急救援队的救助。而在8300米以上，由于天气多变、风速极大、气温超低、氧气极少，尤其是道路崎岖、陡峭、狭窄，上下极其艰难，无法实施救援，所以在8300米以上的珠峰地区是真正的"死亡禁区"。

有一位名叫哈文艺的中国新疆登山者，曾经从4号营地爬到了8300米处，到了这里就走不动了。有位名叫帕姆巴的夏尔巴人路过他身边时他还活着，虽然发现他的氧气瓶已经无氧了，但是也无能为力，施救不了，只是把他重新固定到了安全绳上。待帕姆巴返回再次路过他身边时，他已经死去。在他较远处还有一位死者，加拿大女登山者施利亚沙。

我正深怀同情时，一阵强风刮来，令我打了个寒战。由于太冷，我不敢久停，克服全身的疲惫，继续慢慢地往前走。

爬过几条直上直下的崎峭窄道，翻过了几个迎风悬立的山头，可能是由于体力消耗太严重，也可能是山上气温越来越低，我越走越觉得身体发虚，越来越觉得身上发冷。一会儿，身体不停地颤抖起来。

我赶紧停了下来，叫三穆僜帮我取出保温杯，喝了一些热水，吃了一些能量棒和能量胶。寒冷的感觉有了一些好转。

我将氧气面罩上结的冰打掉，将头上的保暖帽扎紧了些后，又慢慢地往前走。

寒冷的感觉没有缓解多久，爬过两个山头后，全身又开始不停地颤抖，阵阵寒冷一波一波袭来，牙齿也逐渐哆嗦起来。全身像是就要失去体温，要被冻僵起来。

在珠峰途中因失去体温而身亡者不在少数。我的意识虽然已多少出现了一些模糊，但一想到身体失温后，立刻有所警觉。我将我的情况告诉了三穆僜，他除了用一种非常复杂的眼光看着我外，也是无能为力，无可奈何。我请他帮助我喝了一些热水后，他就一直在旁边看着我。

我哆嗦着看了一下手表，已是19日凌晨4点多，正是最冷的时候。

我见三穆僜无能为力，觉得还得自己拿主意。于是我看了看山上，慢慢走了起来。我想通过身体的运动驱赶寒冷。

我一边不停地走，一边不时地用手上下左右"啪啪"地敲打自己的身上。一来是想通过敲打驱赶寒冷，再就是促使自己千万别迷糊过去。

虽然这些做法有一些作用，在一段时间里寒冷的状况没有继续恶化，但是随着海拔的不断升高，气温越来越低，风越来越大，我又开始不断地颤抖和哆嗦起来。

当顶着一股强风越过一个山头后，全身感到极其的寒冷。在急剧地颤抖和哆嗦中，我感觉到可能撑不过去了，可能要死在山上了。虽然知道停住脚步即意味着死亡，但是仍然无可奈何地停了下来，不顾一切地一屁股坐在雪地上。此时此刻，无比的遗憾和许多的想法不断涌上心头。我想起了《橄榄树》，但是已经无力去掏手机了。

在极度严酷无休无止没有尽头的寒冷中，孤独无助没有任何逃生希望地待在死寂无比的绝命海拔上，我第一次深切地感受到了生命的脆弱和人的渺小，感受到世事的残酷和死亡的恐惧，体会到精神崩溃的真切感受以及求生欲望的深刻内涵。

正当我感到无比绝望开始思考是否听天由命放弃生命时，三穆僜突然拍了一下我的肩膀，用手指着远处对我说，太阳，太阳要出来了！

我朝着他指的方向看了看，天边露出了一抹红霞，虽然离太阳出来的时间尚早，但是仍使我为之一振，使我一下增添了极大的希望。我的精神状态立即发生变化，由听天由命被动等待变为积极应对想主动出击，战胜寒冷的信心即刻大增。

我咬紧牙关在三穆僜的帮助下站了起来，然后抬起几乎失去知觉的腿，慢慢走了起来。

我想方设法调动所有积极因素顽强坚持了一段时间后，太阳慢慢地升了起来，寒冷的状况逐步有了改善。虽然还是很冷，但是可以忍受。在灿烂的阳光越来越强烈后，因为寒冷而产生的死亡威胁逐步得到解除。

经过 9 个多小时的不懈攀登，早上近 6 点时到达了海拔 8750 米的南峰。南峰是珠峰在尼泊尔境内的最高峰（珠峰的主峰在中国境内）。我用无比疲惫的眼神看了看四周，只见云海茫茫，白雪皑皑，群峰巍巍，山壑绵绵，有如九重仙境一般。

整整 4 年前的 2012 年 5 月 19 日，有位名叫王书礼的中国登山者曾经到达过南峰。他在这里停歇了一会儿后重新戴上雪镜时，忽然眼前发黄，后又慢慢变绿，随着颜色的变化其视线逐步变得模糊不清，甚至连站在他面前的同伴的脸都看不清楚。他的夏尔巴登山协作者凯乐陪他在南峰等了1 个小时，其视力一直没有得到恢复。大本营命令他们必须下撤返回，而王书礼心有不甘，想继续往上前行，凯乐在后面死死将他拉住不让他再往上走。两人发生了一阵争吵后，最终王书礼被凯乐硬拖了下来。王书礼带着非常不甘和极其遗憾的泪水回撤下了山。在下撤途中，王书礼两次出现幻觉，面临危机，后经 2 号营地由直升机直接送到加德满都救治，两根手指严重冻伤，被迫予以截除。

1996 年有一位美国登山者爬上南峰后也出现了严重的眼睛问题，不但未能前行登顶，连下撤都没有完成，最终长眠在珠峰的雪地里。

真是一条珠峰路，无数悲壮情。

我和三穆僜在南峰顶稍微停了停，便继续往上行进。前行了没有多久，一条近似垂直的峭壁山道挡在了面前。我几次抬头探望高不见顶的山天接合部，想到自己已经精疲力竭、腰酸背痛、头晕眼花、脚麻手疼，怀疑自己能否爬得上去。自昨天早上 7 点多从 3 号营地出发到现在，已经历经了 23 个多小时，无休无止的高强度攀爬，早已将自己的体力耗尽，早已是用一种极度倔强的意志力在支撑着自己艰难前行。看着令人望而生畏的天路畏途，我将脚步停了下来。

三穆僜见我犹豫不前，便先行往上攀爬了一段路程，然后停下来不断地向我招手，要我跟上去。

我心里想跟上去，但是腿脚动不了，身子移不动，全身极度虚弱，觉得自己已经时时摇摆在死亡线上。若在平时，我肯定早已放弃攀爬，打道回府，但是此时，当我想起自己为了登顶珠峰已经准备了多年并做了许多付出，而且已经历经千难万险攀爬到了如此高度，如果就此放弃，实在心有不甘。如果功亏一篑，使自己多年的愿望未能实现，将来肯定会有终生难以弥补的遗憾。

我犹豫了一段时间后，决心用进一步放慢速度的方式继续往上攀爬。降低速度，可以减轻强度，可以分解疲惫感。牺牲速度，可以换得慢慢向上的高度。于是，我重新调整了一下自己的心绪，进一步坚定了自己宁死不屈的意志，又一次咬紧牙关，继续向上攀爬起来。

我走走停停，停停走走，摇摇晃晃，晃晃摇摇，缓缓地慢慢地往前走着。一会儿，眼前有一些恍惚起来，自己的脚和脚下的路逐渐模糊起来，我心头一怔，担心自己是不是出现了高山缺氧病症，或是因极度的疲惫和饥饿出现了身体虚脱。

因身体虚脱、体能衰竭而丧命，在此段路上早成常态。

我立即停了下来，低下脑袋，拼命地吸着氧气。我慢慢平静了一下极度紧张的心情，稳定了一下急剧变化的思绪，尽量将自己的意识往正常状态调整。

我吸了一段时间氧气后，觉得恍惚的状况有所好转。三穆倪帮助我喝了一些热水，意识也逐步有所恢复。三穆倪问我要不要吃点东西，我摇了摇手，不想吃。此时，我不但没有任何食欲，而且还直想呕吐。我现在最想要的是一下躺在地上万事不管地就地休息，但是，现在不能躺，一躺下去就极有可能再也起不来了。

三穆倪见我不想吃东西，又催我往前走。不能长时间站着，一停下来寒意又侵袭而来。我打了一个寒战，迫不得已无可奈何又走了起来。

我一心一意看着脚下，心无旁骛地踏着三穆僜的脚印走，再也不管旁边有什么风景或山色。

我们走着走着，忽而一块巨型石壁出现在了眼前。三穆僜告诉我，已经到了希拉里台阶。

希拉里台阶是一裸露的山体岩石断面，几乎垂直而立，高达12米，石块层叠，崎岖险峻，是抵达珠峰峰顶之前的最后一道难关。它因希拉里和丹增是第一次翻过这个断面登顶的队伍而命名。

德国登山者埃贝哈德曾经于2012年5月19日来到此地，在攀登此台阶时不幸摔下身亡。现在东南面斜坡的冰盖上成了埃贝哈德最终的安息之地。

由于台阶既高又陡，裸露无雪，冰爪难以落脚，不能寻常用力，加上攀爬到此地的人早已是筋疲力尽，寸步难行，来到此地望石兴叹抱憾而退的人不胜枚举，走到这里不幸丧命从此难归者持续累增。

我虽然知道只要攀上这一台阶登顶便胜利在望，并且无比希望自己能够一鼓作气将其翻了过去，但是当我抬头看着那高高在上约有三层楼高的端顶，想想自己的体力、心力、毅力已经全部透支到了极点，要想攀到它的上面去，谈何容易！

三穆僜看出了我的畏难情状，便先行举步进行攀登。他在攀登中只休息了三四次，便较为顺利地到达了顶端。然后他又是不停地向我招手。

我虽然心里发怵，但是事已至此，只好硬着头皮上。

我忍住全身疼痛慢慢抓起石壁上的安全绳，想将随身携带的升降器挂上去，但是由于要将升降器挂上去之前必须先打开上面一个卡锁，我酸痛无比的双手按了几次都没有将其打开。我无奈地看了三穆僜一眼，他也一直无奈地看着我，不想再下来。

我见自己已经无力到了如此地步，又一次觉得自己难以攀登到珠峰顶上，即使拼命爬了上去，很可能也会走不回去。与其上去送命，还不如就此止住。

　　我慢慢朝山下看了看，猛然间又觉得，即使从现在这里返回，也很难平安走回已经爬了四天四夜的大本营。何况上山容易下山难。

　　我喘着气低着头，心里悲伤地想，这次一定是九死一生了，十有八九回不去了。怪不得有那么多人命断珠峰，原来它是如此的残酷！绝情！

　　正当我准备跟三穆镫说下撤返回时，一位登山者气喘吁吁地爬到了我的面前。我一看，是位夏尔巴人。他见我手拿升降器发愁，很快明白是怎么回事。他帮我打开升降器的卡锁，将升降器挂在了安全绳上，然后向我做了一个"请上"的手势。

　　我突遇如此一幕，一下不知所措。刹那间我鬼使神差般向他做了一个"感谢"的手势，然后就稀里糊涂不顾一切地向上爬了起来。

　　这位夏尔巴人见我的冰爪在石头上打滑，抓不住落脚点，几次差点滑坠，赶紧帮我将安全绳极力拉紧，尽力固定，使我一下方便了很多，也使我平添了一些力量和信心。

　　经过多次爬爬停停，多次咬牙挣扎，在双手痛得几乎快抓不住绳子，在快要熬不下去的时候，我慢慢爬到了接近顶端处。歇息了片刻后，在三穆镫的帮助下，爬上了希拉里台阶的顶部。

　　上到顶部，我全身瘫软在地上，要死难活地喘着粗气。这时候，我的身体虽然极度疲惫，但是心里已有些许庆幸，又萌生了顽强登顶的冲动和希望。

　　待那位好心的夏尔巴人上来后，我赶紧扶着三穆镫站了起来，与他紧紧地拥抱了一番，并表达了非常真诚的感谢之意。

　　该夏尔巴人拍了拍我的背部，向我竖起大拇指摇了摇，然后带着他的客人继续向前走去。由于戴着氧气面罩，我看不到他的面容，通过他的外形及其一举一动，我感觉到他是一位极其善良的人。夏尔巴人多信佛教，或许他是一位非常虔诚的佛教徒。

三穆僜帮我清理了一下氧气面罩上结的冰，整理了一下我的衣着和腰间的安全绳、登山器具，然后又帮助我喝了一些热水。这时候，虽然我仍然没有半点食欲，但是因为重生了登顶的希望，有了求生的欲望，我取出一些能量胶和能量棒，给了三穆僜一些后，强迫自己硬吃了起来。由于风太大，气温太低，食物太冰太硬，咬不动，咽不下，吃得我悲上心头，眼泪直流。

顽强补充了一些水分和能量后，疲惫的感觉有了一些缓解，精神状态也有改善。三穆僜朝不远处的珠峰最高处指了指，然后手一招，又引着我继续前行。

经过若干次上坡下坡，左拐右转，顶着一阵阵强劲凛冽的寒风，越过好几处狭窄险峭的冰架，经过几小段近似垂直的攀爬，我们于 5 月 19 日早上 7 点 45 分成功登上了珠峰峰顶。

到达峰顶后，我没有兴奋，也没有激动，而是一屁股坐在了雪地上，不停地喘着粗气，脑子里一片恍惚。

珠峰峰顶是一小块斜形雪地，约可容纳 8 至 9 人。在我们登顶之前，已有 6 人在上面。有人站着，也有人疲惫不堪地坐在雪地上。

三穆僜掏出我的相机，请一个夏尔巴人帮我们照了两张登顶照。照相时我仍然是毫无力气地瘫坐在雪地上。

休息了大概几分钟后，我的疲惫状况慢慢有了一些缓解。我从冲顶包里取出环保横幅，与三穆僜一起拿着在珠峰顶上留下了几张合影。当我取出摄像机想在珠峰顶上留下我发出环保呼吁的影像资料时，摄像机因挨冻"罢工"不动作。我便手拿横幅大声念了起来：中国环保志愿者在珠穆朗玛峰上向全世界呼吁，关注气候变化，关注冰川融化，保护地球环境，保护人类家园！

大声念完后，我感到如释重负，也感到无比欣慰，多年的愿望总算实现，多年的梦想终于圆满。能够在绝命海拔，发出一名中国环保志愿者的

张安华（右）在珠穆朗玛峰峰顶呼吁保护地球环境，保护人类家园

真诚呼吁，能够在世界之巅，表达一名中国作家的环保良知，我感到无比的高兴、自豪和幸运！

我希望大家能够深深记住马尔代夫总统在海底召开内阁会议的警世画面，能够深深记住音乐家伊诺第在北极演奏《北极挽歌》的醒人图景，能够深深记住一名中国环保志愿者冒死登顶珠峰向全世界呼吁加强环境保护的特殊身影！

我非常希望有更多的人加入呼吁和践行环境保护的行列，有更多的人创造出能够令人深深记住的特殊画面。我们的家园需要珍惜，我们的地球需要爱护！

我收起环保横幅，又取出"CCTV·品牌故事""中华新汉画学派""亚洲探险"和"安顺茶叶"等横幅，一一留了影。

随后，我面对千里雪原万里冰天，激动不已刻骨铭心地画下了一幅珍贵的速写。

我们在珠峰峰顶停留了约 16 分钟，然后赶紧下撤回返。

历经多次危险，经受种种磨难，得到许多好心人的帮助，最后安全返回了加德满都。到加德满都后获知，在我攀登珠峰的过程中有 6 人不幸遇难，其中有 2 人是与我同一天登顶后于下撤途中去世。我在获得尼泊尔文化旅游民航部旅游局颁发给我的登顶珠峰证明后，于 5 月 29 日安全返回了北京。

回到家里，虽然还是一个人，但是感受到的不是孤独、忧伤、酸楚，而是安全、温馨、幸福。

回到朋友中间，朋友们问得最多的话是你凭什么能够爬得那么高，我回答得最多的话是信念加坚持加运气。有了信念和坚持，可以变不可能为可能。

回到长安街，走过新华门，来到天安门，我由衷地感到自己太幸福太幸运，生在中国，生逢盛世，使自己有条件到南极、北极和珠峰"世界三极"留下环保足迹，圆环保梦想。

回到办公室，再次看到挂在墙上的珠峰攀登者遇难地分布图，回想起自己的生死珠峰之行，对著名作家托尔斯泰的一句话有了新的认识和理解：

人生唯有面临死亡，才会变得严肃，意义深长，真正丰富和快乐。

（原载《中国作家》2017 年第 6 期）

◎ 糜明理

糜明理，男，汉族，1957 年 10 月生，湘东区湘东镇人。曾就职于湘东区文化馆、萍乡市艺术研究所，国家二级编剧，中国民间文学家协会会员，江西省作家协会会员，江西省戏曲家协会会员。在《剧本》《小说界》《星火》《影剧新作》等刊物上发表了众多戏剧、小说、散文、诗歌、报告文学、民间文学作品，曾获得中国戏剧文学作品大赛铜奖、华东地区戏剧小品大赛一等奖、江西省玉茗花戏剧节大型戏剧创作三等奖、江西省政府谷雨文学奖（小说）等数十项奖项。

何　贵（小说）

每逢阴历初二初七、十二十七、二十二二十七，何贵就要去五里亭赶场。

五里亭的场，越赶越旺了。细细的街，脚踏脚，鞋踩鞋，缝里难插针。农户产品是正宗，人多势众当大王。百货布匹摊子也不是弱门，一字长蛇阵，花了半边江山。算八字看相的，照原是在拐角里安身，铜锣敲打，挺有韵味，嘴巴张合，蛮有节奏。卖老鼠药的就不怕热闹，坐镇街当中，手里竹板、嘴里口哨，一个劲鬼哭狼嚎。吵得最凶的当然是街口的猪场，不论大细强弱，清一色的尖叫，针刺耳朵。经纪人精，不须多言，就靠一套能说会道的手势，神奇变幻，乖乖地将你我征服。如今都在学做生意。乡下人有出息，不光是下田用得牛，还要上岸耍得秤。打从盘古开天地，就有作田人变生意人。你看今日，乡亲父老那一颗颗眼珠子滴溜溜地转，不就是一粒粒嗒嗒响的算盘子吗！

日头爬上来了，并没得多大的劲。风还凉。但有人在剥罩衣，现出五颜六色的毛衣、尼龙衣。饭铺和小吃店开始清冷，街上的买卖要大兴了。

就在这时，何贵来了。

何贵是个篾匠，长得方头大面，门高树粗，像个将军。

他今日卖炕笼，一共有八只。何贵的炕笼好像不是篾织的，而是铁打的。你看他，一只脚踏一只，像闹元宵的后生踩高脚；一只手里串三只，头上再顶一只筛米盘。

筛米盘不卖，回头顶着遮日头。

满街的眼珠子不转了，望着他。他挺胸露胛，潇潇洒洒。从街头到街尾，从街尾到街头。

哑巴卖刀，哪有这等风度？

有人说，五里亭赶场人多，是因为有个何贵。

何贵越发得意。两只眼珠子快眯成一条线，那缝里，闪出一丝光，要烧燃了。一切的眼光便因此而黯然失色。

然后，他才卖。

不晓得从哪年哪月哪日哪个时辰起，何贵成了官商。他的每一样篾器都有定价，一成不变。这价又蛮贵，贵得吓人，比行市起码高一半。而且又不能讲价。不然，逗他鼓一眼，要瘦半身肉。

贵也有人买。不认钱，只认那个火印。烙了火印的，便是真家伙。谷箩不进水，有个老表装了狗到河里浸，里头半天还是干的，只得倒水进去，才把狗浸死。笼仓不透气，有个厨师蒸扣肉，不见气，狠扇火，结果蒸成了一碗碗肉酱。烙了火印才是真家伙，真家伙只愁不上手，莫讲价。

晓得内中巧妙的，更不吃亏。拿到东西，只管戴高帽子，夸得何贵眼光直直的，不晓人事。然后搜口袋，摸出相当的钱，送给何贵，再装模作样四处摸几下，拍拍衣服上的灰，"咳，钱带少了，钱带少了。"接着又求他："何师傅，不够的下次带给你吧。"他点点头，你就只管拿走，十里不返面。还钱只是一句话。何贵的记性，咳！天才晓得，他放了多少良心账。

不多久，手里卖空，就到小吃店，打一碗酒，买一盘猪耳朵，在角落里坐下。筛米盘靠壁放稳。口一张，"当嘟"，一颗私章那么大的铜印掉进酒里。酒与猪耳朵，交叉进食，细细品尝，然后，在肚子里和匀。最后一滴酒不喝，把钢印洗洗，放回嘴里，再起身出门，一路无话。

筛米盘是不卖的，顶在脑壳上遮日头。中午，十月的日头有些毒。

何贵的屋在斑竹林里。

斑竹林匝匝密密。一条黄泥路，蛮窄，有斑斑点点的日头光，深黄。

何贵的单间独屋在绿绿沉沉的竹林中间，埋得实实。解放前几年，何贵随娘出二次门，就一直住在这里，那时，他有十六七岁了，能一个人出门做功夫。人们都服了这个湖南伢仔，竟操出一门叫绝的手艺。

屋门口没得晒坪，没得菜土，没得树，没得花，屋檐下也长出两根斑竹，高过屋顶。厅屋的壁上贴着马、恩、列、斯、毛的像，年岁久了，纸张发黄，地上有篾，一堆一个货色，齐头齐脑。房门篾是织的，灰尘密了缝，像块厚实的布，红底板上现笔直而且匀的黑线。床是竹子的，有四尺多宽，红亮，够老了。床沿上那根竹子，坐上去就要溜下来，红得发黑，竹篙上晾着裢子，雪白。

何贵和竹子，组成了另一个世界。

他并不是没见过大世面，也并不是没跑过红。1955年，县里组织竹木合作社，就请了他去，并且蛮吃得开，何贵的大名，在城里响亮了好一阵。日用杂品店门口，人们排长队买何贵的东西。一个火印，"何贵"二字，搞得人疯疯癫癫，像吃醉了酒。于是他就要带徒弟。带了五个，该人家带的都跟了他。有蹦蹦跳的后生，有水泱泱的妹仔，都是日头出山的年轻人。何贵欢喜，教得蛮认真。但徒弟们的东西是没资格烙火印的。那颗钢印，徒弟们平日少见。

那颗钢印，一寸长，三分方。

可是，日子过不久，何贵就脱运交运。一日，他吃了饭，照原上街歇歇饭气，来到正大街日用杂品店，看人们排队买他的东西。进了门，却看见一个工人模样的人，拿个竹壳热水瓶，正发牢骚：

"你看看，只用三日，提手的断了，差点烫死人！"

何贵听了，忙上前瞄了一眼，认出不是他织的，才放心。

营业员不作声，那人转而把它伸到何贵面前，指着那火印给他看，请求声援：

"你看看，这就是何贵的好东西。哼，杉木菩萨受不得恭敬，出了名，就偷工减料，伤天害理！"

何贵火一喷。这火印就是他的，清清楚楚。他陡然间红了面，嗷嗷叫，像只牛牯：

"我就是何贵，我就是何贵！"在圈子里，他愤怒地左蹿右跳，一遍又一遍声明，"我就是何贵，我就是何贵。这不是我织的。捣鬼！"

这样，一直闹到那背时的顾客头昏眼花才收场。城里的人这才晓得，他就是何贵。那不是他织的。有人捣鬼！

"这颗钢印，是我师傅送给我的。晓得么，只有师傅送的才是真功夫。我师傅的钢印是我师公送的。晓得么，你们学出来了，我也要送，一人一颗。"

五个徒弟坐着，笔直的腰子，六个人在开会。车间主任想进来，何贵顺手关死了门。

"平日，我都是把它放在挨肉的裌子里。要用，也只有你们几个人在场。是哪个借用了，今日自己说！"

此时，何贵是一炉火，呼呼叫，往上冲。

他们是一塘水，死呆呆的，没得动弹。

"快说哇！说了不要紧。"

你说不要紧，他们偏要紧。一溜嘴巴，闭得紧扎扎，不漏气，不透风。

"咦，架子比师傅大！跪下！都给我跪下！"

一排膝盖，"扑通"落地。火也冒，泪也滴。

一匹青篾，"啪啪啪"，一个屁股上三下，从左至右，不分男女，不论轻重。

第二日，何贵死蛇一条。领导找他谈话，要他写检查。五个徒弟翻了面，不跟他。

其他师傅，终归当上师傅。

那颗钢印，一寸长，三分方，孤单单缩在贴肉的口袋里。

不多久，钢印也不能用，火印也不能烙。何贵也就捆起铺盖，回到斑竹林。

斑竹林里阴风一阵阵。

何贵生得贱，摸徒弟妹仔的屁股。用青篾抽那白细的肉……

"嘻嘻。""嘿嘿。""哈哈。""嗬嗬。"

乡下人尤其作兴这类话题。细细舌头，红裸裸，青筋伸缩，味无穷。

何贵倒不在乎。只要有竹子，他就有自己的世界。酒不能少，但只要烧喉。米酒、谷酒、番薯酒、高粱酒，不论。咽酒的更不限，螺头虾公淡干鱼，金瓜擦菜黄蜂椒。

可怜他婆娘，大门不出，天光到黑服侍鸡鸭猪狗，男人。大众的口水浸死人，她滴阴眼泪，想抱男人的脚。男人醉了酒，反踢她。也怪自己不争气，上十年夫妻，没留一坨血肉。

她终于走了，蛮羞愧。何贵送了她，倒平静。他终归可以与竹子相依为命，共生死。

舌头们也没得味了。现饭炒三次，狗都不吃。况且，少不了何贵。

何贵慢慢地，慢慢地安定了。斑竹林，五里亭，小吃店。还有一条狗。春上是狗患，冬下是狗牯。第二年，春上又是狗患，冬下又是狗牯。汪汪叫，代他说话。他不说，整日衔着钢印。

那钢印，一寸长，三分方。拿在手里沉坠坠，放青光，刺眼珠。何贵用钳子夹着它，放在灶里烧红。烧红的钢印一挨青篾，便"滋"的冒出一缕烟，有清香。何贵吸了口气，吞进肚子。眉眼间，露出得意的笑。他变得年轻了，手脚灵活，猴子样。可惜，神圣的此时此刻，大门关死，避不见人。出得门来，又是木雕的脸，漠然。火印，一个一个烙完，又一个一个细细地看，细细地摸。完了，瘫在竹椅上。很久，从梦里醒过来。把冰冷的钢印放在掌心，擦擦，放回嘴里。

莫要小看这单间独屋，莫要小看这沉默的何贵。

乡里狮子乡里滚，一方土地一方神。不晓得什么时候，何贵又被人们捧起来了。凡外头进五里亭的能人，红人，大人，都作兴买一件何贵的竹器作纪念，并且引以为骄傲和自豪。本土公民，万分庆幸，除了纯净的茶油和鲜嫩的草鱼，又多出了这一土特产品。其标志，要认清那个火印。

有更大的官，批评公社最大的官："为什么不可以办个厂，发挥这技术优势。"

公社并非没得竹器厂。于是就把何贵请去了。屋里熄火关门，吃穿住，全由厂里包，外加两元钱一日，做一日，算一日。政策针对着光棍。照原要带徒弟。但吸取教训，一律男性。带几个，算几个，至少一个。

何贵硬是劣神。酒，越发喝，醉歪了，便不声不响，青篾抽人。领导一忍再忍，威逼利诱，都成了竹篮子打水。后生忍不住，反刮了两巴掌，刮得他鼻子出血，嘴皮发肿。

何贵不是先前的何贵，后生不是先前的后生。

鼻子易得出血，也易得止血，嘴皮易得肿，也易得消。何贵和他的狗，又回到斑竹林，超脱尘世。

公家也不吃亏。把他织的一套真家伙当样品，订了够做大半年的货。牛头不对马嘴，问题虽有，但不大。那时还没得这个法那个法。当然，纯净的茶油和鲜嫩的草鱼，也不是没帮忙。

有人骂，何贵生就是根独骨头；有人叹，可惜了一门好手艺。也有人笑。那是一定有的。

何贵却比神仙还自在，还享福。事有做，饭有吃，还省了钱的烦恼。要欠的照原欠，他不管多少。斗争风云不是没有，但哪个还会把主意打到他身上？他癫了。除了买东西还喊句何师傅，都称他何癫子。再何况，把他打翻了，于精神，于物质，都有人要大受损失的。不是吗？

他孤单，他绝代，他劳累，他清苦，他失意，他背时……而且，他手艺精灵，他相貌威武。最好的种子，最坏的果实。和他比比，有的人，不由得油然而生活力！有的人，不由得油然而生快意！

世道一变，人们就越发作兴他了。

又不晓得从哪年哪月哪日哪个时辰起，何贵冒出一个亲戚。那是个后生，白净，矮小，听他讲句话，便晓得是个站着脚转筋的角色。他时常来，骑脚踏车。喊何贵表叔，熟练、随知，恰到好处，好像是喊了几十年的老亲戚。人们发狠回想，也回想不起他有这么一门亲，或许是瓜棚搭柳树，或许是瞎子看见鬼。但人们不好干涉，那后生时常来，洗衣扫地搞饭吃，丢了擂锤摸扫把，蛮勤快，没事，就陪着何贵，看他剖篾，织东西。有时候，也吃何贵的饭，但他自己带了米和菜来。何贵也实在没得值钱的东西，除了那条狗。大可不必警惕，大可不必疑虑。日子一久，何贵也欢喜，默默笑。管他亲戚不亲戚。或许，还是观音老母下凡来行善哩！

哪晓得，何贵也好，人们也好，错误就犯在这里。

蛮久蛮久，至少是一年多，或许有两年，人们才搞清，不是亲戚，也不是观音老母，那后生是青草冲的，姓凌，高中毕业，一肚子墨水，回来学三年篾匠，超了他师傅。

危险！这是偷手艺的贼！

有忧国忧民的，赶急通报何贵。于是，何贵削了三指宽的软青篾，打了半斤高粱酒。酒后打人，有胆，有劲，有兴。可怜那后生，白净，矮小，打得两屁股血淋淋，只好推着脚踏车走。

他还笑。第二日，又来了。没骑脚踏车，而是担了好几样篾器。这家伙，准是偷了何贵的。人们一窝蜂上去，看看，摸摸，试试，不错，全是真家伙，只缺个火印。家贼难防，偷了栋梁。这不能怪何贵。何况他赢了。倒是这家伙有本事，怎么避开了十百双日日夜夜滴溜溜的眼珠。人们怒目而视。但没为难他。让他担回斑竹林去，何贵自然会给他好吃的。

那一日，人们眼珠望穿了，竟然无事。那后生又原封不动把东西担回去了，并且，肯定吃了何贵的饭。

这就怪了。

就有人到何贵屋里。

何贵一时笑，面上像开花。又一时悲，面上像抽筋。屋里捡拾得清清楚楚，身上穿戴得干干净净。他好早就上了床。那张竹床，越发红亮。

不晓得有几多年岁了，也不晓得还有几多年岁。这东西，越久越红亮。

第二日，五里亭赶场。细细的街，密了缝。日头早爬上来了，罩衣也早剥了。

可是，不见何贵。

树空心，人失魂。五里亭的场，陡然寡淡无味。有几个卖篾器的，生意蛮好，但一个个不敢有半点神气，像做了亏心事。

有人不甘心，就来到斑竹林。

斑竹林里，竹叶吵闹，那单间独屋，还在梦里。

就有人要撬门。

门却是没关的。

推开门，喊两声。回声在竹林里。倒有人不敢进去了。进去的，匆匆出来，半天才转面色。

何贵死了。规规矩矩躺在竹床上，像睡了，只是没有打呼噜。

那后生来了。走路来的，那屁股还骑不得车。他哭得蛮伤心，说是他害了他。

是呀，好端端的一个何贵，怎么会陡然死了。

就喊来法院和医院的人，检查加分析，认为不是他人谋害。或许是因为受了刺激，发了心脏病，或者脑溢血。

翻遍天地，不见那颗钢印。后生哭诉着，说何贵答应把那颗钢印送给他。他长声地哭，称他为师傅，何贵终归做了师傅。

后来，遗体火化，才在骨灰里找到了那颗钢印，由那后生收藏好。

那后生披麻戴孝，埋葬了何贵。蛮热闹，炮竹像烧杉蕨藜，五里亭的商店，怕有七八年没做这么好的炮竹生意了。

五里亭赶场，还是那么旺，日头爬上来了，有人剥去罩衣。何贵来了，潇潇洒洒，挺胸亮胛，卖的是真家伙，谷箩不进水，笼仓不透气，炕笼上站得人。那火印，照原清清楚楚，端端正正。

哦，不是何贵，是何贵的徒弟。

嘿，何贵到底没死，何贵到底没绝代。

只是，人们再也不能欠了。

（原载《乡风》1986年第1期。该作品获江西省首届谷雨文学奖）

王篾匠对亲（小说）

三十二岁的王篾匠对上了亲，而且还是搞的"自由恋爱"呢！牛尾村的男女老少，奔走相告，议论纷纷，那声势，恐怕只有上半年生产队里买了手扶拖拉机那阵能相比。

王篾匠忠厚老实，安分守己，人不懒，脑瓜子不蠢，手艺也操得有个相当。论高，和五尺的竹扁担不相上下；论架势，像南竹不似斑竹；论脸相，圆圆的恰似个罗盘，五官端正，只是鼻头儿有点扁。这么个眼不瞎脚不拐的好后生，等到三十二岁才对上亲，为的是哪一桩？

其实，那年插了早禾，他满十七岁，王二婶就张罗给儿子对亲了。谁晓得，祸从天降，他爹突然一病不起。求神拜佛，求医抓药，牛头镇打了吊针，又在县里住了院，整整三个月，九十一天，空了猪栏鸡窝，耗光了家里最后一个银毫子，他才离开人间。大队生产队出面，总算凑合着把棺材送上了山。王二婶知道，三年都不要想打响屁了。她把儿子送去学篾匠。心里思忖，等他三年出师后，家里也喘匀了气。有手艺好赚钱，再过二三年，好好歹歹总要把媳妇接进门。

无奈天灾人祸，总是手牵着手来磨人。等到他真的被人称为王篾匠，回家拿起篾刀，准备大干一场的时候，史无前例的风暴刮到了牛尾村。生产队的副业收了场，私人的"尾巴"一刀割。批判呀，造反呀，夺权呀，把戏玩足了，便全体社员齐上阵，迈开"社会主义"的步，往山上的大寨田送土。天光干到天黑，他能赚到十分。年年是十分，钞票越来越少。真是王小二过年，一年不如一年。只有娘崽两个的王家，年头做到年尾，刚刚糊了两张嘴巴，来个叫花子都不能打发。王篾匠也曾被逼得壮了胆，暗地里织了十几担土箕，月光下担到牛头镇卖了。没几天，大队治保主任便把他找去，瞪眼睛，吹胡子，拳头砸在办公桌上，脖子上的青筋手指粗。"想不到，你这个贫农的后代，也被资本主义这条毒蛇缠住了。痛心啊！"他打了个冷战，顿时，丢魂失魄，面色如土。他染上了资本主义这个绝子灭孙的恶病了，竟然不知不觉！经过这番深刻得不能再深刻的教育，他幡然醒悟，痛心疾首，立即把篾刀交到大队，发誓与资本主义一刀两断。

为此，王篾匠竟走了一阵儿红运呢。大队长在社员大会上表扬了他，公社主任在万人大会上表扬了他，甚至县委那张专门批判资本主义的小报纸上，还在表扬他。

于是，有那么一天，牛头镇附近农村的一位姑娘，竟赶到牛尾村来查看人家了。王篾匠娘崽俩，几个通宵没睡，把三间土屋收拾得干干净净，井井有条。姑娘和她的母亲来了。然而，那两碗热气腾腾的煮鸡蛋，放在洗得发白的饭桌上，谁也没动，一直到冰凉。不同意算了。王篾匠一口气把它全送下了肚。他已经有三年没吃鸡蛋了。

谁知道，牛头镇一带农村比较富裕，有些无聊的人，把王篾匠家的寒酸相编成歌谣，广为传唱。歌词是这样的：

> 土砖屋，泥巴灶，伸手摸得屋檐到。
>
> 早鸡叫，晚狗叫，塘里担水蛤蟆叫。
>
> 油灯盏，黑火苗，电灯当作猪尿泡。

从此，牛尾村的王篾匠远比走红运那阵更出名了。歌谣传到牛尾村，传到王篾匠耳朵里，害得他三年没出门，四年没直腰，五年没说一句大话。他发誓赌咒，再也不提对亲的事了。王二婶抹干眼泪，托亲拜友，说了几处，人家一听王篾匠三个字便摇脑壳。正是人抬人，无价之宝，人踩人，寸步难行。

直到打倒了"四人帮"，王篾匠才交了好运。他白天出工，早晚拿起篾刀。生产队也兴旺了，日子更红火。如今，他家的土砖屋换成了窑砖墙，粉得雪白，老远看去都耀眼。去年买了自鸣钟，今年他又戴起了手表。电灯也亮了，收音机哇哇叫。人们都想，现在总该轮到王家办喜事了。然而，竹林里只有老竹子，没有老笋，乡村里只有老崽，没有老女。几次说亲，都因嫌他年纪大，落了空。但是，王篾匠再不心灰意冷了。他想，山上的竹子一坡坡，世上的女人千千万。慢慢儿找，细细儿访，有篾刀，定要砍到如意的竹子，有后生，总得讨个合适的老婆。

这一天终于来了。

农历八月初十，红毛大鸡公叫了第一遍，自鸣钟又敲了四下。王篾匠踢开被单，翻身下床。他娘已经把饭菜热滚了。他满满地吃了两大碗饭。担子头天就已经收拾好了，这边一张躺椅，那边四张座椅，外加两只淘米箩，三个篾盘。那条洗得雪白的长澡巾扎在腰上，路上用它好揩汗，回家用它好扎几只肉包子给娘吃。

东方现了鱼肚白，大路和田野分得明朗。今天王篾匠去赶牛头镇的场。牛头镇一月三场，逢初十、二十、三十。牛头牛尾，二十八里。他早点出门，好早点到，占住街中心饮食店门口的好位子。

开头二十里路，还只有远远近近传来几声狗叫，这会儿，路上去赶场的人，陆陆续续多了，不知什么时候，有两个提篮子的妇女在王篾匠面前，不停地唠唠叨叨。他不紧不慢地跟在后面，有意无意地听着。她们讲一个叫陈兰香的女人，老实贤惠，却嫁了个狼心狗肺的男人。在婆家受了几年气，终于在上个月离了婚。如今带着个刚满四岁的儿子回娘家了。娘家嫂子明里笑，暗里嫌，日子也不好过。王篾匠听着，不禁牙齿咬着了下嘴巴皮。"身在福中不知福的家伙，是要让他尝尝单身汉的味道！"他在心里愤懑地骂着，一路上心情不得平静。

牛头镇的场，好不兴旺热闹。竹木杂货，鸡鸭牲口，肉鱼蔬菜，农家土产，拉拉杂杂挤满了街两旁。街道上人挤人，汽车过身十分钟走不到一米远。王篾匠如愿以偿，占着饮食店门口那老地方。生意不错，第一个买主，就买走了两张座椅。当他把躺椅也脱了手时，一个女人轻巧地站在了身旁那点刚能容下她的空隙里。王篾匠瞄了她一眼，她白皙的脸上立即飞了个笑靥，像是说："对不起，挤着你了。"她身后还有个精瘦的男孩，王篾匠只得闪身让了点空，那孩子便插在了他与她之间。

这个王篾匠，趁着给孩子让空位的时机，眼光又在那女人脸上停了一刻。好在她一丝也没注意到，只是半低头，在急切地盼着买主。一个胖墩墩的妇女走了过来，随手拿起了一双草鞋。

"表嫂，不哄你，自家织的，厚实，紧扎，经穿。"

胖女人看了卖主一眼，没说话，笑一笑，老练地拿着草鞋左一折，右一捏，如此反复几下以后，又拿在远处审视了一番，这才问："实在说，几角？"

"两角。便宜卖，总是自家的破布自家的麻，自家织的。"

"唔，这倒是行市。"开门红，胖女人一次就买走了十双。

看着娘手里有了钱，小孩眼睛盯着身后玻璃柜里的油饼、包子，口水都快被勾引出来。孩子他娘只装着没看见，把钱用手帕包起来，仍旧半低着头，等待着新买主。她那双水灵水灵的眼睛里，更增添了忧郁的神情。王篾匠瞧着，好在一旁惋惜。那孩子呢，不哭也不闹，自觉没趣，又把眼睛转过来看熙熙攘攘的人，偶尔才又瞟一眼玻璃柜。

王篾匠拿过双草鞋，看了看，内行地赞道："你男人手艺不赖，草鞋打得紧扎，样子也出来了。草鞋有样，边打边看。要打出这样子，难！"

"莫见笑，我……草鞋是我自己打的。"她说这话时，那张秀丽的脸，表情复杂，有凄凉，也有坚韧沉静。

王篾匠一听，晓得踩了人家的痛脚指头。这么个年轻端庄、贤良温顺的女人没了男人，真难想象。一股怜惜之情，油然而生。他甚至再不敢打量她一眼，生怕引起她无端的伤心，或对他的误解。

草鞋只卖剩七双了。那女人问他："老表，请问什么时候了？"

他左手一扬："十点半。"

她犹豫起来，神色焦虑。

"你有什么事吗？"他关切地问。

"我要带他去医院看一下病，可是……"

她看着没卖完的草鞋，很为难。

"啊，你去吧。只要你放得心，这几双草鞋，我替你卖就是，反正我一时不会走，顺便的事，一点不为难。"王篾匠热情地说，显出助人为乐的出门人性格。

"那就拜托你了。我们快去快来。"那女人感激地说着，牵着孩子走了。

忽然，王篾匠想起了什么，追上去，喊她："你等一下。"

那女人转过头，茫然地望着他。他从口袋里掏出两元钱："钱怕不够，我先垫出两元。"

她愣了一下，低声说："这怎么行？"

"小事，小事。"他满不在乎地说，把钱塞在了她手里。触到她温暖柔软的手掌，他的脸唰地红了，赶紧缩手往回走。她望着他，低头教孩子："快叫叔叔。"

这时刻，就是雷轰头顶，他也难得听见。他只觉得，满街的眼睛都在看着他那张通红的脸，自己的心在跳得咚咚响。昨天夜里，他很晚才睡。躺在床上，一会便做起梦来。他梦见自己讨亲了。新娘子可漂亮哩，瓜子脸，柳叶眉，荷包嘴，牙齿白得像葱根，朝他笑一笑，像朵盛开的牡丹花。白天，给他当家理事；晚上，给他热被窝，在他耳边谈这谈那，亲亲热热……醒来，他再也睡不着，直到鸡叫钟鸣。如今想来，这梦，莫非与今天这遭遇有什么联系？他兴奋得发跳。他想卖草鞋的女人，看样子是个正当人，不是歪门货。空床睡不久，迟早得找个伴。建房要拣好梁，嫁人要拣好郎，她应该找个勤劳厚道的汉子，过上好日子……他忽然想到自己，脸又发烧了。唉，人家命好的，爹都做厌了……一下他又想到刚才路上听到的那些话：离婚，带个四岁的孩子……日子不好过……呀，都对得上号！她会不会就是那个陈兰香？对，等她回来，一定要问一声。

快吃中饭的时候，她娘俩来了。那七双草鞋卖光了。偿还他两块钱，还差六角钱，王篾匠不让她拿，她执意不肯，硬拿了，他只得收下。到处是眼睛啊，推来推去，太不像话。她说了感激他的话。他心里一阵清爽舒畅。他望着她，大胆地问了一句："你是陈兰香吗？"

"嗯。"

立即，她的脸色变得煞白难看。她在默神，他一定知道自己的事。只怨自己命苦，碰上了那个没良心的家伙。唉！

王篾匠见她应了，也没去注意她那脸色，立即进到饮食店，买了十个肉包子。这回，王篾匠怎么也没让她推开。他说："下回，你给我打双草鞋吧。上山砍竹子，草鞋方便，又软又不滑。"

她很高兴地连忙点头："要得，只要你不嫌弃。"话落音，一道清清亮亮的目光扫过了他的脸。

这回，他没红脸，而是镇静地说："二十日，我又会来。还是这块地方。"

回家，他们能同很长的路。自然王篾匠一路上嘴巴没停，把自己的身世家境都介绍得一清二楚，只差没说："我这个老后生，不知你中不中意？"陈兰香呢，倒是很沉静，只是默默地听他说着。

王篾匠心里不平静了。睡觉时失眠了，在铺上辗转反侧，眼前老是出现陈兰香的容颜；破篾时，篾刀划破了手指，不过，他一点不觉得痛。每天，盼日头落山，盼鸡公啼叫，好不容易盼到了二十日。这天清早，那家饮食店门还没开，王篾匠便占着了老地方，眼睛不停地往街头探望。

日头出来了，暖了身。她来了，热了心。

"好了吗？"他牵过孩子，往口袋里塞了一把糖粒。

"难为你，鞋子好了。你试试看，合脚不？"她递过来一双厚实紧扎的草鞋，缠的都是新布筋。

"合适，合适。"他瞟了她一眼，声音低低的："心灵手巧，真行！"

她蹲下身，给鞋子系紧鞋带，声音甜甜的："哪里比得上你？"

他带了包破衣服给她织草鞋，里面，藏着一封信。这是他平生第一封恋爱信。几十句话，花了他整整两个晚上的时间，用去了整整一本材料纸。他捏一把汗，她看了信以后，该会怎样？是拒绝呢？还是会答应？会回一封信吗？会笑他的字像螃蟹吗？……他急于想得到她的答复，却又不敢让她现在就看到那封信。幸亏她接过包，并没拆开。

忽然，她拉住了他受伤的手。

"啊，手伤了，伤得深不深？"

"没事，没事，只破了点粗皮。"

这天下午，害得王二婶几次出门张望，嘴里念叨着："今天是怎么了，还不见回！"

王篾匠却在抱怨手表里的指针，简直在跑。

哪料到，到了三十日，在牛头镇的场上，他却没有见到陈兰香。他急得站立不安，心慌意乱，心里推测着没来的种种原因：病了？有事去了？嫌他？看了新的男人？还是没看到那封信？

他想去她村里问问，去看看。又一想，不行，莫叫人家小看了自己。男人大丈夫嘛。再说，要是她不愿意，那多丢人！但愿她不是这样，而是病了。啊，不，她应该是有事去了。他不敢往坏处想，他怕……

回到家里，他才记起，忘了给娘买肉包子。

看到他颠三倒四的神情，王二婶知道，儿子为的是那桩事。她又去托亲拜友找邻舍，请他们帮忙查访查访，有没有合适的女人，出过门的二房亲也可以。不过，人，要站得稳，坐得正。年龄呢，宁肯男大七，不肯女大一；相貌呢，出得众便可以。

王篾匠做事越发狠了，像是跟谁赌了气，整天沉默寡言，埋头苦干。队上做事，他走在前；家里的事，他放了尿桶拿起篾刀，早晚连收音机也没心思听了。他知道，大河有水小河满，小河满了好放鱼苗儿。

扳着指头，熬到了初十日鸡叫。王篾匠火急火燎，赶到牛头镇，等着天亮。

天光了，她没有来；日头晒头顶了，仍不见她的身影。他眼睛望穿了，失望了，死心了。突然，她像从瓦蓝的天空里飘下来似的，落在他身边。她今日穿着有小花朵的浅色衣裳，茶绿色裤子像刚打过熨斗，裤缝笔直的。头发梳得溜溜头；脸上，一边一朵红云，嘴角，流出羞甜的笑。

这时，王篾匠一颗心落地了，反而显得神情自若，就像什么事也没有发生过。

陈兰香只带十多双草鞋，一会儿便卖完了。王篾匠一看情况不对，赶忙把篾器便宜卖，也很快空了手。两人来到人少的地方。陈兰香交给他两件衣服，说："拿回去，放心还可以穿一冬。败家子。钱有捡？"

王篾匠接过衣服一看，心里很不是味，嘴里争辩着："没个女人，娘又老了，谁补？"他打开一看，啊呀，都已经补得熨熨帖帖，连忙又说："我不是那号人。只是干干净净，平平整整，穿上街都不怕。"

"哪个叫你上街讨米？做事穿差点，出门穿好点。分个里外，分个冷热。三十二岁了，还是挂鼻涕的山猫子？"

"你？"王篾匠好不惊奇，她怎么知道自己儿时的绰号？又怎么了解自己的年纪？

"门口金瓜棚上的老鼠豆，一串一串，还不摘下来晒，都留着做种？再忙，出门下坳的那段路，也要抽空修整修整，跌倒了孩子老人，害谁？那些猪栏栅子，七零八乱，有头大猪都关不住，亏你还是个篾匠！"

王篾匠望着她，眼发白，只有规规矩矩，老老实实地点头称是。有鬼，这一切她怎么知道？

"跟你打了双棉鞋底，要安松紧布，还是安拉链？"

"安松紧布。不，安拉链……不，随你。"王篾匠慌了，竖着的扁担被他压弯了。

回到家，王篾匠拉住娘便问："家里来不来过一个这样的女人：这么高（他用手比在眉毛上），扎着两个短辫儿，齐这儿（他用手比在脖子上）；不胖不瘦。圆圆脸，有对酒窝，一笑便现；单眼皮，小眼睛，薄嘴唇，牙齿整齐洁白，说话清亮动听。"

王二婶想了想，说："来过来过。她是进来讨茶喝的。屋里看了一会，厅屋里坐了一会便走了。"

"娘，你喜欢她吗？"

"你疯了！她带着个这么高的孩子呢。"

哈哈，娘还蒙在鼓里。于是，王篾匠得意地把事情从根到梢对娘讲了。王二婶听了，欢天喜地，笑得眼角的鱼尾纹起了堆。

"要得，要得。看不透，你这个山里佬也学城里人，自由恋爱了。"

就这样，王篾匠用他独特的恋爱方式对上了亲。只等割了晚禾，摘了茶籽，收了番薯，栽下麦子油菜，就把陈兰香娘俩接过来。王二婶更是个性急人，听人说，她已经在暗地里准备着娃娃的衣裳哩。王篾匠还在心里盘算，如果政策不变，孩子大了，就把自己这门手艺传下去。有门手艺，对亲都强一着啊！

（原载《星火》1981 年第 2 期）

争 队 长（戏剧）

地　点：村委会办公室

人　物：新宝——男，村委会主任

　　　　金花——村委会主任妻

　　　　王娜——女，村民

[幕启。

[新宝正在办公。

[王娜上。

王　娜　（悄然走到新宝身后大叫）报告！

新　宝　（一惊）王娜。坐。金花没有来？

[金花上。

金　花　死魔器，这腰鼓队的队长到底哪个当？

王　娜　金花姐，你……

金　花　我是个直肠子，有屁就放。

新　宝　（倒茶）今天请你们来，就是想再商量商量……（示意王娜说话）

王　娜　金花姐，论资格，这个队长应该是你来当。

[新宝和金花都很意外。

王　娜　不过，这队长一没级别二没报酬，完全是个跑腿的苦差事。金花姐，我年轻点，这担子还是我替你挑吧。

新　宝　可以可以。

[金花咳一声，瞪了新宝一眼。

新　宝　（忙改口）可以再考虑考虑。

[尴尬的静场。

金　花　（对新宝）你哑了？你是村委会主任，你说话呀！

新　宝　唉，腰鼓队是你们两个组织起来的，这队长又只选一个……要不这样吧，你们俩来比一比，谁对腰鼓队的贡献大谁就当队长。（对金花）有理没理，大的说起。

金　花　我没有什么贡献，反正杨梅村是我第一个学会了打腰鼓。

王　娜　成立腰鼓队是我的主意。

金　花　那次进城买腰鼓，是我死皮赖脸地砍价，每只腰鼓少花了二元八。

王　娜　那三十套演出服，是我带着几个姐妹自己缝的，也不知节省了多少个二元八。

金　花　为了训练，我嗓子哑了，人累瘦了，心也操碎了！

王　娜　我喜欢动脑筋、想办法，训练起来不吃力，大家玩得也开心。

金　花　好哇，你年轻、你漂亮，这队长只有你能当！

王　娜　你资格老、靠山大，当队长只要你一句话！

新　宝　（一直在低头摆弄手机，突然站了起来）出来了出来了，结果出来了。

金　花　你又发什么魔！

新　宝　我刚才组织腰鼓队的队员参加了短信投票，赞成金花当队长的编辑短信 A，赞成王娜当队长的编辑短信 B，移动用户发至 9998009，联通用户发至 8889009，小灵通用户……

金　花　别啰唆了！我有多少票？

新　宝　（拿起一张纸，宣布）最新统计结果，赞成 A 的有一十四票，赞成 B 的……也是一十四票。哎，你们腰鼓队的人数为什么老是逢双啊？

王　娜　村主任，看来这事还得由你来定。

新　宝　我……

金　花　你就别客气了。我们这里三个人，关键一票就在你手上。

新　宝　（旁白）唉，一个是风华正茂的少妇，一个是肝胆相连的婆娘，手掌手背都是肉，叫我如何下得了手……哎，有了！这样吧，你们两个来个现场比赛，哪个腰鼓打得好就哪个当队长。

王　娜　这是个好主意！

金　花　你还得问问我愿不愿意！

王　娜　你……

新　宝　（拉过金花）婆娘，不要怕，我做你的坚强后盾！

金　花　跟她比？

新　宝　没问题！

金　花　好，比就比。当面锣，对面鼓，免得人家疑心生暗鬼。

新　宝　准备，开始！

（新宝喊节奏，金花和王娜表演打腰鼓。新宝被王娜优美的舞姿所吸引，渐行渐近，越看越迷……金花一气之下退出比赛，他两仍不觉察。）

金　花　（忍无可忍，高叫）出丑！出你娘的丑！

新　宝　哦，停，停！

王　娜　这回总是我赢了吧！

新　宝　我认为，王娜的表演有表现力、有吸引力、有凝聚力……

王　娜　（用手做胜利的表示）耶！

金　花　（扯住新宝一只耳朵）色眼，你这双老色眼！

新　宝　婆娘，我还没讲完啊。

金　花　讲！

新　宝　我觉得，姜还是老的辣，金花的表演有力度、有强度……（示意金花松手）

金　花　（松手）接着说！

新　宝　（旁白）就是缺少点气度。（郑重地）总而言之，比赛双方各有所长，金花王娜互不相让，这个队长……

王　娜　（悄悄地）村主任……

新　宝　（示意王娜安静）这个队长……

[金花猛敲腰鼓。

新　宝　（轻声对金花）我心中有数。

[金花停止敲鼓。

新　宝　现在我宣布，杨梅村女子腰鼓队队长……我也不知道是谁。

王　娜　那就继续比！

新　宝　还有什么好比的？

王　娜　能比的事情多得很。村长你晓得，去年村上修公路，我们家捐献了一千元，还有五吨水泥。

新　宝　这件事我在大会上多次表扬过。

金　花　贫困户张明还捉了我家六只猪崽，我一分钱也没收他的。

新　宝　好婆娘，你做得对！

王　娜　我们家去年评上了县里的小康示范户。

新　宝　这是我们杨梅村的骄傲。

金　花　我们家已经连续三年评为乡上的五好家庭。

新　宝　感谢上级的鼓励。

王　娜　要讲五好家庭，你们有一条不合格……

金　花　哪一条不合格？

王　娜　夫妻恩爱！

金　花　你、你说我们夫妻不恩爱？

王　娜　村主任，你认为呢？

新　宝　我……王娜，你讲这些事做什么咧！

王　娜　这些事就是要讲。党中央提出要构建和谐社会，夫妻恩爱应该摆在首位。

金　花　好，你先讲，你们夫妻是怎么个恩爱法。

王　娜　我们两夫妻呀，我们好得不得了！

金　花　我们好得了不得！

王　娜　他每天洗澡都是我打水。

金　花　我……

新　宝　我们家洗澡是用热水器。

王　娜　我们夫妻从来不斗嘴、不吵架，有商有量，互敬互爱，不像有些人，骂丈夫是魔器，还扯丈夫的耳朵。

金　花　打是亲，骂是爱，不打不骂是痴呆！

新　宝　（旁白）这事也奇怪，金花三天不喊我魔器，我心里就像失掉了魂。金花半个月不扯我的耳朵，我就无精打采头发晕。

王　娜　好好好，你们夫妻俩是蛮好。

金　花　比你们两夫妻没有差。

王　娜　你是讲真的？

金　花　我什么时候讲过假话？

王　娜　讲真的，我们就要透过现象看本质，讲一讲夫妻关系中的核心部分！

新　宝　哎呀，积德积德，不要再往下讲了……

金　花　讲，你让她讲！

王　娜　上次我家跃进到萍乡城里喝喜酒，主家安排好了住安源宾馆，可是他……夜里十点多钟还是打的回家……

金　花　嗨哟……（羞王娜）

新　宝　认输，我们认输。

金　花　我就是不认输！王娜，你不要看我脾气躁、性子急，就以为我们夫妻不恩爱。告诉你，我们结婚三十多年从来没有扯过皮，有时候夜里没有睡一头……

新　宝　你不要讲我给你焙脚的事！

金　花　我们老夫老妻，再好也就是夏天打打扇，冬天焙焙脚，你给我抓抓痒，我给你捶捶背……

新　宝　金花！

金　花　新宝，从今以后，我再也不扯你的耳朵，再也不叫你魔器了！

王　娜　金花姐，我真没有想到……

金　花　你没有想到的事还多呢。告诉你，我这边这个乳腺瘤，就是我家新宝给我摸出来的。

新　宝　金花！你……

王　娜　什么，你有乳腺瘤？

金　花　不要紧，他带我到市医院检查了，医生说是良性的。王娜，我可以不跟你争这个队长，但我必须告诉你，你们都误会了，其实，我跟新宝的的确确是恩恩爱爱的好夫妻！

新　宝　说得对！王娜，你年纪轻，有活力，这队长嘛……（看金花眼色）

[金花咳了一声。

新　宝　（又改口）还是要考虑考虑。

金　花　还有什么考虑的，给王娜！

王　娜　金花姐！

新　宝　金花，你可终于想通了！

金　花　我想通了——队长她得听村主任你的，村主任你还得听婆娘我的。我、我还是比她大……（委屈地转身揩泪）

新　宝　我的好婆娘。（欲拥抱金花）

金　花　（顺势扯住新宝的耳朵）死魔器！

[剧终

（原载《剧本》2006年第6期，有修改）

◎ 赫东军

柑 橘 园（散文）

见到柑橘园是件出人意料的事情。

在一个春光明媚的一天，和几个朋友到五峰山去春游，是为了实现一个承诺。之所以选择去五峰山，是因为有朋友曾在五峰山下生活过，对五峰山就像对自己家里一样熟悉。五峰山和所有的名山一样有寺有庙，有寺庙就有人供奉的菩萨，也就会有人顶礼朝拜。我们虽然也是逢庙就进，见菩萨就拜，但朝拜对我们这些俗人来说，不过徒具形式。我们的快乐只在这春游的过程。就是这快乐的过程让我们撤去了心灵上的最后一道篱笆。我们说起了许多平时不曾说过的故事，想起了许多过去发生或者将来可能会发生的事情，却唯独没有想到我们会见到柑橘园。

柑橘园就在五峰山福寿庵不远的一户农家门口。到这农家去是为了寻找一个休息和能解决吃饭的地方。本来我们是想在福寿庵里吃饭的，因我曾在萍乡宝积寺里跟和尚们一块吃过一顿午餐，很有一番风味，同行的朋友听了我介绍之后兴致也很高，不料却因庵里只有一个年岁已高的尼姑而作罢。恰好这户农家是朋友的一个亲戚，因而见到柑橘园就成了偶然当中一个必然的问题了。

走到农家门前，忽然闻到一股浓郁的花香，经农家解释，才知道这就是柑橘的花香。这么浓郁的花香我是第一次闻到，就像是用墨绿的丝绸制成的假瀑布，虽然有往下倾泻的趋势，却又有着停滞的意味，给我的感觉就像是初懂人事时，迎面碰到一场突如其来的爱情一样，除了有点慌乱之外，根本谈不上惊喜或是讨厌。在农家小憩了一会儿，便和一个朋友走进了柑橘园。

柑橘园不是很大，种有二三十棵柑橘树，周围用一些细细的竹子围成了一个园子。柑橘树大约在两米左右，如果和福寿庵前那些参天的千年古樟相比，这柑橘树实在没有树的样子。柑橘树开着许多白色的小花，如果不是亲眼所见，很难想象得出就是这种白色的小花能散发出如此浓郁的香味。白色的小花丛中，有许多小蜜蜂在不停地采蜜。其实我对这最富童话色彩的小蜜蜂向来是敬而远之。我非常担心这种屁股带刺的小昆虫，会因为我们侵犯了它们的领地，而出其不意地给我们来上痛苦的一针。我之所以硬着头皮走进柑橘园，完全是朋友在身边的缘故。我不想让朋友笑话我。然而，很快我就发现自己的担心是多余的，那些勤快的小蜜蜂根本就没有时间理睬我们，自始至终地在花丛中忙碌着。于是我心里一乐，在看了朋友几眼之后，觉得这平时敬而远之的小蜜蜂也可爱起来。

一排排的柑橘树挨得很近，走进去碰掉了不少花儿。看着自己碰下的花儿正恋恋不舍地往地面上飘落，我忽然意识到时光正在不可逆转地流逝，一种淡淡的无奈涌上了我的心头。我意识到这是我和朋友第一次，也可能是最后一次结伴出来玩，因为我是个俗人，平日里得为生活奔波，非常难得到大自然中无忧无虑地潇洒一回。朋友非常善解人意，听了我的话，便说这不会是最后一次，柑橘丰收的时候，就是我俩都还可以结伴再来的。我知道即使能结伴再来，也不可能是我此时此刻的心情，便淡淡地笑了一下，把心思藏得远远的，回头高声喊来还在农家里休息的朋友，让我们一起照张合影，把此情此景完美无缺地停留在这一刻，让我们明亮的心里阳光一片，温馨一片。

饭做好了，农家出来叫我们回去吃饭。回头望着柑橘园呈现出来的茂盛景象，我问这柑橘园的主人，今年的柑橘将会是大丰收吧？主人却说，这可不一定，去年就是一场霜冻，一夜之间就使这一切消失得干干净净。主人说着这样的惨剧，脸上却很平和，一副不和天斗，顺其自然的样子。我却惊讶生命是如此脆弱。想到柑橘园就在香火颇盛的福寿庵旁，主人也是个每日烧香礼佛之人，都尚且无法躲过大自然中突如其来的摧残，何况我们这些平时不烧香，临时抱佛脚的俗人，怎么能祈望佛能够保佑我们心想事成呢。尽管我们在祈祷时，也是百分之百的虔诚，细想起来，这不过是美梦一场，让人徒添几分伤感而已。还是把它看成一场游戏好了。

夜深人静的时候，我分明又看到了柑橘园。尽管花香依旧，我的心情依旧，却不知为什么只有我一个人在柑橘园里漫步，白日里的朋友都不知躲到哪里去了。就在一阵熟悉的笑声跳跃而来时，我醒了。但柑橘园却仍在梦中……

（原载《星火》1997 年第 5 期）

丑小鸭飞上天了吗 （小说）

高洁吃完早饭就往外走。这天是教师节，学校放假，高洁早就想好了，去旧书店看书。

妈妈就说高洁道，放假了就在家带好弟弟，不要只顾自己玩。

奶奶也在一旁帮腔，一个女孩子整天不着家不好。

奶奶还是老一套，女孩子就应该每天待在家里做家务。高洁不乐意听这些，就白了奶奶一眼，仍旧走出门来，嘴巴里撒谎道，我跟同学说好了，要去新华书店。

妈妈一听高洁要去新华书店，就急了，你不会又去买书吧。

高洁没有好声气地说，不会用你的钱啊。

说着，高洁就跑了出去，却听到奶奶在一旁怪妈妈，一个女孩子，读这么多书干什么？

在奶奶心里，女孩子长大后是要嫁出去的，迟早都是别人家里的人，不应该把钱花费在女孩子身上。奶奶常常教育高洁说，我像你这么大的时候，都出去打工赚钱了。

高洁在人行道上走着，看到马路上没有汽车，就想赶紧过斑马线到对面去。这样想着，脚下就加快了步伐，这时却有一辆自行车突然横了过来，正好挡在了高洁前面。高洁还没有回过神来，就听到林中雪哈哈的笑声。

要死啊，把我的心都吓掉了。

去哪里？

高洁指着前面说，我去前面书店看书，你呢？

去老师家练二胡。说着，林中雪骑上自行车，回头让高洁上车。我正好路过那书店呢。

高洁小跑了几步，跳上自行车的后座。林中雪两边一望，见汽车还远远的，就加速冲了过去。由于速度有些快，高洁就抓住林中雪的衣服，待过了斑马线才放心地松开。

林中雪笑话高洁，你怎么这么胆小？

前面的人行道上因为修水管，挖开了一个几十米长的口子，行人便都走到非机动车道上来了。林中雪带着高洁在人群里拐来拐去，有几次差点与行人撞上了，吓得高洁又是叫又是笑的。好在林中雪车技高超，每次都能化险为夷。

到了旧书店，高洁从后座上跳下来，伸出左手，朝林中雪摆了几下，就喜滋滋地往旧书店跑去。到城里来后，高洁还是第一次这样疯，感觉很刺激，脸色也变得红彤彤的，十分好看。

旧书店是一个临街的旧店面，面积也不大，沿墙摆满了书架，书架上放满了书，都快堆到天花板了。店里还用两张长条凳架了一张门板，门板上也堆满了收购来的旧书。只要有几个人往里面一站，就会显得很拥挤。

高洁走到老板面前，张口喊了一声，老板，收到了《安徒生童话》吗？

老板是一个腿有残疾的中年男人，见了高洁就笑了笑，又回头看了一下书架上的书，好像是要最后肯定一下，然后不是很肯定地说，好像没有呢，不过你找一下看哦。

说着，正好有人买了几本书，老板就丢下高洁，忙着收钱去了。

高洁就到书架前一本一本地找起书来。

老板以前对高洁没有这样热情，因为高洁来书店一站就是两三个小时，一个月都可能不会买一本。书店本来就有些小，碰到生意不好时，老板就会烦，觉得高洁影响了他的生意。高洁常常让老板说得很不好意思，只好把头一低，有些难堪地离开。

但离高洁家最近的就只有这家旧书店。新华书店远在市中心，去一次得坐 2 路公交车，来回得两元钱。高洁有些舍不得。于是高洁只好过些天再去。高洁每次再去时都会以为，老板差不多忘记了，却哪里知道这老板吃住都在店里，早就练就了一双火眼金睛，何况高洁还有一双像会说话的大眼睛？老板并不知道高洁的名字，就以大眼睛来叫高洁。

老板见高洁这么喜欢读书便有些喜欢，就常常拿高洁做榜样，来教育他那不喜欢读书的儿子。你看看这个大眼睛姐姐，看起书来多认真啊。要不就是说，你要是有那个大眼睛姐姐一半喜欢读书，我就心满意足了。

老板的儿子读小学一年级，只是不跟高洁一个学校。高洁经常看到他在门口的屋檐下做作业。高洁想讨好一下老板，就主动教老板的儿子做作业。老板的儿子虽然顽皮，却不知为什么很听高洁的话，老板自然有些高兴。

高洁就跟老板商量，高洁免费教老板儿子做作业，老板让高洁免费看书。高洁告诉老板，自己读六年级，成绩很好，完全可以胜任。看着高洁那认真劲，老板真是笑得不得了，就满口答应了下来。此后高洁再来书店，老板都会跟高洁说几句话，有时候还会找一张小凳子让高洁坐着看。

高洁见老板做完了生意，就不知轻重地责怪老板，你怎么总不收得《安徒生童话》来哟？

原来高洁从一本破旧的《安徒生童话》里读到了那篇著名的《丑小鸭》，可是高洁只读到一半，因为不知被哪个顽皮的孩子撕掉了几页。高洁太喜欢这篇童话了，不但有趣，还很有教育意义，就一直想知道《丑小鸭》的结尾是怎样的，却总都不得而知。日积月累，高洁心里就痒痒的，就更想知道丑小鸭最后是不是飞上天了？

老板呵呵笑了起来，告诉高洁说，我这里的旧书大多是从人家里收破烂一样收回来的，虽然也有人送过来，但都很杂很乱，要特地收到某一本书，就要靠运气了，有时候一下子就收到了，有时候却可能一两年都收不到。

我极想看了。高洁就噘着嘴巴叹了一口气。

这时，老板的儿子跑到高洁身边来请教，姐姐，这道题目怎么做呢？

高洁接过老板儿子递过来的数学作业本，找了张小凳坐下，看了一会儿，又从他手里拿过铅笔和草稿纸，先在草稿纸上演算了一遍，然后细细地跟他讲解了起来。讲完后，高洁问，你会做了吗？

知道了。老板的儿子说完，又跑到屋外的屋檐下继续做作业去了。

高洁则找了本漫画书，坐在凳子上看了起来。

也不知过了多久，林中雪突然出现在门口，见了高洁就哈哈笑道，你果然还在这里。

原来林中雪赶到老师家里，老师却有事，取消了上课，林中雪只好回家。路过旧书店时忽然想起了高洁，就特地拐进来看一下，没想到高洁还真在里面看书，就放好自行车，也进来看书了。

你不用练二胡了吗？高洁有些奇怪林中雪怎么来了。

老师有事，取消了。林中雪边回答边沿着书架看了一圈。这里没什么书哦。

高洁却觉得书已经不少了，又担心老板会生气，就没有回答。

林中雪哪里知道高洁的心思，仍旧说道，还没有我家书多。

你家有《安徒生童话》吗？高洁忽然心动了一下，就马上问道。

林中雪想也没想就回答道，有啊。

有安徒生的《丑小鸭》吗？

高洁说完，很担心林中雪说没有，就紧张得闭住了呼吸。

怎么没有？《安徒生童话全集》我都有啊。

高洁叫着跳了起来，啊，借我看一下吧？好不好？我都找它好久了，一直都没有找到。

说着，不顾林中雪奇怪的目光，仍旧央求说，借我看一下吧？求你了。

没问题。说完，林中雪拉着高洁转身就从书店里跑了出去。

来到自行车前，林中雪弯腰打开车锁，飞身上了车。高洁紧跟着小跑了几步，跳上了自行车后座。林中雪把腰一弓，紧蹬了几步，待自行车飞快地跑了起来后，才直起腰来，一边蹬着自行车，一边跟高洁说话。

旧书店到凤凰山庄走路都只有二十多分钟的路程，骑自行车当然就更快了。当路过高洁家门口时，高洁好像听到了弟弟喊她姐姐，但高洁装着没听到，也没有回头看，因为弟弟肯定是要跟脚的。高洁可不想带着弟弟，因为弟弟这么顽皮，再说自己是去看书又不是去玩。

林中雪把自行车锁到自行车棚，然后带着高洁兴冲冲地回家。一路上都是齐整的红墙绿草，但高洁没心思看，只是跟着林中雪往家里赶。林中雪打开家门，胡乱地脱了鞋子，就冲进了家门。林中雪虽然因天热而打了赤脚，却没有忘记从鞋柜里给高洁拿了一双拖鞋。高洁一边脱鞋子，一边抬头往林中雪家里看。

是我女婿回来了吧？

随着声音从厨房里出来两个女人，可一见林中雪带了个女孩回家就都愣了一下。

高洁觉得林中雪这么小就被喊成女婿真是特搞笑，就指着林中雪哈地一下笑了起来。

原来这阿姨是林中雪妈妈的闺中密友，由于生的是个女儿，又跟林中雪同岁，两个大人就开玩笑地订了娃娃亲，四个人凑在一起，林中雪妈妈管阿姨的女儿叫媳妇，让阿姨的女儿叫自己家婆，阿姨则管林中雪叫女婿。

林中雪小时候常常被半诱惑半强迫地叫这阿姨丈母娘，但现在长大了些，也知道一点丈母娘是什么意思了，就改口叫起阿姨来，但这阿姨却仍是管林中雪叫女婿。好在林中雪从小就被叫惯了，也不觉得有什么不好，倒是高洁第一次听到，感觉特搞笑。

两个大人见高洁笑话林中雪，就不约而同地朝高洁望过来。高洁也很大方，迎着她俩的目光，脆脆的喊了两声阿姨好。就见那阿姨扭头跟林中雪妈妈说，哎呀，好久没见过这么漂亮的小妹妹呢，你看那双大眼睛，就跟会说话一样，水汪汪的。

高洁见阿姨夸自己，就不好意思起来，脸也变得红彤彤的了。

她是我同学。林中雪告诉妈妈和阿姨说，是来家里借书的。

说着，林中雪回头跟高洁说，到书房里去，我拿书给你。

儿子，干吗这么着急啊？妈妈看到林中雪跑得满头是汗，就有些心疼地从卫生间里拿了一条湿毛巾迎上来，硬是拉着林中雪擦了一把脸。又说道，以后别这样跑了啊。

高洁担心这阿姨还会开自己的玩笑，就赶紧跟着林中雪往书房里跑去。

书房就在林中雪的卧室旁边，在林中雪家算是小房间了，却比高洁和弟弟两个人的卧室还要大不少。靠窗户那边打了一张连在一起的书柜和书桌，书柜上面是空调，书桌上放了一台电脑。书桌前则放了一张太师椅，一看就是坐上去很软很舒服的那种。

高洁有心坐上去试试，但更吸引高洁的却还是另一边一面墙的书柜，从地板一直到天花板都是各种各样的图书，看得高洁心里直痒痒，拉着林中雪的手，兴奋地叫起来。

这么高的书，你怎么拿得到哦？高洁望着林中雪很惊叹地问道。

林中雪指着书柜里的书告诉高洁，我的书在下面，上面的是我爸爸的，不过我要看的话，就用家里的小楼梯。

高洁张大嘴巴啊了一声，想象着林中雪爬在楼梯上拿书的情景，咪咪地笑了。

林中雪从书柜里拿出一本书递给高洁，说，这是《安徒生童话选》，《丑小鸭》也在里面。

高洁抱着这本《安徒生童话选》，兴奋地翻了一下目录，又根据目录找到正文，确定《丑小鸭》确实在里面，而且一页没少。同时还发现里面有好几篇都没有读过，就问林中雪道，我可以借回去看吗？这么厚，我一下子也看不完呢。

为了让林中雪放心，高洁说，我保证不损坏一丁点，连角也不会折一个，我最爱护书了。

这本就送给你吧。

真的吗？虽然听得很清楚，但高洁还是不相信。

我还有一套《安徒生童话全集》呢。

说着，林中雪从书柜里拿出一本给高洁看。有八本，包括了安徒生所有的童话。

高洁啊了一声，顿时喜笑颜开起来，连连说谢谢。

高洁决定回家再看《安徒生童话选》，就抱着书，凑近书柜，一本一本地看了起来。书柜里摆着的书，几乎都是高洁喜欢看的，真的比那旧书店的书多多了。高洁后悔没有早点到林中雪家里来，又想以后一定要一本一本地借回去看。

林中雪看到高洁鼻尖都是汗，就打开空调，又跑出去给高洁拿了一杯冰激凌进来。

高洁最喜欢吃冰激凌了，也就不客气，接过就吃了起来。

女婿。那阿姨跟着林中雪进了书房。明年下半年到天河中学去读初中吧？

肯定的啦。

原来天河中学是省里的重点中学，据说每年都有近90%的学生考上大学，有进了天河中学就等于一条腿已经迈进了大学的说法，是小学升初中的尖子生最向往的学校了。

女婿，到时候跟你爷爷说一下，让阿姨的女儿也跟你一起去天河中学读书吧？

原来林中雪的爷爷是天河市主管教育的副市长，他要发了话，去哪个学校都是可以的。

林中雪忽然不喜欢阿姨老叫他女婿，就白了她一眼说，你让她去考嘛。

林中雪。跟着进来的妈妈觉得林中雪这样说话不礼貌，就提高声音喊了一声，本来还想批评林中雪是怎么说话的，但看到高洁在场，就把话又咽了下去，转身跟阿姨说道，你叫我媳妇先去考呗。

阿姨却说，我女儿哪有我女婿成绩好？怕考不上呢。

考不上，再说吧。林中雪妈妈保证道。

林中雪不喜欢她们说这些，就跟高洁说，你在这里看吧，我去练一会二胡。

说完，林中雪跑了出去，两个大人也只好跟了出来。

一会儿大厅里就响起了二胡名曲《赛马》。

高洁从书柜里看到一套《沈从文文集》，高洁知道沈从文是《边城》的作者，前不久高洁还在电视里看了电影《边城》，说的是一个名叫翠翠的小女孩的故事。在《沈从文文集》旁边，高洁看到一本厚厚的《受戒》，以为是本宗教书，却看到作者是汪曾祺，便坐在太师椅上读了起来。

一本还没有读完，高洁就换了一本。也不知道翻了几本书了，高洁忽然觉得在林中雪家里真好。光是书房就这么大，除了放了这么多书柜，还可以放一张大床。想到这里，高洁就张大眼睛，扫了一下书房，想了一下把床放在哪里最好。

如果跟林中雪是一家人，高洁肯定会要求睡在书房里，因为那样就可以天天看书了。高洁忽然又觉得自己好笑，怎么可以睡到林中雪家里嘛。这样想着，高洁就捂着嘴巴，轻轻地笑了。

吃完了冰激凌，高洁觉得手有些黏。高洁怕把书搞脏了，就跑到卫生间里去洗手。等洗完手出来，高洁看到林中雪妈妈和那个阿姨正在饭桌上剥毛豆，觉得已经看了很久的书了，应该放松一下，就走过去帮忙。

林中雪妈妈赶紧拦住高洁，说，哪里能让你动手哦，你还是去跟林中雪玩吧。

又叫林中雪道，不要只顾练二胡了，陪你同学玩啊。

那个阿姨却有些惊奇地夸奖高洁，哎呀，这小姑娘真勤快，做你家媳妇再好不过了。

妈妈有些怪阿姨乱开小女生的玩笑，嘴巴里却说，那我就不知道有这么好的命没有？

说着，又跟高洁说，你先去跟林中雪玩，过会在家里吃午饭。

就到吃饭时间了吗？高洁有些吃惊地抬头看了一下墙上的闹钟，果然十一点半了，便急忙站起来告辞。哎呀，我得走了。

林中雪妈妈挽留了一下，见留不住，就喊林中雪，你同学要走啦。

林中雪赶紧停下二胡，走过来送高洁。

高洁穿好鞋子，然后跟林中雪妈妈和阿姨一一拜拜。出门的时候，又跟林中雪说了声拜拜。林中雪却发现高洁忘记拿书了，便让高洁等一下，自己跑到书房里把《安徒生童话选》拿了出来。

高洁接过书，跟林中雪保证说，我回去就看，看完就还给你。

林中雪强调道，这本书真的送给你啦。

妈妈感到好意外，因为林中雪平常视书如命，动都不能动他的，怎么就变得这么大方了？

谢谢。说着，高洁跟林中雪做了个鬼脸，然后喜滋滋地带上门出去了。

高洁好像听到那个阿姨跟林中雪开玩笑，你女朋友好漂亮呢，尤其是那双大眼睛。

下楼的时候，高洁忽然想，以后嫁到林中雪家里来，那样就每天都有书看了。对了，就把床放在书房里面，看书也方便。不过高洁又觉得自己特别搞笑，这么小就想结婚，让人家知道了，肯定会笑话死了。

虽然觉得会让别人笑话，但这些想法却让高洁心里像杂草一样，开始滋长起来。走着走着，高洁情不自禁地蹦蹦跳跳起来，心里也像长了一对翅膀，扑啦一下飞了。

转过一个弯，忽然听到楼上传来一阵欢快的马蹄声，像有千万匹骏马在草原上驰骋。还是著名的二胡名曲《赛马》。高洁抬起头往楼上看去，才知道自己正路过林中雪家楼下。高洁没有停留，而是抱着《安徒生童话选》兴冲冲地往前走。

丑小鸭最后是不是飞上天了？高洁忽然又想到这个问题。在悠扬的《赛马》声中，高洁顿时觉得，安徒生的丑小鸭肯定是飞上天了。这样的结果还用说吗？

（原载《少年文艺》2012年第1—2期）

大声哭泣（小说）

甄的模样很平常，甚至还有些丑。老师和同学们都以为甄很孤僻，因为他们很少看见甄和同学们一起嬉笑、玩耍。甄总是一个人坐在没有人的角落里，好像这充满阳光的世界与她无关似的。甄的眼睛有些近视，但不知道近视到了什么程度，已经离了婚的爸爸妈妈根本没有心思顾及她。甄似乎也没有想到近视这一回事。近视使得甄本来还算大的眼睛看上去很小，因为甄总是眯着眼睛，才能看清楚我们这个充满阳光的世界。甄的脸是菜黄色的，没有少女脸上那种与生俱来的鲜艳的色彩；身上穿的衣服虽然被她那双小手洗得干干净净，但看上去非常陈旧；只有眼里偶尔闪过的莫名的羞涩和微微突起的胸脯，才会让人想起甄将会长成一个漂亮的女孩。

甄是个聪慧的女孩，虽然话很少，但心里很有谱。平时放了学，甄从不在学校参加任何课外活动，也从不在外面玩，总是早早地回家把饭做好，让爸爸一回来就有饭吃。吃饭时，甄总帮爸爸盛好饭，吃完了，又总是抢着把碗洗掉。离婚后的爸爸爱上了玩麻将，常常玩得很晚，甄便边做作业边等待爸爸回家，往往会在沙发上睡着。在爸爸发了几次火之后，甄才睡到了床上。甄的心很细，总能够在爸爸的眼神里，捕捉到一丝爸爸喜欢她的信息。所以甄在很多时候是高兴的，只不过没人知道而已。

不过甄也有害怕的时候。当甄一个人坐在家里，某种莫名的感觉就渐渐向她袭来；当甄在噩梦中醒来，而噩梦却迟迟不肯离去；当甄看到别的孩子在妈妈的怀里撒娇，特别是当看到别人给爸爸介绍女人的时候，甄的心总是悬着，直到爸爸阴沉着脸，独自一人回家。甄意识到是某个有心要走进这个家庭的女人不肯要她。甄曾经想离家出走，但恐惧总是扯住她的脚，使她无法动身。当有女人到家里来玩时，甄总是表现得很勤快、很懂事，以博取这女人的好感。因为这个带着审视目光的女人，说不定是甄未来的妈妈。幸亏这事总成不了，不然弱小的甄在后妈的手里还不知会是什么样子。

这天是爸爸的生日，甄心里有些兴奋。近一个月来，甄一直想在爸爸生日这天，送一盒生日蛋糕给爸爸。甄在心里总也想不完全，爸爸面对烛光闪闪的生日蛋糕会是怎样的表情，肯定是意想不到的惊喜，肯定是惊喜之后的微笑。爸爸笑的时候很好看，两道眉毛微微扬起，十分亲切。爸爸好久没有这样笑了，这肯定是妈妈不要他了的缘故。甄要让爸爸知道，自己是多么喜欢她，也是多么离不开他。由于这个缘故，甄把早餐由两个馒头降为一个馒头，以节省两角钱。而从前天开始，甄干脆就不吃早饭了。尽管每天到了第二节课，肚子就饿得咕咕叫，但甄仍然感到高兴。

上学的路上，有许多学生正拿着各式各样的早点在边走边吃。一股似乎从来没有闻过的香气，越来越强烈地朝饥饿的甄扑来，真香啊！甄下意识地咽了一下口水。我的钱得买蛋糕，甄虽然这样想，但在一个早点摊边却不由自主地停了下来。摊上篓子里装满了炸得金黄、喷香的油条，摆摊的师傅仍在忙个不停，旁边有个十七八岁的姑娘正在卖油条。甄排在两个大人的后面，眼睛却盯着不远处卖油煎饺子的摊子。等轮到甄时，甄却离开了卖油条的小摊。油条没有饺子好吃。买油煎饺子吗？摆摊的老师傅看着甄问。甄没说话，走上前去把饺子看了个够，当看到几个饺子破了皮、露出了馅子时，便有了借口似的摇摇头。你买不起吧。老师傅放下要给甄装饺子的蓝色塑料小袋，笑着说道。甄像被说中了似的红了脸，飞快地走开了。我才不上你的当呢。几个破饺子就想卖给我吧。这个老头看上去挺和蔼的，我一试他就原形毕露了。甄想着，觉得有些好笑。这么一得意，饥饿也就好像躲到远远的地方去了。

路过一家食品店，甄特地拐了进去。在卖生日蛋糕的柜台前，甄前两天看中的那盒大蛋糕还装在一个淡红色的塑料盒里。厚厚的金黄色的蛋糕上面铺了一层厚厚的白色奶油，上面用红、绿、黄色的奶油画了一些香喷喷的画，还写了一个亲切的祝词：生日快乐。甄心里涌现出一股欣喜。这是我的，谁也不能把它买走。甄看了看价格，虽然藏在甄内衣口袋里的钱还少了十元，但甄并不忧愁。甄早想好了，这钱去向妈妈要。甄一点也没去想会不会出现意外。

下了第三节课，甄非常小心地向班长请了一节课的假。班长是个很负责的女同学，喜欢刨根问底，所以她有些惊奇地问，什么事要请一节课的假？甄谎称自己肚子疼，得上医院去看病。甄见班长有些狐疑地看着自己，就捂着肚子，装出很疼的样子。班长见状，非常关切地说，我送你去吧？甄吓了一跳，忙说，不用，不用，我自己能行。班长说，那你快写张请假条来。甄赶紧写了张请假条递过去，又急急忙忙出了门。班长在后面说，你还是去和老师说一声。甄胡乱地答应了一声。其实甄没敢向老师请假。甄有些心虚，怕班主任看出自己在说谎。

甄几乎是跑着进了妈妈的家。对于妈妈这个新家，甄打心眼里感到陌生和痛苦。就是因为这个家，妈妈才坚持不要她和爸爸的。如果不是为了给爸爸买生日蛋糕，如果自己有钱，甄是不会进这个门的。见甄突然闯进来，妈妈和她丈夫都有些意外。妈妈忙问，你不上学吗？甄朝妈妈的丈夫看了一眼，没有说话。甄可不想当着他的面向妈妈要钱。妈妈也朝他看了一眼，有心让他回避一下。妈妈的丈夫就站起来，往屋里走去。甄看了看里屋，说，妈妈给我十块钱吧。妈妈看了她一眼，说，你要钱干什么？甄垂下眼帘，说，我有用。妈妈疑心甄在学校里犯了事，损坏了桌椅，或是受了同学的欺负，不敢向爸爸要，就有些着急，便提高声音说，你告诉我要钱干什么，不然我不会给你。甄知道妈妈真的会说到做到，就把自己来的目的说了出来，爸爸今天过生日，我想买个蛋糕送给爸爸。这时妈妈的丈夫走出来说，搞饭吧？肚子饿了。妈妈听了火冒三丈，你就不知道自己搞？只想我弄给你吃？你命就这么好？妈妈的丈夫也火了，你有话不会好好讲哟？这么大声音干什么？甄没想到会出现这个局面，心想都是自己的错，便噙着泪水说道，我走了。甄来到马路上，心里乱极了，便坐在路边，嘤嘤地哭了起来……

整个下午甄都有些魂不守舍。时间就像一只高大、强壮的猛兽，不时地敲打甄那弱小的心灵，使甄的头有些发晕。运气又总是和甄过不去，班主任偏偏点名要甄回答问题。甄不知是什么问题，也不知说什么，只好红着脸，低着头，不说话。班主任很生气，说，下了课，你到办公室来一下。甄便紧张起来。甄好像听到班主任说叫你爸爸来学校一趟，不然你就不要来学校了。甄没有办法，只得告诉爸爸。爸爸先是阴沉着脸，然后大发雷霆。爸爸说我不要你了。甄不由自主地打起冷战。甄想说爸爸你别这样，以后我再也不敢了。甄见爸爸飞快地扬起手，朝自己扇来。甄惊恐地闭着眼睛，觉得脸上火辣辣的痛……

　　下了课，甄跟着班主任进了办公室。班主任说，你今天是怎么回事？甄想回答，话还没说出口，却不由自主地哭了起来。班主任锁了锁眉头，有些不耐烦地说，哭什么？我还没说你呢。见甄哭个不停，便朝甄挥了挥手，说，算了，算了，你走吧。甄泪眼蒙眬地望了班主任一眼，脚下却没敢挪动一步。班主任又说，你走吧。甄这才有些机械地朝外面走去。班主任突然心里一动，又说，你等一下。甄站住了，却又十分害怕地抖了一下身子。班主任不知甄怎么会这样，有心让甄走，嘴里却下意识地问道，是不是出了什么事？你告诉老师，看我能帮你不？听到班主任这关心的话语，甄又忍不住哭了起来。甄说，我爸爸今天过生日……我已经几天没吃早饭了……我想买个生日蛋糕给爸爸……我问妈妈要钱……妈妈不给我……爸爸好可怜哟……甄说着大哭起来。班主任好不容易才听懂甄的话，心里一酸，说，还要多少钱呢？甄说，只要十块钱了，妈妈都不肯给我……班主任掏出十块钱，递给甄，说，快拿去买蛋糕吧。甄不敢相信，说，我不能要你的钱。班主任笑了一下，说，拿去吧，不然卖完了。甄忙接过钱往外跑。刚出门，又折了回来说道，老师我一定还你。说着，甄跑了出去。

　　生日蛋糕不会卖完了吧？那可是我的，爸爸见了一定很高兴。老师真好。我每天不吃早饭，不要一个月就可以还给老师了。摩托车来了，我得走边上。真坏。我往哪边，它也往哪边。我的脚怎么提不动了……我得快去，不然生日蛋糕就卖完了。那可是我的。我能买得起。真的，老师肯给我钱，妈妈你怎么不肯给我钱呢？你恨爸爸是吗？我不恨。我不能没有爸爸。爸爸你在哪里？我怎么看不见你呢？干吗又这么晚回家？我好害怕。我只有一个人。同学都有爸爸妈妈。妈妈不要我了。爸爸你也不要我了吗？我好害怕。爸爸……甄忽然觉得自己变成了一只小鸟，朝很远的地方飞去，接着甄感觉一股巨大的黑影朝自己压了下来。爸爸我好疼。甄扭曲着身体。这是我的钱。蛋糕。爸爸……

天要下雨了……

（原载《少年文艺》1998 年第 4 期）

◎ 李根萍

李根萍，男，汉族，1966 年 9 月生，湘东下埠人。1984 年入伍，大学文化，资深媒体人，军旅作家，六次荣立三等功。长期在大军区机关政治部工作，出版散文集《军旅印痕》《煮茶种花》《笔耕火花》，三次荣获解放军长征文艺奖，40 多次荣获军内外优秀作品奖。散文《重走挑粮道》被河南省选为小学课外读本，《藏在树上的扫把》被多省市选为语文试卷题库。

回响在岁月深处的足音（散文）

每次去瑞金，我喜欢独处，总是竭力避开游人，在村庄、在山峦、在田野、在小路，拨开时光叶瓣的覆盖，仔细寻找毛泽东曾在这块炙热的红土地上留下的足迹。

挥别井冈山，转战赣南闽西，星夜渡过于都河，前后五载寒暑、1800多个日日夜夜，毛泽东有一半多的时间生活战斗在瑞金。如今，我漫步瑞金，寻觅他散落于岁月深处的足迹，目光触及，心生涟漪。

清晨的叶坪村刚从睡梦中醒来，披着一层薄薄的晨曦，神秘而又朦胧。我走在水沟边的田埂上，远处传来一阵歌声。

"哎呀嘞……有个故事你听我讲，毛主席给我开天窗，开个天窗明又亮，共产党就是那天上的红太阳。"村里老表唱的这首民歌，是根据真实故事改编而来的——故事就发生在毛泽东故居。

叶坪毛泽东故居，与村里民居相通，房东当时是姓谢的大娘。红军进驻后，谢大娘主动把楼上的房间让给毛泽东居住和办公，自己搬到了楼下的房间居住。

一天晌午，刚从外面开会回来的毛泽东见谢大娘坐在门口纳鞋底，便上前亲切地问候说："大娘，天这么冷啦，您怎么还在门口做针线活呀？"谢大娘连忙站起来，不经意地回答道："屋里太暗，不太方便，门口亮堂些！"毛泽东随即走进房间转了转，又问："为什么不多开个窗呢？"大娘摇头说："房后长了棵大树，光亮全被遮了。"毛泽东自责起来：原来谢大娘把楼上采光好的房间让给了自己，而她却每天生活在光线不好的屋子里。

毛泽东立刻找来管理处的同志，商量为谢大娘解决采光问题。

第二天清早，管理处的人请来了工匠，将大娘房间一侧的楼板锯开个大口子，开成一扇平躺式的"天窗"，换上了明瓦，钉好了采斗。原来阴暗潮湿的房间豁然明亮了起来，温暖的阳光透过"天窗"照进了房间，也照进了谢大娘的心里。

小故事，大寓意。开的不是一扇普通之"天窗"，而是一扇民心之窗，一扇伟人关心百姓疾苦之窗。伟人的故居因这个故事更具吸引力，游人络绎不绝。

这是一幢地道的木楼，年代久远，呈灰白色，楼梯、楼道、房间隔板，全是木质。住进此楼当晚，房间空空，无处安睡，警卫员从老表家借来块门板，搭在箩筐上当床铺。毛泽东"嚓"的一声点亮煤油灯，开始批阅文件和写作，直到天明才睡。外面鸟儿啁啾，里面睡得正香。

登上二楼，楼道里乍然而起的一阵风掠人心旌。期望这一脚踏进去，能踏进那段军旗猎猎、波澜壮阔的历史。故居陈设，极其简单。一床、一桌、一盏马灯、一顶斗笠、一个陈旧的文件箱。桌子是原件，马灯是原物，桌子上方墙上向东的小窗，是毛泽东当年所凿的原物，剩下的只有时间。

时间不是原件，用毛泽东的诗词说，"换了人间"。可是这屋子里散发出的思想之光是原件，亘古不变，永远闪耀神州大地，穿透历史之堤坝。

不知他人在此看见什么，而我，看见的是驱赶旧中国黑暗之火苗。天下最大的烈火，往往是由最小的草梗引燃。房间里每件东西，皆能擦出熊熊烈火。

风起雨来，思绪纷飞。当年的房东、警卫，还有邻居，都已远去，只有瑞金的雨水，滴答、滴答，滴进心田，滴进了历史的深处，汇入江河大海。

当年在叶坪这段相对稳定的日子里，毛泽东组织召开了中华工农兵苏维埃第一次全国代表大会，成立了中华苏维埃共和国临时中央政府，他被选为中央执行委员会主席。从此，毛主席的称呼就在瑞金喊响了，并一直喊到北京，传遍世界，烙在人们心间。

一口气爬上一座山，却难以轻易翻过这段厚重的历史。山叫云石山，是一座平地突起的小山，高不过50米，方圆不足千米，四面悬崖峭壁，只有一条百级石砌小道可以弯曲通行，小道中途还有两道石门屏障，具有"一夫当关，万夫莫开"的气势。

因驻沙洲坝的中央机关暴露，毛泽东和张闻天搬迁至山上的"云山古寺"里。这座小小的石山和古寺，因伟人毛泽东居住而一举成名，载入史册，亦有"长征第一山"之称。

警卫员出于安全考虑，建议将寺里的人迁出。毛泽东却说："哪有庙老赶走菩萨的?"他无论住在哪里,不扰民,不欺民,更不给房东添麻烦。

山上寺庙有门联:云山日咏常如画,古寺林深不老春。是啊,古寺石山不老春,历史难有一帆风顺,人生更有跌宕起伏。云石山上这段岁月,是毛泽东人生的低谷期。因受执行"左"倾错误路线的领导排斥,他被排挤出权力中心,意见亦不被采纳。

前线伤亡惨重,根据地渐渐缩小。毛泽东困在云石山上,心急如焚,夹着香烟,绕着古树踱步,地上四处是忽明忽暗的烟蒂。今天,我触摸着寺庙前的这棵古树,仿佛依然能闻到一股淡淡的香烟味。

命运多舛,人生无常。危急关头,毛泽东患疟疾病倒了,高烧卧床不起。而此际中国革命处在命悬一线的危局,党中央和红军被迫战略转移。

病未痊愈的毛泽东奉命携贺子珍随部队长征。秋风萧瑟的晌午,毛泽东坚持拖着病体,攥着从伙食尾子中省出的钱,下山给儿子毛毛买了包糖果。儿子不谙世事,嘴里吃着糖果,不知即将要与父母别离。夫妻俩心如刀绞,可又无法言说。无情未必真豪杰,毛泽东忍痛与爱儿分离,哽咽无语……他们与毛毛从此再未相见。

身患疾病,骨肉分离,命运跌宕,毛泽东这个硬汉子没有被击垮,迈出韶山冲的激情依旧,南湖红船上的誓言依然在耳边回响,灵魂深处依然信念如磐。他要让秋收起义点亮的星星之火,燃遍那个布满阴霾、暗无天日的时代。

有盐同咸,无盐同淡。山上日子清苦,毛泽东下山长征时,厨房里没有他喜欢吃的辣椒,没有壮行的烈酒,他却要用毅力和执着来祛除这历史的寒战。

小小的云石山上,我真实地看到,毛泽东亦是平常之人,不是神,他也发火,瞪眼睛,甚至骂人。只是他骂的是执行"左"倾错误路线的领导,骂的是不切实际的教条主义,骂的是不听建议白白葬送根据地的人。在中国革命处在悬崖边缘之时,他没有退缩,而是划亮火柴,执着前行,始终醒着，提着灯笼在崎岖的山路上、在这漆黑的夜晚，搜寻希望的出路，寻找新的生机。

时光荏苒，云石山上故居依旧，只是简陋的陈设有些潮湿。

流走的时光使这个宁静故居和小院，逐渐冷清。我真想"嚓"的一声，点燃桌上那盏煤油灯，把往日的窗户和岁月重新点亮，看看那些早已离去的人们。山上影影绰绰，树叶哗哗作响，山风穿堂而过，这是在诉说山上曾经见证的人和事吗？

坐在伟人故居里的一把空椅子上，似乎依然存有伟人的体温，似乎有翻书的响声，伴着咳嗽，还有一缕缕刚散开的香烟味。

历史，在伟人的故居里，在云石山上，在这古寺中，悠闲地坐着；而时代的列车，已然在瑞金的青山和绿水间隆隆驰过。

（原载《解放军报》2019 年 2 月 13 日）

◎ 敖桂明

敖桂明，男，汉族，1969 年 6 月生，湘东区湘东镇人。民进会员，江西省作家协会会员。曾任萍乡市作家协会副主席。现为萍乡市、湘东区政协常委，市民协主席，鳌洲书院文化研究学会会长。已公开出版作品集有《鼓咙胡》《位卑未敢忘忧国》《傩神传奇》等数种。散文《武功山之夜》收录于朱向前文论集《听松楼读书录》（解放军文艺出版社 2014 年版）。

"老阿姨"龚全珍的故事（记叙文）

"跟着走无论是多远，故乡路你心有良田，胜过世间荣耀与光环，只要有更多人幸福的相见 / 光辉岁月里不变的赤子心，种在泥土等待盛开的记忆，你的皱纹已和山川连在一起，本色成为你感动中国的传奇 / 老阿姨，亲爱的老阿姨，老阿姨，向你致敬老阿姨……"这位被人传颂的老阿姨是谁？她又为何被习近平总书记敬称为"老阿姨"？故事要从新疆解放说起。

将军回乡

1949 年 9 月 25 日，新疆和平解放。百废待兴，谁来主政新疆？关键时刻，王震给党中央和毛主席写信，主动请缨到新疆去。王震出身于西北野战军，对西北这片土地的感情也格外深厚，而新疆又是西北地区面积最大、条件最苦的省份。中央很快同意了他的请求，任命王震为西北分局第一书记和新疆军区代司令员等职。他的爱将、来自江西红土地上的"红小鬼"甘祖昌则出任了新疆军区后勤部部长，1955 年被授予少将军衔。

因为长期从事艰苦的革命斗争，甘祖昌的身体变得很差，同时一直也没有组建家庭，无人照料。组织上想撮合军区八一子弟学校 29 岁的山东姑娘龚全珍老师嫁给首长，给他们创造了几次交集的机会，校长也出面说了两次，龚全珍都没有松口。得知情况后，这位参加过二万五千里长征的老红军拿出战争年代打仗的勇气和果断，直接找到了龚全珍："龚老师，我这个人喜欢直话直说，与你接触过几次以后，我始终认为你是我最好的选择对象，但我现在工作一直很忙，没时间谈恋爱。真的，忙得要命，很难经常抽出时间来跟你聊天。所以希望你给我个明确的答复，我的身体也不太好，患有气管炎、肺气肿的毛病。请你仔细考虑一下，同意就结婚，不同意就算了。强扭的瓜不甜，双方心甘情愿才能建立一个幸福美满的家庭。"

一番军人的表白震住了同样也是军人的龚全珍。正像诗人郭小川写的名句所形容的一样："战士自有战士的爱情：忠贞不渝，新美如画！"她和 48 岁的甘祖昌于 1953 年愉快成婚。

但是，平静的日子并没有过多久，甘祖昌就产生了解甲归田的强烈想法，并且在 1955—1957 年连续三年都给上级党委写报告，每张报告的内容都一样，上面写着："自1951年我跌伤后，患脑震荡后遗症，经常发病，不能再担任领导工作了，但我的手和脚还是好的，我请求组织上批准，我回农村当农民，为建设社会主义新农村贡献力量。"组织上坚决不同意，并且安排甘祖昌去疗养院疗养。但甘祖昌态度也很坚决，年年都写申请报告。到第三年，军区党委报告中央军委后终于同意放行。

甘祖昌是遂了愿，但这对年轻的龚全珍就是考验了。本来结婚就不太久，既舍不得新疆，更舍不得军区子弟学校的同事和学生，再加上遥远的江西，闭塞的乡村，言语不通（莲花方言难以听懂），举目无亲，从军区大院到穷乡僻壤，想想真是不寒而栗！但龚全珍经过激烈的思想斗争，毅然决然同意随夫回乡。

回到萍乡市莲花县坊楼乡沿背村的龚全珍可是一天也闲不住，她可不愿做一个"十指不沾阳春水"的首长夫人，主动提出要去学校教书。但甘祖昌却顾及影响，明确表态不会也不能去找领导打招呼递条子，龚全珍火了："我的党员证、工作证、户口簿就是最好的介绍人！"

第二天大清早，龚全珍便从家里出发。那时还没有通公路，她就步行直奔县城，找到教育局局长时已经快中午了。她从挎包里掏出身上的所有证件，说明了自己的来意。教育局局长并不知道她就是甘祖昌将军的夫人，但是一看毕业证是正宗的西北大学教育系，顿时喜出望外，在解放初的莲花县能有一个正牌的大学生，而且还是教育专业出身，这实在是弥足珍贵。他立即将龚全珍安排在坊楼乡新办的九都中学任教。

龚全珍在这所新办的九都中学待了三年多时间，吃住在校，只有周末回家住一晚。好不容易和其他几位教师艰苦创业有了起色，这天，教育局局长又来到学校视察，试探着问龚全珍能否去本乡的南陂小学任校长，她又是满口答应："只要能为发展坊楼的教育事业出力，能教书育人，中学小学都一个样！"

这一去，就是整整15年！

"文革"挨批

每天为房东挑水,白天上山打柴、摘木梓、挑砂石铺路,晚上为学生补课,给村民义务扫盲。一个将军的妻子,一个大城市来的女人,交朋友不端架子,干农活不甘落后。龚全珍走到哪里都受欢迎。

但是,在"文化大革命"中她还是被戴上了"特务嫌疑龚全珍"的帽子,大字报铺天盖地,批斗大会就要开始,罚站、罚跪、搞"喷气式",看来是少不了了。"宁愿站着死,不愿跪着生",龚全珍想到了死。

平时住校的龚全珍,头一回那么想回家。她摸黑进了门,看到甘祖昌坐在椅子上烤火,眼睛盯着她看。

"这么晚了,回来有事?"

"有事,我回来是想告诉你,明天我要到彬子山挨批斗。"

"噢——带上两瓶白药,挨了打就吃,白药治外伤很顶事。"

"不是怕打,打我不在乎,听说要下跪,搞喷气式,我受不了这个。我犯了什么罪?什么罪也没犯!这颗心全放在教育事业上,我咽不下这口气,士可杀不可辱。所以我想告诉你一声,孩子们靠你抚养成人了。你能理解就行了……"

说着,龚全珍伤心地哭了。甘祖昌抚摸着妻子的头,替她擦干了眼泪,轻声说:"有话慢慢说,不要急,不管碰到多大的磨难,都不能死。死了就讲不清了,孩子们不能没有娘,我也不同意你不明不白地去死……死了不能复活,以后要是搞清楚了,人却死了,多冤枉!你可千万不能有死的念头!下跪又有什么了不起,你没见过庙里的和尚尼姑,天天跪着念经也都没死。我们小时候过年还要给父母磕头,跪是向群众跪,不是给敌人下跪。我看算不上什么奇耻大辱,用不着为这事寻死,你说呢?"

甘祖昌一番劝导,让龚全珍豁然开朗。

但是,做好了挨批斗思想准备的龚全珍却最终没有被整到。第二天,龚全珍挺胸出门。当她来到彬子山时，却看到批斗现场空落落的。一个村民告诉她说，在几个大的路口上，都有一些老农挑着粪桶故意挡在路中央，老农们喊道："谁敢去批斗龚校长，就吃大粪！"很多不明就里的村民和造反派就都退回去了。

龚全珍闻知，心里百感交集，五内俱热。"好在历史是人民写的！"谁说江西老表太憨？百姓心里有杆秤啊！

德劭为范

在中国古代，上至宰相，下至县令，退休后都是必须要告老还乡的。甘祖昌将军于1957年解甲归田，最早开创了当代中国高级军政干部"乡贤回乡"的先例，"将军回乡当农民"的事迹很早就被写入了小学语文课本，成为一代典型。

夫唱妇随，龚全珍不仅以风华正茂之年长情陪伴甘祖昌将军几十年，而且是甘祖昌将军事业上的坚定伙伴，生活上的最佳搭档。他们夫妇俩扎根山区数十年，不但自己种田种菜，上山下水，劳动劳作，践行着老首长王震开创的"自己动手，丰衣足食"的南泥湾精神，而且带领着全村、全乡、全县人民战天斗地，改造自然，排除干扰奔小康。

1975年，为照顾伤病复发的甘祖昌，龚全珍提前退休。当初，苏联顾问为甘祖昌体检时就曾经暗示他难以活过60岁。从新疆军区辞职回萍乡时，送行的军区卫生部部长唐国华在兰州换车分别时，也是紧紧握着甘祖昌的手，当着龚全珍的面说："老甘呀，你这个人劳动观念太强，回乡后要注意保重身体，不要过分劳累。争取活到60岁！"并且叮嘱龚全珍，务必监督甘祖昌不要太辛苦，每天劳动不要超过四小时。

冬去春来，龚全珍全心陪伴甘祖昌，她从学会讲莲花土话和吃辣椒开始，早已与甘祖昌及其身边的乡亲融为一体。起先甘祖昌与兄弟甘森昌、甘洪昌三家合在一起吃住，二十几口人，后来兄弟分开，家里也至少七八口人。为了照顾好甘祖昌多病的身体，她苦练萍乡菜的炒法，大灶能炒二十几个人的饭菜，小灶可以专为甘祖昌的病体而针对性烹制。到 70 年代中期，甘祖昌的脑震荡后遗症竟然奇迹般消失了。

1986 年 3 月 28 日，农民将军甘祖昌在萍乡市莲花县病逝，终年 81 岁。在龚全珍的悉心照料下，他比苏联顾问的预言多活了 21 年。

从 1957 年到 1986 年，回乡 29 年中，甘祖昌夫妇和乡亲们一起，用辛勤的汗水，拿出了他大部分的高干工资，点点滴滴，犹如阳光雨露遍洒故乡。波光粼粼的浆山水库，至今巍然耸立在崇山之中；沿背桥胜利桥小岗桥 12 座桥梁，至今长虹卧波连通山乡；更有那带领乡亲肩扛手提开山凿岩修通的三条公路，至今人欢马叫川流不息；改造虎形山，兴修水电站，开水渠，建校舍……夫妇俩并肩作战的身影写在了莲花大地上。

不仅如此，甘祖昌头顶"开国少将"的实衔，矗立在莲花的田间地头，可想而知，他的身份对那些不好好做事做官的公社书记、县委书记、市委书记带来多大的压力！他们俩带头抵制不正之风，坚持实事求是，多次面斥前来视察工作的市县干部，甚至省里干部。1958 年"大跃进"时，共产风越刮越凶，各级干部都虚报产量，粮食不够就叫社员把口粮也交了，社员们没米下锅，只好办起了劳力食堂。

甘祖昌得知，当着省里来看望他的领导，直接"告状"："感谢县委对我这个老红军的关心照顾。可是我问你，三个月不发粮是什么原因？劳改犯也得吃饭！还叫生产队办劳力食堂，老人孩子没饭吃，这叫什么政策？你们天天吹牛亩产几千斤上万斤，其实连 1000 斤也达不到，达不到就把社员的口粮都搜走了。我限你们三天之内给社员们发粮，不发我就打电报给周总理，告你们！"

甘祖昌去世后，龚全珍老人接过老伴的棒，继续无私奉献，扶贫助学，关心下一代。1995 年 9 月，她应邀赴京，参加了纪念抗战胜利 50 周年座谈会，受到胡锦涛总书记的接见。2000 年后，先后荣获"优秀共产党员""全民国防教育先进个人"等荣誉称号。

2011年11月，莲花县琴亭镇在社区正式建立了"龚全珍工作室"，聘请龚全珍为辅导员，搭建起对党员干部和居民进行革命传统和理想信念教育的平台。

数十年如一日，淡泊名利，默默无闻。2013年的春夏之交，在龚全珍沉静地度过了她的91岁生日后，新闻媒体如获至宝，"发现"了这个典型，一时间各路媒体将她尘封了几十年的往事全部搬上了党报党刊和电视荧屏，就像在一片平静的湖面上投下了一块巨石，立即激起了巨大的波澜。

同年9月26日下午，北京京西宾馆会议楼前厅，龚全珍在此出席第四届全国道德模范颁奖典礼。习近平总书记在接见仪式上发表了热情洋溢的致辞。讲话结束时，他把目光转向坐在第一排左边的龚全珍："我刚才看到这位老阿姨，她就是我们的老将军甘祖昌的夫人龚全珍，她今年90多岁了，我看到她以后心里一阵阵的感动。甘祖昌是我们共和国的开国将军，江西籍的老红军。新中国成立后，他当了将军。但是他坚持回乡当农民。我当小学生时就有这篇课文，内容就是将军当农民，我们深受影响。至今半个世纪过去，看到龚老现在仍然弘扬着这种精神，今天看到她又当选全国道德模范，出席我们今天的会议，我感到很欣慰。我们要弘扬这种艰苦奋斗的精神，不仅我们这代人要传承，我们的下一代也要弘扬，要一代一代传承下去。我再次向龚老前辈表示致敬！"

习总书记一语"封"号，从此，"老阿姨"便成了人们尊称龚全珍的"专有名词"。次年央视春晚，著名歌手韩磊一曲《老阿姨》更是将"老阿姨"推向全国，家喻户晓，脍炙人口。

这就是1923年出生，至今已99岁的老阿姨龚全珍。她的一生，她的故事，必将在人民群众中经久传扬！

（本文荣获2022年"听故事　见江西"——江西省故事创作征文一等奖）

◎ 赖咸院

清香浮来（散文）

行至东桥，清香摇摇晃晃地从草水河中升上来，轻盈中有坚毅，慵懒中有倔强。这样的清香刚刚好，契合了我对东桥的整个想象和怀念。东桥是萍乡市湘东区下辖的一个镇。这里是我的故乡，我在这里出生，也在这里成长，直至我背井离乡，又如一叶扁舟重新回到它的怀抱，有一种情愫从骨子里生发出来，具体是怎么样的，我也无法描述，但我知道，东桥在我心中，有着无可代替的地位。

关于它的记忆，我还停留在一座老桥、一间照相馆，以及草水河畔的水车。可以说，这些事物构成了我对这个小镇的全部理解。它居于深处，没想过要被人发现，至于有谁恰巧遇上了，那也是桃花源一般的存在。

这样的地方，如果要想从它身上挖掘点什么东西来，总得费一番工夫。我以为，这是一个深山小镇的处世姿态，尽管它满腹经纶，却始终让自己往泥土里钻，尽管它有足够的本钱把自己的博大和丰厚昭示天下。它不这样做，无非是受着淳朴、本分思想的藩篱。

对，就是藩篱。多少年来，淳朴和本分成了东桥的代名词，它与世无争，却又分外妖娆，那些芬芳和甜蜜，随着春天的到来而蠢蠢欲动。某个清晨，我顺着草水摇曳的波光重新审视这片土地，油菜花、牛筋草、桃花、鸡屎藤、羊蹄草和苦菜约定好了一般，齐刷刷地呈现在我的眼前，那一条湿漉漉的河岸，顿时充满了生机。

清代王若谷先生有诗云："来龙数百里，脉落一片粘。东边旗彩照，西边钟鼓喧。凤凰飞南极，麒麟落北边。狮象把水口，鲤鱼伴江眠。有人葬得中，代代出三元。"钟鼓山就在河对岸，当我眺望时，它在河中洗漱；

当我低头时，它与我相对而望。我喜欢这样的对视，此刻天空辽阔，层林尽染，水波澄碧，而所谓的禅意，正在草水与钟鼓山之间流连。

我认为，钟鼓山是东桥的一张名片。

沿着一条清幽幽的溪流逆流而上，两旁是郁郁葱葱的藤蔓，循着水声攀爬，我希望再一次与钟鼓山擦出火花。钟鼓山实际上是由两座山组成的，因两山山形如钟似鼓得名，寓"钟鼓乐之，琴瑟友之"之意。钟山最西，犹如一面为东桥报晓的巨钟；鼓山高且平，山顶有旱地近1000平方米，其东面山顶紫石一脉向下延伸，形如鼻梁，鼻脊下有数百级石阶犹如悬空。立于山顶，看着山底下犹如彩带一般的东桥，我发现了一个更美的故乡：草水河边几株桃树或梨树，开满了花，有的经风一吹，便掉到河里去了，顺着河水一直飘。此刻，油菜花、桃花、水车、古桥……随着草水河的流淌，构成了一幅天然的山水田园画。

五峰山是东桥的另一张名片。

在这里，浩浩荡荡的翠竹万亩令人眼花缭乱。或沿溪逆流而上，或沿路信步而走，脚下踩的是微湿柔软的土地，上面覆盖着枯黄的竹叶。仰头，零零碎碎的光，从叶与叶之间的间隙里透出来，在地上印出一小块一小块的光斑。梯田长在五峰山的山顶，放眼望去，整齐有序，曲线婀娜，好像天上飘落的彩带。也只有这个时候，那些诸如景色秀丽、如诗如画的词才在我的心里焕发生机。此时的五峰山，层层叠叠铺展开去，宛如一个跋涉于漠漠大荒的骆驼方阵，高昂着头，步伐稳重而坚定，仿佛从苍茫的远古走来，走出一路苍凉。

时光大概是在东桥的某个拐角处停顿了，当我阔别四年后，再次回到东桥，这里竟然还有着去时的所有气息，那一抹纯净的绿意不曾有任何的改变。那些藏匿在深处的诸如老屋、石碑、犁耙，此刻，正以一种舒缓的姿势袒露在阳光下，感受着来自大地的诗意。

近年来，随着特色小镇、美丽乡村建设的兴起，那些即将被时间遗忘的古老符号似乎又被重新拾起，东桥作为皮影戏主要传承地，此时也焕发出一种别样的魅力。两百多年里，这片故土上不知曾经有多少吹拉弹唱的艺人，游走在草水河畔和深山里，以虚幻的影像和温暖的情感，感化着一代代乡亲。也不知道是什么时候开始，东桥不兴皮影戏了，后来听说的诸如"早早端着凳子等待皮影戏""全村人围在大礼堂看皮影戏"的场景，于我都是"镜花水月"般的存在。而近年来，皮影戏又开始活跃了，登上了属于自己的舞台，还荣获了中国民间文艺"山花奖"银奖。

当我再次行走在这片土地时，我能想象到，东桥被世人歌颂、景仰的样子。漫步在故乡的林间小路上，层层叠叠的绿叶在阳光的照耀下，熠熠生辉，空气中弥漫着一种草本的芳香，只需张开嘴巴，便感觉一股神清气爽的滋味扑鼻而来，让我不禁放慢脚步，抬头望向天空，看淡淡的夕光投射下来的身影。从哪家屋里传来的座钟摇摆的声音，此时滴答滴答甚是清晰，它正暗合着我的心跳声，不知不觉中自己似乎完成了一次与时光的对话。

（原载《江西日报》2020 年 10 月 9 日）

辑三

艺苑撷英

甲申元日册页（行书，十七选四）

甲申元日和石洲郭生
韻二首
日麗三陽萬象臨
九重遙隔五雲深退身
火著歸田錄望

皆公賜一卷依然向我親
己不老為當吉客祗憐
身是東歸人東風綠遍
窓前草好待扶筇踏
錦茵

闌猶馳待漏心春到鶯
花供老眼山藏文史馳
清音天涯相聚良非偶
自古梁園走墨林
旅館春光又一時老懷

卧病無句屢承岳牧諸
公枉顧書以志謝
敢望高軒過小齋深情
時為病夫來邑聞騶從
傳呼玉頓覽心神頓刻

右萍鄉鄧梅羹先生手寫詩卷凡詩十一
首先生名錫禮字禺若由乾隆　進士官
至四川按察使下獄子觀灝伏闕乞贖得放
歸詩有罷官竣主講河南書院時作則
此冊為晚年筆矣一時之文字書畫皆
有一時之風尚豪傑之士鼎崛滠落石為

帖括卷揩自數名人外達官老師會陶
庸下幾不可近此之故矣鄧先生此冊詩
真實和易有初白風書院則汪文端之學天
飆仍董逌也萍鄉大邑迄有達人鄧先
生仕官有聲當官施事必有可傳述者
即以詩書論亦足珍矣武敫彭君寶此見

風氣所拘井綆乍尋按皆莫能外何以故心
所本有不能使無也有清一代學術蓻事
最盛於乾嘉間當時士夫耳目濡染寧目
濯磨以春容大雅為娛詩率香山東坡書
則華亭欽甚不知名著其所題詠大都
多可觀風會然也道光咸同以後士囿於

示周述所見以為不徒先民手逸之足珍此
可見一代風尚之變遷雖文蓻亦乃此化為
隆詩也十八年一月譚延闓題

释　文

　　右萍乡邓悔庵先生手写诗卷，凡诗十一首。先生名锡礼，字禺（愚）若，由乾隆进士官至四川按察使。下狱，子观灏伏阙乞赎，得放归。诗有罢官后主讲河南书院时作，则此册为晚年笔矣。

　　一时之文字书画，皆有一时之风尚；豪杰之士，号能洒落，不为风气所拘。然细寻按，皆莫能外，何以故？心所本有，不能使无也。有清一代学术艺事，最盛于乾嘉间，当时士夫耳目濡染，争自濯磨，以春容大雅为娱。诗率香山（香山诗派）、东坡，书则华亭（华亭书派），虽甚不知名者，其所题咏大都多可观，风会然也。道光、咸、同以后，士囿于帖，栝卷楷自数名人外，达官、老师夼陋庸下，几不可近，比比然矣！

　　邓先生此册，诗真实和易，有初白（查慎行别名）风；书则汪文端之学天瓶（张照，号天瓶居士，华亭人。书初学董其昌，后学米芾），仍董法也。萍乡大邑，近有达人。邓先生仕宦有声，当官施事，必有可传述者，即以诗书论，亦足珍矣。武敭彭君宝此见示（敭，扬之异体字。彭武扬，萍乡人），因述所见，以为不徒先民手迹之足珍，亦可见一代风尚之变迁。虽文艺亦与次化为隆污也。

十八年一月谭延闿题

谭延闿简介

　　谭延闿（1880—1930），字组庵，号无畏、切斋，湖南茶陵人，光绪年间进士。生于浙江杭州，民国时期著名政治家、书法家。与陈三立、谭嗣同并称"湖湘三公子"。曾经任两广督军，三次出任湖南督军、省长兼湘军总司令，授上将军衔、陆军大元帅。曾任南京国民政府主席、行政院院长。1930 年 9 月 22 日，病逝于南京。去世后，民国政府为其举行国葬。有"近代颜书大家"之称，著述有《组庵诗集》等。他精于美食，为组庵湘菜创始人。蒋介石和宋美龄结婚，其为介绍人。

附二：陈三立题跋

释文

诗既冲夷质澹，书势亦相表里，老成典型，犹可想见。流人披览，益不胜去国怀贤之感也。

己巳重九陈三立

陈三立简介

陈三立（1853—1937），字伯严，号散原，江西义宁（今九江修水）人，近代同光体诗派重要代表人物。陈三立出身名门世家，为晚清维新派名臣陈宝箴长子，还是国学泰斗、历史学家陈寅恪、著名画家陈衡恪之父。与谭延闿、谭嗣同并称"湖湘三公子"，与谭嗣同、徐仁铸、陶菊存并称"维新四公子"，有"中国最后一位传统诗人"之誉。1898年戊戌政变后，与父亲陈宝箴一起被革职。1937年卢沟桥事变爆发后北平、天津相继沦陷，日军欲拉他出山任伪职。为表明立场，他绝食五日，不幸忧愤而死，享年85岁。生前曾刊行《散原精舍诗》及其《续集》《别集》，死后有《散原精舍文集》17卷出版。

编者按

释文中括号里的文字，系编者所加，意在增进读者对题跋内容的理解，进而增进对邓锡礼诗书思想、艺术价值的认知。编者所作释文和所添文字，可能多有不当和谬误，敬请读者批评指正。题跋中，谭延闿、陈三立均对邓锡礼册页中的诗书进行了品评，谭延闿的品评尤其细致具体，将邓的诗风与清代诗人、文学家查慎行相提并论，将邓的书法与道光皇帝的老师、廷考榜眼、礼部尚书、协办大学士汪廷珍（谥号文端）放在一起比较。二则题跋，足见谭延闿、陈三立两位文化巨匠对邓锡礼及其诗书的尊崇和钟爱，也足见邓锡礼先贤诗书的功力和魅力。

◎ ［近代］文廷式

《列代宫词杂录》四条屏（行书）

释 文

钗工巧制孟家蝉，孤稳遗妆尚俨然。何似玉梳留别谱，镜台相伴自年年。

水殿荷香绰约开，君王青翰看花回。十三宫女同描写，第一无如阿婉才。

由来对语士人难，锁钥森严付内官。翠羽飘缨飞盖出，洛人争作上卿看。

金屋当年未筑成，影娥池畔月华生，玉清追着缘何事，轻揽罗衣问小名。

宝慈殿里问安回，歌罢琼花谏疏来，云暗苍梧龙驭远，湘妃一曲使人哀。

◎ ［近代］汤增璧

为段家园家书题诗（行书）

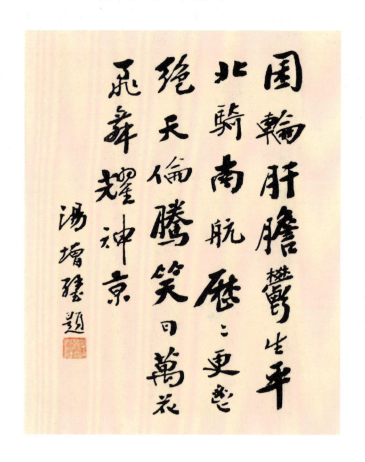

《民报》编辑手稿

◎ 黄希文

黄希文（1899—1956），字思园，男，汉族，原上海大学美术系毕业，湘东下埠人。曾任职于江西裕民银行，历任江西省立第五中学、第七中学，萍乡县立中学教员和萍乡市油脂公司、萍乡市国营商店业务科长，抗战末期供职于上饶铅山河口。工书善画，尤醉心于石鼓文，然不轻作，传世作品甚少。书作石鼓文《吾车嘉树》八言联，现存于上饶市美术馆。

《吾车嘉树》八言联（石鼓文）

释　文

吾车既安君子乃乐，嘉树则里大贤之花。

◎ 李和良

　　李和良，男，汉族，1955 年 5 月生，湘东麻山人，江西省书法家协会会员，萍乡市书法家协会理事，湘东区书法协会常务副主席。现为萍乡市汇鑫化工科技有限公司董事长，高级工程师。曾获得国家发明专利四项和江西省科技进步二等奖。书法作品曾荣获江西省书法家协会主办的第九届书法临帖展优秀奖、江西省 2017 年"八一杯"全国第十三届书法美术诗词楹联大展一等奖（书法）等多种奖项。尤酷爱且擅长写榜书，书作曾受到著名书法家、中国书法家协会原副主席刘洪彪先生赞赏。榜书楹联《书堂佛国》（行书）初评入围全国第十三届书法篆刻展览（江西赛区）。

《雅琴高论》五言联（行书）　　　　　　　　　　　**敬业乐群**（行书）

◎ 李为国

　　李为国，男，汉族，1959 年 4 月生，湘东区湘东镇人。1981 年毕业于宜春学院艺术教育美术专业，现为萍乡学院美术教授，文化部艺术管理委员会会员。2007 年起主要从事书法艺术教学。书画作品和艺术传略入编《当代书画艺术家精英大典》一书，并被授予"当代精英艺术家"荣誉称号。

杜荀鹤《题弟侄书堂》（草书）

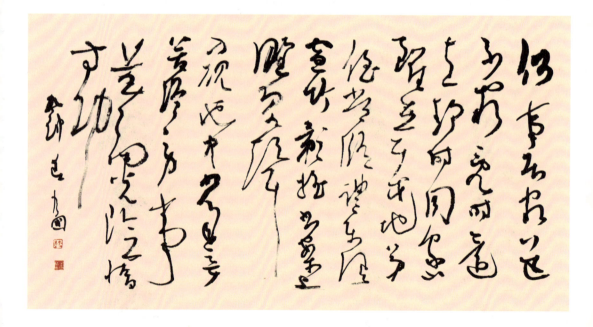

◎ 陈光华

　　陈光华，男，汉族，1960 年 5 月生，湘东区湘东镇人，笔名墨云，网名牧鹅翁，师从著名书法家张鑫、梁光。现为中国书法家协会会员，民盟中央美院江西分院理事，萍乡市书法家协会副主席，民盟萍乡市文化委员会副主任。书法作品陆续入选 1991 年文化部主办的全国文化系统书画展、中国书法家协会举办的 1993 年第二届中国书坛新人书法篆刻展、1995 年第六届全国书法篆刻展、2008 年"迎奥运和谐中国千福"书法展，2005 年书法作品被《中国书法》第 6 期刊登。自 1994 年至 2009 年，相继获得萍乡市人民政府优秀文艺作品评奖三等奖、一等奖、二等奖。长年专注于书画教学，积极应约作书法讲座。2022 年 7 月 23 日，应江西四大书院之一鳌洲书院之邀，讲授《六体一法·浅谈中国书法之美》。

自撰《砚边笔记》(小楷)

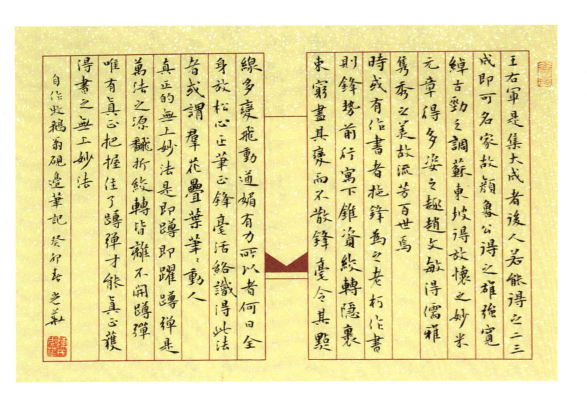

含庆昨归候　阳鸟今去时　感物遍如此　势岂安……
可思养真无上彩　番进岂有期　清节来苦……
壮容难别衰　盛明非不遇　弱操自云私　孤樽……
清川泛泛衣　寒露滋朝津树　庭日夕巅猿
悲军误而名悔　孤怡　当须报恩已
终……谢尘缁

张九龄待迁都湘东作　癸卯之春陈……

◎ 黄新天

杜甫诗二首（行书）

黄新天，男，汉族，1963年4月生，湘东下埠人。现为中国书法家协会会员，江西省书法家协会第四届理事、教育委员会委员，萍乡市书法家协会主席。2015年6月作品入选中国书法家协会主办的第十一届书法篆刻作品展。先后获得"临川之笔"全国书法大赛优秀奖，"欧阳修杯"全国书法大赛优秀奖，中书协培训中心教学成果三等奖和优秀奖，全国书法骨干教师书法大赛一等奖，中书协教育委员会"翰墨薪传"教师书赛优秀奖。在江西省书协第八届书法篆刻展、首届临帖展、第五届青年展、第二届楹联展中获得等级奖、优秀奖等奖项。

小米斋手钞

红树青山日欲斜　长郊草色绿无涯　游人不管春将老　来往亭前踏落花

月暗和雨晴南山当户转　分明更着柳条回风起惟有葵花向日倾　飞来山上千

寻塔闻说鸡鸣见日昇　不畏浮云遮望眼自缘身在最高层　

江水暖鸭先知　蒌蒿满地芦芽短正是河豚欲上时

若言琴上有琴声　放在匣中何不鸣若言声在指头上　何不于君指上听

何必一屏风

◎ 丁顶天

自作诗《癸卯冬乘高铁进京见窗外之景》（行书）

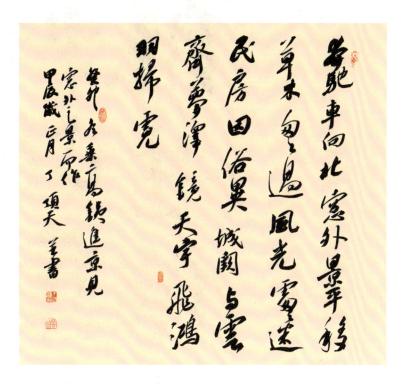

范成大《晚春田园杂兴二首》（行书）

◎ 周友田

周友田，男，汉族，1964 年 2 月生，湘东麻山人。中国书法家协会会员，江西省书法家协会常务理事、篆刻委员会副主任，萍乡市书法家协会副主席。作品获得江西省书法家协会举办的第六届书法篆刻展一等奖，入展中国书法家协会主办的全国第四、五届书法篆刻展、中国书法家协会会员百人精品展、中日第十二届自书诗展、全国第三届草书展、全国首届临帖展等。曾应邀参加新加坡、日本、美国及中国香港、澳门、台湾等地书展，展出作品被多家博物馆、艺术馆收藏。著有《文廷式诗选注》《杨岐禅宗文化》，出版《文廷式词印谱》及个人书法篆刻展览作品集。

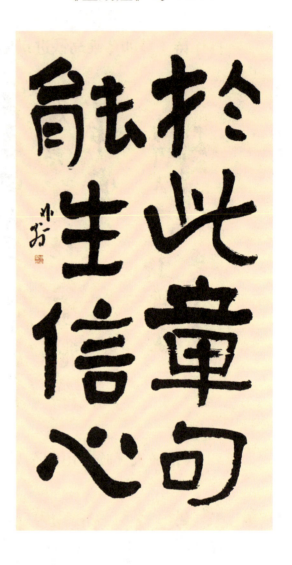

董其昌《题沈石田仿黄公望富春山居图》（行书）

大癡富春大嶺圖舊為余所藏今
復見白石翁背臨長卷氷寒於
水信可方駕古人而又過之不如是安
免重儓之誚
董玄宰題沈石田仿黄公望富春山居圖

◎ 许建军

　　许建军，男，汉族，1964 年 9 月生，湘东老关人。中国书法家协会会员。入展中国书法家协会主办的庆祝建党 90 周年"信德杯"全国个体私营（民营）企业书法展、全国第七届楹联书法作品展、全国首届"沈延毅奖"书法篆刻作品展、"丝绸之路"全国书法作品展、首届"刘禹锡杯"全国书法作品展等各类书法展 8 次，60 多次入展全国性书法展览并夺得"新世界杯"深圳首届书法艺术展一等奖、第三届"观音山"杯全国书法比赛一等奖、《新民晚报》"夜光杯"全国书画大赛铜奖、中国"大运河杯"第二届书画大展三等奖等多个奖项。《心经》《金刚经》等佛经书法作品被法门寺、五台山、观音山等佛教圣地、中国佛教书法馆永久收藏。

潘希曾诗《泊湘东》扇面（行书）

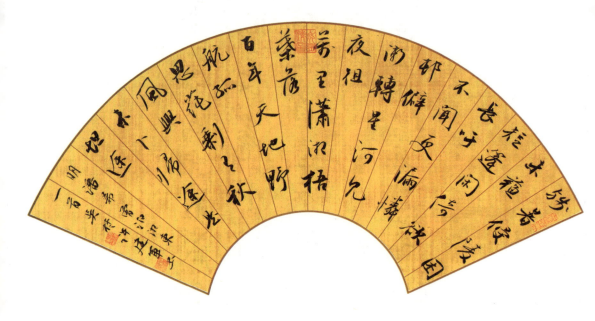

郑强诗《题湘东驿》（行书）

涉水登山道路赊，黄野色间丞花更深吾奈

秋风冷梦破遥鹭片月斜隔隔似闻云汉侨

飘飘直泛使臣楂来彩更拍肆卿玄归计罢越

束马怪 宋郑强题湘东驿 癸卯春湘东人许建军书

◎ 易如林

易如林，号清逸阁主人，男，汉族，1966 年 4 月生，湘东区湘东镇人。中国书法家协会会员，江西省书法考级中心考官，萍乡市书法家协会副主席。作品曾入展中国书法家协会主办的全国第八届楹联书法作品展、全国第十一届书法篆刻作品展，获得"赣粤高速杯"全国书画展优秀奖、"欧阳修杯"全国书法作品大赛优秀奖、全国水利系统庆祝新中国成立 60 周年书法美术摄影作品展一等奖、中国书法家协会书法培训中心 2007 年教学成果三等奖以及江西省首届"黄庭坚奖"书法篆刻艺术大展二等奖、江西省第七届书法篆刻艺术大展三等奖，入展第二届"嵩阳杯"全国书法作品展。书法作品被省、市多家美术馆收藏。

黄次山诗《湘东》团扇（行楷）

黄山谷词《减字木兰花·中秋无雨》（行书）

中秋無雨醉送月銜西嶺去

喚口須開兩度中秋見月来

前年江外兒女傳杯兄弟會

此夜登樓小謝清吟慰白頭

黄山谷詞减字木蘭花中秋無雨易如林書

◎ 童汝嘉

童汝嘉，男，汉族，1967年2月生，湘东麻山人。曾供职于麻山中心小学和湘东区教育局。中国书法家协会会员，萍乡市书法家协会副主席，萍乡学院客座教授，国家一级美术师，广东省教育厅（专家库）书法教学专家。作品先后11次入选中国书法家协会举办的全国书法展（含第十届全国展、首届册页展、第三届青年展、首届小品展、教师书法展等）。在麻山镇桐田村发起成立了全国首家乡村书法苑。两次应邀参加广东省书法教材编写，主编的书法教材《诵经典·学书法》获全国优秀教材奖。

《中庸》选句（行书）

毛泽东《为人民服务》节选（行楷）

因为我们是为人民服务的，所以，我们如果有缺点，就不怕别人批评指出。不管是什么人，谁向我们指出都行。只要你说的对，我们就改正。你说的办法对人民有好处，我们就照你的办。

为人民服务节选
辛丑暮春童臣王毅书

◎ 刘星林

刘星林，男，汉族，1969 年 12 月生，湘东白竺人。江西省书法家协会会员，江西省教育厅第三届艺术教育委员会委员。作品曾获江西省书法家协会主办的第七届书法篆刻艺术大展三等奖，有书法作品发表于《书法导报》。从事书法教学多年，主编"十四五"职业教育规划教材《书法教程》（电子科技大学出版社）、弘扬中华优秀传统文化素质教育新理念教材《走向高效的书法教学》（湖南大学出版社），独立编写并主编字帖《教你学练硬笔字》（湖南大学出版社）。

柳永词句（行书）

欧阳修《醉翁亭记》（楷书）

環滁皆山也其西南諸峯林壑尤美望之蔚然而深秀者瑯琊也山行六七里漸聞水聲潺潺而瀉出於兩峯之間者釀泉也峯回路轉有亭翼然臨於泉上者醉翁亭也作亭者誰山之僧曰智僊也名之者誰太守自謂也太守與客來飲於此飲少輒醉而年又最高故自號曰醉翁也醉翁之意不在酒在乎山水之間也山水之樂得之心而寓之酒也若夫日出而林霏開雲歸而巖穴暝晦明變化者山間之朝暮也野芳發而幽香佳木秀而繁陰風霜高潔水落石出者山間之四時也朝而往暮而歸四時之景不同而樂亦無窮也至於負者歌於途行者休於樹前者呼後者應傴僂提攜往來而不絕者滁人遊也臨溪而漁溪深而魚肥釀泉為酒泉香而酒洌山肴野蔌雜然而前陳者太守宴也宴酣之樂非絲非竹射者中奕者勝觥籌交錯起坐而喧嘩者眾賓歡也蒼顏白髮頹然乎其間者太守醉也已而夕陽在山人影散亂太守歸而賓客從也樹林陰翳鳴聲上下遊人去而禽鳥樂也然而禽鳥知山林之樂而不知人之樂人知從太守遊而樂而不知太守之樂其樂也醉能同其樂醒能述以文者太守也太守謂誰廬陵歐陽修也

錄歐陽修醉翁亭記

◎ 赖周凯

赖周凯，男，汉族，2002 年 11 月生，湘东东桥人，现为四川美术学院学生。2021 年从麻山中学毕业，以江西省书法专业校考第一名的成绩考入四川美术学院本科书法篆刻专业，并以高分通过中国美术学院、广州美术学院、西安美术学院等院校的专业考试。2018 年荣获江西省第八届"艺德杯"高中组书法一等奖（一等奖设一名），江西省第七届中小学生幼儿艺术展演活动中学甲组书法一等奖（一等奖设一名）；2019 年荣获中华人民共和国教育部举办的全国中小学艺术展演活动中学组书法二等奖。

杜甫诗句（行书）

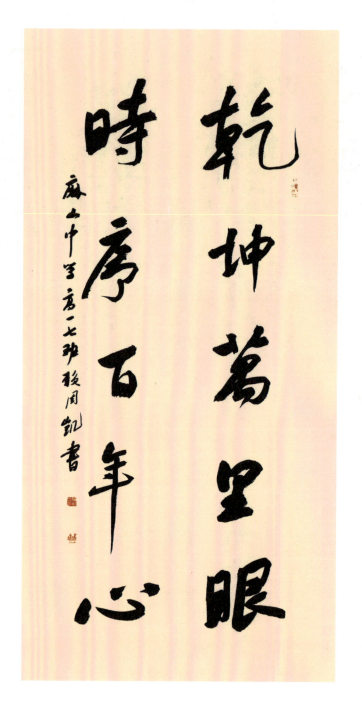

乾坤万里眼　时序百年心

庚子仲冬于广一七孙楼周凯书

苏轼词《念奴娇·赤壁怀古》（大篆）

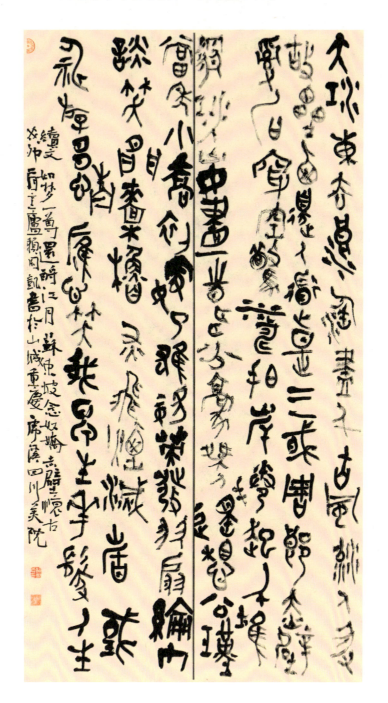

◎ 汤国桢

《渔樵耕读》四条屏（国画）

◎ 张晓耕

张晓耕（1885—1944），男，汉族，一作小畊、筱畊，又名资生、逢年，湘东区湘东镇人，民间指墨画家。出身农家，幼时上过私塾，聪颖好学，酷爱绘画。22岁时，离家赴景德镇以瓷绘营生，但不曾停过拜师学画，先后到湖南醴陵、武汉、广州、天津、上海、青岛、北平以绘画、卖画营生，20世纪30年代还出海赴日，从事书画活动。他既是釉上、釉下彩绘的全能艺人，也是才华出众的书画名家，金石、书法和花鸟、人物、山水无不擅长，刻瓷、微雕和指头画也有很深的功力，还在首创醴陵瓷釉下五彩瓷方面做出贡献。民国时期曾任江西省陶业学校图画教师，培养了不少优秀画瓷弟子，如江西"珠山八友"中的程意亭、汪野亭等。

张晓耕的绘画，既保持了中国传统画的风格，又增加了西方画派的元素，其指墨画（又称"爪痕画"，即用指头、指甲作画）达到炉火纯青的地步。该画指法精巧流畅、水墨色彩调和、工笔写意兼而有之，往往着墨不多，却流水有声、草木生情，所绘山水、人物、花木、虫鱼、鸟兽惟妙惟肖，传神至极。张晓耕在他绘的画幅上，还多用指书题写诗句。他的文学修养很好，诗词创作功底也强，作画后的题词精练隽永。微雕是张晓耕的又一绝技，他曾在民国时期发行的一分硬币上刻孙中山的遗嘱；在一方寸的象牙上刻一部《大学》和半部《中庸》；在上宽5毫米、下宽4毫米、长118毫米的象牙骨扇两夹上，各刻7行共2000余字的小草，字体圆润清晰，但需用20倍的放大镜方可辨认。

2011年1月22日，由景德镇市民间民俗文化协会、民族民俗文化抢救与保护中心报江西省艺术工作委员会审核，提交中国陶瓷美术荣誉与职称颁证仪式酝酿，经得近百名中国陶瓷美术高级人才、大师、教授、新闻媒体代表意见，由正式代表举手表决，一致同意追授其为"中国陶瓷美术大师"荣誉称号。

松虎图（指爪画）　　　正午牡丹图（国画）

釉下彩山水笔筒　　　　　釉下五彩墨彩芦雁瓶

◎ 黄乃源

小 雁 塔（油画）

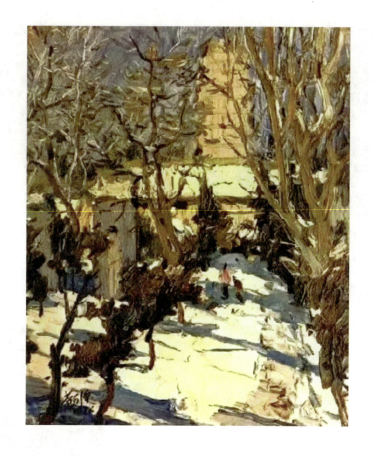

黄乃源（1931—2004），男，汉族，湘东下埠人，1953年西安美术学院毕业后留校任教。原西安美术学院教授，西安美术学院研究院研究员，中国美术家协会会员，陕西美术家协会理事，陕西油画学会副会长。画作多被国内外博物馆、美术馆、图书馆及收藏家收藏。英国剑桥大学图书馆藏有其《吕先生夫妇肖像》油画两幅，新加坡陈嘉庚基金会藏有其西部民俗风景画幅，新加坡龙语文艺中心收藏其西部风景油画、肖像等十余幅，中国美术馆收藏其《海轮》《安源洗煤厂》风景油画两幅、《巡道工》版画一幅，中国人民革命军事博物馆收藏其《陕北人民迎救星》油画一幅，中国延安纪念馆收藏其《中央红军到达陕北》油画一幅。油画作品在国内和东南亚、日本、欧美等国家参展，并在新加坡、中国香港等地举办了个人画展。出版有《黄乃源油画写生》《黄乃源油画作品选》。

陕北人民迎救星（油画）

风景写生（油画）

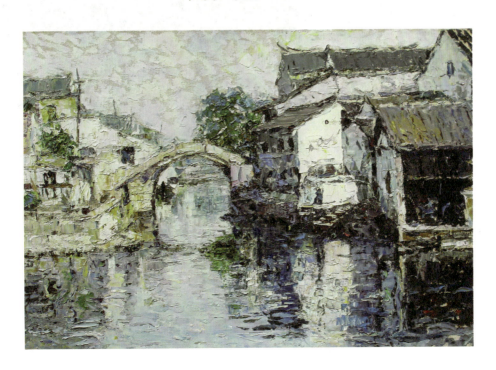

◎ 刘 千　　　　　　　　明 媚（国画）

刘千，男，汉族，1932年生，湘东下埠人。中央美术学院副教授。幼年家贫，13岁辍学当学徒，爱好书画。1949年参加中国人民解放军，从事美术宣传工作。1956年进入中央美术学院工作，先后任中国画系干事、院长秘书、校刊编辑、图书馆组长、民间美术系副主任等职。现为中国美术家协会会员，中国手指画研究会艺术顾问，中国农民书画研究会艺术顾问，美国纽约亚美艺术中心顾问。有国画作品和美术研究评论文章在国内外报刊上发表，个人编著有《贺友直谈连环画创作》《连环画十家》《刘千山水画集》等。艺术科研成果荣获文化部科技进步奖。先后应邀赴美国、日本举办展览和讲学，简历和作品收入《中国艺术家人名辞典》《当代中国美术、书法名人名作博览》《世界名人录》等典籍。

大觉寺银杏（版画）

◎ 汤柏相

汤柏相（1934—2010），笔名白木，男，汉族，湘东东桥人，江西美术家协会会员。1961年江西师范学院艺术系版画专业毕业。1963年版画处女作《苗儿青青》在《江西日报》发表。1977年版画《三湾改编军旗红》在江西省纪念创建井冈山革命根据地及中国人民解放军建军50周年美术作品展和华东三省一市联展中展出，并在《江西日报》发表。版画《新一代可爱的人》《同志的信任》在《前线民兵》发表，版画《新粮登仓》《红石乡的喜事》《信念》《晚归》等多幅作品在江西省美术家协会举办的作品展中展出。个人名录已收入《中国历代美术家人名录》（上海人民美术出版社）。

三湾改编军旗红（版画）

飞雪山上（国画）

◎ 张自嶷

张自嶷，女，汉族，1935年生，湘东排上人，中国当代著名油画家。1953年毕业于中央美术学院，并于1955年在该院研究生班毕业，后在中国美术家协会西安分会从事美术创作，师从导师吴作人、董希文、韦启美等。"文化大革命"后调西安美术学院油画系任教，1981年调浙江美术学院油画系工作。现为中国美术学院油画系教授，中国美术家协会会员。作品多次参加全国美术展览及出国展，并被中国美术馆、国家博物馆收藏。代表作有《铜墙铁壁》《大生产运动》《南泥湾》《花灯迎春》《枣园来了秧歌队》《安塞腰鼓》等。

<h2 style="text-align:center">花灯迎春（油画）</h2>

安塞腰鼓（油画）

秋　实（油画）

◎ 李亿平

李亿平，男，汉族，1937年8月生，湘东下埠人，版画家，一级美术师。现为中国美术家协会会员、中国版画家协会会员、黑龙江美术家协会常务理事、北大荒美术家协会副主席兼秘书长。主要作品有《送水》《巧绣江山万里》《仲夏三江原》等。作品曾参加第四、六、七、八届全国美术作品展，第七、八、九、十、十一、十三届全国版画作品展，近百幅作品先后在美国、日本、法国、伊拉克、塞内加尔、喀麦隆等30多个国家和中国台湾、香港地区展出，中国美术馆、中国画院、中央美术学院和国内外主要美术展览馆与美术院校均藏有其作品。获有《版画世界》杂志鲁迅奖、"鲁迅版画奖"等奖项。出版有《李亿平版画集》。

巧绣江山万里 （版画）

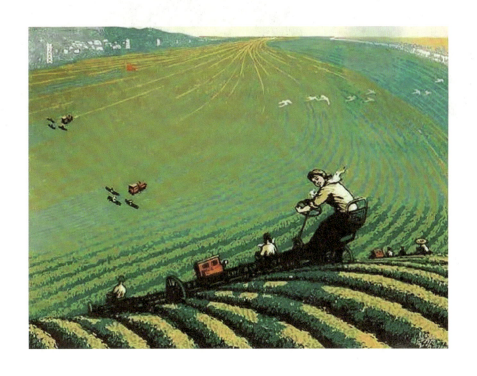

王震将军在北戴河（版画）

◎ 李祖葳

　　李祖葳，男，汉族，1940年1月生，湘东区湘东镇人，高级工艺美术师。中年曾从事工艺美术设计和包装装潢设计，在1981年举办的华东六省一市包装装潢设计评比大赛上，其设计的手提式出口烟花包装获得大奖，此后又获得全国包装装潢设计评比大会银奖及对外贸易部优秀设计奖，并在1992年第12期《中国包装》杂志上发表论文《试论包装装潢的民族性》。退休后从事中国画山水画创作，在具体的绘画创作过程中大胆创新，创造了多种肌理作为山石的皴法。作品曾在南昌、济南、昆明、香港等地展出。出版了四集《山水画集》。《云涌金顶》等画作被国家级专业期刊《中国书画报》刊载。

春山烟雨收（国画）

云涌金顶（国画）

◎ 甘远龙

　　甘远龙，男，汉族，1956年生，湘东下埠人，赣南师范大学美术学院毕业，师从何启陶教授等，后长期师从著名水彩画家黄铁山。现为中国美术家协会会员、萍乡市美术家协会名誉主席、萍乡学院客座教授，曾任江西省美协水彩画艺委会副主席、江西省美协理事，擅长水彩、国画、油画等。作品《山寨乡情》《晨露》《山区水坝》《虔诚》入选全国美术作品展，《赶集》《静静的湖畔》《回家的小路》《恬静的家园》等获江西省美术展金奖。2012年被江西省美协授予"水彩画创作突出贡献奖"，多次被江西省美术家协会聘为评委。出版个人水彩、国画专著五部，作品被中国美术馆、古元美术馆和国际国内友人收藏。

山寨乡情（水彩画）

春尽江南（水彩画）

黄河老人（水彩画）

◎ 马业民

马业民，男，汉族，1961年12月生，湘东下埠人。中国农民书画研究会会员。1982年开始从事农民画创作，作品《喜悦》参加了首届江西省农民画展。《五月初五》参加国家文化部、中国美术家协会举办的全国农民画展荣获二等奖，并被选到挪威、瑞典等国展出，得到省文化厅颁发奖状给予鼓励。《丰收曲》等作品参加中国艺术节展出，获文化部群文司奖励，被民族文化宫收藏。个人小传已辑入《萍乡艺界名人录》《中国民间名人录》《世界华人书画家辞典》。

做 外 婆（农民画）

五月初五（农民画）

◎ 何维洪

　　何维洪，男，汉族，1978 年 7 月生，湘东腊市人，毕业于清华大学美术学院，江西省美术家协会会员，萍乡市美术家协会理事。个人作品多次参加全国、省、市专业协会举办的美术作品展，多次入展、获奖。《阳光下的问候》获 1999 年江西水彩画展二等奖，《古陶》入展 2000 年中国美术家协会举办的"亚亨杯全国书画精品大展"，《韵》获 2000 年江西省水彩画展金奖，《椅子上的花》获 2000 年中国书画精品创作大赛银奖，等等。2008 年油画作品《西安城》被中国消防博物馆收藏，2005 年编著《何维洪素描精品集》由天津人民出版社出版发行。

潮（水彩画）

韵（水彩画）

◎ 李 伟

　　李伟，男，汉族，1981年5月生，湘东东桥人。湘东中学美术教师，清华大学美术学院硕士研究生，江西省美术家协会会员，江西省民间文艺家协会会员，萍乡市零799艺术家协会副主席，湘东区美术协会副主席兼秘书长。作品《城·印象系列》荣获"不忘初心·庆祝中华人民共和国成立70周年2019年江西省油画年展"铜奖。作品多次入选江西省美术家协会年展。

乡村小景（油画）

城·印象系列（油画）

◎ 邬 林

邬林，男，汉族，1987年6月生，湘东东桥人。2011年毕业于西南民族大学，现为中国美术家协会会员、国家二级美术师、四川省美协理事、河南大学研究生指导教师、成都画院特聘画家、四川省美协版画艺术委员会副秘书长，2017年被四川省文联评为"优秀文艺家"。作品入选"第十二届全国美术作品展""第二十届全国版画展""第五届全国青年美术作品展""第四届·塞尔维亚国际版画三年展""第三届中国版画大展""版画中国——中国当代版画系列作品展""第二届鲁迅版画大展"等多个画展，荣获"第十三届全国美术作品展"进京作品、"第二十一届全国版画作品展"优秀奖和中国美术奖提名奖（最高奖）、"首届'朝圣敦煌'全国美术作品展"最高奖、"2018年北京青年艺术双年展"二等奖、"2011年首届中国现代青年画展"优秀奖（最高奖）、"首届四川文华美术创作奖"

惊　鸿（木版油画综合技法）

一等奖（最高奖）等多个奖项。

　　中国版画博物馆、浙江美术馆、四川美术馆、敦煌美术馆、广州美术学院美术馆、澳门艺术博物馆、中国美术家协会等众多单位藏有其作品。

◎ 陈佳慧

　　陈佳慧，女，汉族，2009年2月生，湘东区湘东镇中学八年级学生。在2021年共青团江西省委、江西省教育厅、江西省文联、江西省少儿工委联合开展的"党在我心中——走进红色安源"第七届红色绘画作品创作大赛中，画作《党的光辉照耀我心》获得特等奖。

党的光辉照耀我心（少儿画）

◎ 张晓耕

孙过庭《书谱》节选（象牙扇骨草书微雕）

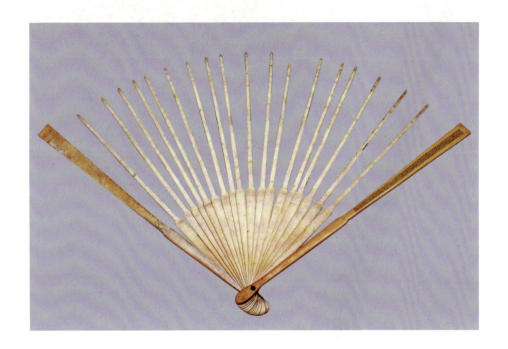

　　该书法微雕艺术品刻在一象牙折扇两端的大扇骨上（扇面已无）。象牙扇共有大扇骨 2 片，小扇骨 17 片，材质均为象牙。大扇骨呈深黄色，均高 23 厘米，最宽处 1.2 厘米，最窄处 0.5 厘米；小扇骨呈淡黄色，每片高约 22.5 厘米、宽约 0.5 厘米，其中 1 片有破损，高约 21.8 厘米。两片大扇骨外表面均有雕刻的《书谱》体小草，共计 2000 余字，所刻内容为唐代书法家、书法理论家孙过庭所作《书谱》（《书谱》全文 3500 余字）。刻字空间均为长约 11.5 厘米，最宽处均为 0.6 厘米，最窄处均为 0.4 厘米，字体须用 20 倍的放大镜方可辨认。放大后字迹清晰可辨，点画遒劲有力，结体灵动潇洒，堪为书法微雕之精品。

微雕作品局部放大

微雕作品侧面图

◎ 陈启南

陈启南（1930—2013），男，汉族，湘东排上人，原西安美术学院院长、教授、硕士研究生导师，著名美术教育家、雕塑家。1949年参加工作，早年就读于西北艺术学院，1956年深造于中央美术学院雕塑研究班，1976年曾参加毛主席纪念堂的雕塑创作，获先进工作者称号。曾任第五届中国美术家协会理事，中国美协陕西分会常务理事，中国雕塑学会常务

张骞出使西域（雕塑）　　　　　　　　　　　**玄奘法师**（雕塑）

理事，全国城市雕塑艺术委员、顾问，陕西雕塑院名誉院长，陕西国画院顾问。

曾多次应聘为全国性的美术展览和雕塑展览的评委，参加全国性的雕塑学术活动，多次应邀参加全国雕塑考察团赴日、美、欧、俄进行艺术考察和学术交流。在吸收西方现代艺术的同时，坚定为弘扬和继承中国传统艺术走开创自己艺术创作之路，代表作有《转战途中》（圆雕）、《蕾蕾》（圆雕）、《唐玄奘法师》（圆雕）及《春潮》《春晓》（圆雕）等，多个作品被评为全国美展优秀作品。他致力于城雕的研究和创作，创作设计的城市雕塑有《林则徐》《葛天氏》《司马迁纪念像》《神医扁鹊》《炎帝》《欧阳海烈士纪念像》《女娲补天》《韩世忠像》《唐诗魂》等。

2004 年在丝绸之路的起点——西安玉祥门广场完成了大型群雕《张骞通使西域》的创作。该群雕由铜铸造，高 10 米，气势宏伟，民族精神、古城特色突出。

◎ 赖明德

赖明德，男，汉族，1957 年 7 月生，湘东麻山人，国家级非物质文化遗产代表性项目"萍乡湘东傩面具"代表性传承人，中国民间文艺家协会会员，江西省工艺美术家，被省政府评为"优秀高技能人才赣鄱工匠"。继承传承了 76 代的赖氏傩面具雕刻工艺，以宋代工艺为主从事祖传传统原生态傩面具制作 30 多年，培养了 40 多名弟子。根据《祖传傩面神谱》记载，带领儿子赖光华、赖太平雕刻了 440 尊完整宋代人形傩面具，建成了有 300 多尊傩面具的展示馆，赖光华、赖太平已被列为中国傩文化传承保护基地首批傩面具雕刻传承人。

赖明德创作中

傩面具周将军（雕刻）　　　　　**傩面具唐将军**（雕刻）

◎ 彭国龙

　　彭国龙，男，汉族，1965年4月生，湘东腊市人，现为江西省民间文艺家协会会员，萍乡市文学艺术界联合会民间工艺专业委员会副主任。2011年被江西省文化厅评为"江西省非物质文化遗产项目'湘东傩面具'代表性传承人"。专雕"傩面具"近40年，荣获中国傩文化传承保护基地首批"傩面具雕刻传承人"、"第五届江西省优秀高技能人才赣鄱工匠"、"萍乡市民间工艺师"（傩面雕刻）、"萍乡市优秀高技能人才"、"湘东区高技能人才"等称号。

彭国龙创作中

傩面具葛将军（雕刻）

傩面具唐将军（雕刻）

◎ 张三石

张三石，原名张理萍，男，汉族，1977 年 8 月生，湘东区湘东镇人，江西省工艺美术学会理事、工艺美术师、省级非物质文化遗产手工竹编代表性传承人。从小喜欢竹艺，先后在四川、浙江、江西等地学习、钻研中国传统工艺竹编。2020 年，获得江西省"文创之星"铜奖，同年被农业农村部授予"能工巧匠"荣誉称号。2018 年作品《游鱼之乐》荣获深圳茶器创意大赛金奖，2023 年竹艺作品六头茶具《节节高升》荣获江西伴手礼大赛金奖和中国旅游商品大赛银奖。2019 年 5 月被邀请到日本东京表参道参加中国工艺美术周活动，宣讲中国工匠精神和竹编的前世与今生。2023年作品《竹笙锦瑟》被中国工艺美术大师博物馆收藏，另有作品被江西工艺美术馆收藏。

六头茶具《节节高升》（竹艺）

◎ 黎石根

黎石根，号杂草堂主，男，汉族，1978年4月生，湘东麻山人，萍乡市美术家协会会员，黎氏剪纸艺术第三代传承人。幼年即随祖、父辈操作剪刻刀艺，成年后热衷剪纸艺术创作，创作主题和内容甚广，人物、鸟兽、花草、鱼虫等皆有涉猎。剪刻风格灵活多变，构图新颖，承古拓新，技法娴熟精妙，刀法丰富流畅，作品多次在全国及省市级展览、比赛中获奖。染色剪纸傩面具《食鬼神》获2017年江苏省苏州工业园"美术走近你·艺术进社区"美术大赛优秀奖，染色剪纸萍乡傩面具《开山神·食鬼神·护法神》获2017年全国剪纸艺术宿迁邀请展优秀奖，单色剪纸《搏》获山东省全国民间文艺家协会"金牛迎春"生肖剪纸创意大赛一等奖。

尘（单色剪纸）

山　鬼（单色剪纸）

护法神

（萍乡傩面具剪纸套色渲染）

食鬼神

（萍乡傩面具剪纸套色渲染）

开山神

（萍乡傩面具剪纸套色渲染）

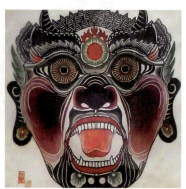

◎ 张安华

《冰魂雪魄》（摄影）

2012 年 12 月摄于南极

　　该作品先后发表于《中国摄影家》（2013 年第 7 期）、新华社《摄影世界》（2014 年第 12 期）、中国文联《艺术交流》（2016 年第 3 期）等专业报刊，在联合国总部（2015 年 8 月）、北京 798 艺术区中国摄影出版社正度视觉展览厅（2015 年 12 月）、中国伊春首届自然生态国际摄影周（2016 年 7 月）、中法武汉生态城（蔡甸区）国际自然生态摄影展（2017 年 9 月）等多种重要活动中展出，2014 年 6 月被中国摄影出版社评为一级（金质）收藏作品。

《大国建设》（摄影）

2022 年 3 月摄于粤港澳大湾区

　　该作品在 2023 年 2 月首届"大国重器"全国产业行业摄影艺术大展、2023 年 6 月第 14 届中国摄影艺术节等重要展览中展出。

辑四

影音选粹

◎ 廖春山

　　廖春山（1873—1970），男，汉族，湘东区湘东镇人，著名花鼓戏老艺人，湖南花鼓戏代表人物之一。20世纪50年代，其代表作《放风筝》蜚声湖湘及京城。1953年湖南省花鼓戏剧团成立，邀请的第一位授戏老师便是廖春山。廖春山在《放风筝》中表演形神兼备，细腻入微，将风筝和丝线掌控得丝丝入扣，展现了浓郁的生活气息，将少女陈凤英恋景怀春之柔情刻画得惟妙惟肖，观众无不拍手叫绝。1953年廖春山先生以此剧参加中南民间舞蹈会演，荣获演出一等奖，同年被拍成电影。从此，《放风筝》成为湖南花鼓戏史上第一部走向电影荧屏的经典剧目。

授徒示范表演

图为廖春生（左一）为弟子陈郁萍（左二）示范身段

◎ 孟文涛

孟文涛（1921—2005），男，汉族，湘东排上人。武汉音乐学院教授，音乐家、作曲家、音乐理论家、音乐教育家。1942年以前在湖南大学工学院读书，后就读于重庆国立音乐院，1947年于南京毕业。曾就职于南京国立礼乐馆乐典组（杨荫浏主持）、台湾师院附中、香港中华音乐院，解放后先后在广州军管会、四野部队艺术学院、中南音专、湖北艺术学院、武汉音乐学院工作。1955至1957年曾任中南音专作曲系代系主任、副系主任。20世纪50年代初编译出版《管乐及其应用》《民间音乐研究》《复对位与卡农》及《管弦乐法教程》等书。80年代后，曾任中国音协会员、湖北省译协理事、美学学会理事、社会学学会理事、《中国大百科全书·音乐舞蹈》卷编委及器乐分支学科主编。1937年起，有散文、小说及杂文数十篇文学作品发表在上海《大公报》及《湖南大学学报》等报刊上。现存世的著作有《成败集——孟文涛音乐文选》和《成败集（续）》。著名作曲作品有《远征军歌》《黄昏小唱》《珞珈行》等。其中《远征军歌》（清华大学首任校长罗家伦先生作词）是著名的抗战歌曲，2015年入选薛范编著的《世界反法西斯歌曲精选集》。

罗家伦（1897—1969），男，字志希，笔名毅，祖籍浙江绍兴柯桥钱清镇江墅村，出生于江西进贤。中国近代著名教育家、思想家和社会活动家。五四运动的学生领袖和命名者，1928年出任清华大学首任校长。五四运动中，他亲笔起草了唯一的印刷传单《北京学界全体宣言》，提出了"外争国权，内除国贼"的口号。

远征军歌（作曲）

罗家伦 词
孟文涛 曲

1 = A 4/4

愉快、英勇地

5. 4 | 3. 51 2 | 3 - - 2.3 | 4. 36 7.6 | 5 5.65 42 |
倭房不 灭不 生 还。 乘长 风飞 过世界上 第一

2 - 1 3.4 | 3 - - 6.7 | 1 - - 1.1 | 7 65 7.1 |
高 山，训练 好， 装备 完， 新式 武器 都使

2 - 1.1 | 76 5 - | 1.1 7 6 5 - | 7.2 | 1 - - 0 |
惯。 扬威国 外， 一 生难 得这时 间。

6. 66 3 | 1. 76 - | 2. 17 1 | 2 3.45 - |
扫 荡虾 夷 出 缅甸， 这 又何 难？再前进，

3 4 5.65 | 6 7 1.21 | 3. 34 3 | 6 - - 0 |
驱 车破 暹罗， 跃 马定 安南。 英 雄战 绩，

6 66 3.3 33 | 1 1.1 2.3 7.6 | 5 - - 5. 4 |
叫 敌人胆 战心寒， 要世界刮目相 看。 再乘

3. 51 2 | 3 - 2176 | 5. 1 2 34 | 5 - - 4 33 |
楼 船归祖 国， 冲破太平洋 万里狂 澜。 凯歌声

4 6 - 7.6 | 6 5 - 1.4 | 6 5 - - | 1.1 456 46 |
浪 里， 红颜白 发， 夹道齐 欢。 会 师中原同 一

5 - - 0 | 3. 45 - | 5. 13 2 | 1 - - ‖
醉， 再 从头， 收 拾旧 河 山。

（作于1946年以前）

　　1941 年 12 月 7 日"珍珠港事件"发生以后，太平洋战争爆发。1942
年年初，日军侵占马来西亚，接着入侵缅甸，试图切断滇缅公路，切断中
国唯一的对外联系通道。缅甸当时为英属殖民地，驻守的英军无力抵抗日
军，故向中国政府求援。

　　1942 年至 1944 年，中国政府组建了中国远征军，先后两次进入缅甸

与日军血战，打通了滇缅公路，保证了国外援助的物资源源不断地输入中国。这场战争历时三年零三个月，中国投入兵力总计40万人，伤亡10余万人。日军伤亡也有10万左右。

歌词中提到的"虾夷"是对日军的蔑称，"暹罗"是泰国的古称，"安南"是越南的古称。

◎ 邓小岩

邓小岩（1922—1988），男，汉族，湘东东桥人，中国戏剧家协会会员，江西省戏剧家协会常务理事，名字被载入《中国大百科全书》（戏曲曲艺卷）。16岁开始学艺，经过十余年的乡班演出，成为一名舞台表演、二胡演奏、锣鼓演奏、唢呐吹奏样样通的民间艺人。1953年获全省民间文艺汇演优秀演员奖，1954年在全省戏曲汇演中获优秀表演奖。1960年至1968年任萍乡市地方剧团团长，1979年当选市文联副主席，同年获省文化局演员奖。20世纪50年代先后参加了《田螺姑娘》《吴燕花》《武功山英雄传》《安源大罢工》等剧目的演出，中国唱片公司为其录制了3张唱片并在全国发行。1964年参加华东六省一市现代戏汇演，饰演《寨上红》中的二老倌获得巨大成功，荣获优秀演员奖，上海《文汇报》为此剧作了题为"华东六省戏曲革命现代戏汇报演出揭开序幕江西萍乡地方戏《寨上红》今起公演——中共中央华东局和上海市党政军负责同志观看招待演出"的长篇报道。在长期的艺术实践中，他对唱腔进行大胆改革，在萍乡采茶戏中逐渐形成了注重喷口音、运用鼻腔共鸣的邓派"哼鸣唱法"。曾在《江西文艺》上发表经其改编的传统戏《南庄收租》，获得创作一等奖。1988年1月21日，市文化局、市文联联合举办邓小岩从艺50周年纪念活动，颁发荣誉证书，表彰他为萍乡采茶戏所作出的突出贡献。

《吴燕花》剧照　　　　　　　　《安源大罢工》剧照

◎ 黄海怀

　　黄海怀（1935—1967），男，汉族，原籍湘东区麻山镇善洲村，后迁居萍乡城武官巷。我国当代著名音乐家、二胡演奏家、作曲家。1955年考入中南音乐专科学校（现武汉音乐学院）学习，毕业后留校任教，培养了众多二胡音乐家。1959年，黄海怀创作了二胡独奏曲《赛马》。在此曲中，他将一个整段的乐曲用拨弦技巧奏出，以动人心魄的旋律穿越时空，使该曲风格别开生面，独树一帜，引起音乐界的轰动，成为一首不朽的脍炙人口的二胡名曲。1962年，黄海怀将东北民间音乐管子曲《江河水》进行移植，成功改编为二胡独奏曲，成为又一首二胡经典名曲，风靡二胡界。之后，他又进行了新的开拓，完成了二胡协奏曲《洪湖颂》的创作。在《赛马》《江河水》这两首曲子中，他首创了拨弦与压揉技法，在中国民族音乐史上有着里程碑式的意义。

2013 年 6 月，湖北省举办首届"黄海怀二胡奖"系列纪念活动。"黄海怀二胡奖"是全国唯一以具有卓越成就艺术家命名的二胡大赛奖项。

2014 年 4 月 2 日，真实再现著名二胡演奏家黄海怀艺术人生和艺术成就的电影《黄海怀》在江西省萍乡市举行首映式。该片由著名导演高峰执导，著名编剧陈宝光担纲编剧。

赛 马（作曲）

二胡独奏曲

黄 海 怀 编曲
天问地李 记谱

1=F(63弦) 2/4 ♩=136 热烈·奔放地

江 河 水 （东北民间音乐移植）

（二胡独奏）

东北民间乐曲
黄海怀 移 植

◎ 刘树秉

刘树秉，男，汉族，1936年8月生，湘东老关人，教授。1963年毕业于上海音乐学院民乐系后留校任教，直至退休。曾任中国民族管弦乐学会理事，中国音乐家协会二胡协会理事，上海音乐家协会常务理事，上海音乐学院东方文化发展中心秘书长。创作了《献给小海霞的歌》《杜鹃花开满山红》等二胡名曲、《丰收序歌》《杜鹃花开》等数十首独奏曲和《萍乡水河》《献给母亲的歌》等二胡协奏曲，其中《丰收序歌》是二胡考级的必考曲目和二胡专业的大学教材曲目。与人合编了《中国古代诗词》《中国二胡考级教材》《中国二胡考级教材考级问答》等著作，培养了周冰倩、马晓辉等一大批在全国有影响的二胡演奏家。

丰收序歌（作曲）

◎ 雍开全

雍开全，男，汉族，1945 年 4 月生，湘东老关人。国家一级演员，萍乡市采茶歌舞剧团原副团长，中国戏剧家协会会员，中国曲艺家协会会员，江西省五一劳动奖章获得者，国家级非物质文化遗产代表性项目萍乡春锣代表性传承人。曾出演《牛二宝经商记》《苦寒寨志异》《村长轶事》《榨油坊风情》《喊山》等剧目，先后荣获江西省首届玉茗花戏剧节配角一等奖，江西省第二、第三届玉茗花戏剧节主演一等奖，江西省第四、第五届玉茗花戏剧节主演表演一等奖及文化部颁发的优秀表演奖，被中国曲艺家协会授予"突出贡献曲艺家"荣誉称号。积极演唱春锣，探索、研究、丰富萍乡春锣的演唱艺术，免费传授自己的演唱技法和艺术成果，推动萍乡春锣由民间曲艺、民间艺术走上了艺术舞台，登上了中央电视台的戏曲频道，被誉为萍乡的"春锣大王"。

《榨油坊风情》剧照

◎ 段晓明

段晓明，男，汉族，1954年10月生，湘东东桥人，浙江传媒学院影视艺术学院教授、高级编辑，中国电视纪录片学术委员会会员。1982年毕业于北京广播学院电视系摄影专业，取得文学学士学位。2008年获武汉大学国际软件学院工程硕士学位，2007年被浙江师范大学聘为广播电视艺术学硕士生导师。由其负责创作的纪录片《起诉在东京》，获1996年度中国电视奖社教节目一等奖、第十五届中国电视金鹰奖最佳长纪录片奖、第三届（1996）中国电视纪录片学术奖一等奖以及2007年中国电视文献纪录片优秀奖。编导拍摄的纪录片《少林有个陈小龙》获1996年度全国海外电视节目短片一等奖。著有《感悟电视》（20万字，中国文联出版社出版）。

《少林有个陈小龙》拍摄工作照

◎ 丁永发

丁永发，男，汉族，1963年9月生，湘东东桥人。中国民间文艺家协会皮影艺术委员会会员，江西民协会员，萍乡民协理事，湘东区永发皮影团团长，湘东区拔尖人才，入选文化和旅游部2019年度乡村文化和旅游能人支持项目。2021年被江西省文化和旅游厅认定为省级非物质文化遗产代表性项目"湘东皮影戏"的代表性传承人。2015年在中国民间文艺家协会主办的"全国皮影展演"暨第十二届中国民间文艺山花奖评奖活动中，剧目《杨宗保破阵》荣获银奖。2022年创作、指导演出的集体节目《视死如归贺竹英》，荣获第六届江西省少儿戏曲小梅花大赛集体项目组优秀剧目奖，在中国戏剧家协会主办的第二十六届"中国少儿戏曲小梅花荟萃"活动中被授予"小梅花集体节目"。

皮影戏《杨宗保破阵》表演照

◎ 彭　薇

　　彭薇，女，汉族，1965 年 8 月生，湘东腊市人，国家一级演奏员，中国音乐家协会会员，中国民族管弦乐协会会员。1987 年以优异成绩考入中央音乐学院民乐系深造，1991 年考入中国广播民族乐团。曾荣获"富利通"杯国际中国民族器乐大赛二胡演奏优秀奖。演奏的《月夜》曾被中央人民广播电台播放。多次随团到奥地利维也纳金色大厅参加新年音乐会演出，并多次出访欧洲、美洲、亚洲等 40 多个国家和地区。

二胡演出照

◎ 罗德梅

　　罗德梅，男，汉族，1968年10月生，湘东区湘东镇人，国家二级演员，现为萍乡市采茶歌舞剧团有限责任公司总经理。1989年进入萍乡市采茶剧团工作，担任演员、导演。多次参加省级和国家级举办的艺术节，获得2002年第二届江西艺术节（第六届江西玉茗花戏剧节）表演二等奖，2009年第四届江西艺术节（第八届江西玉茗花戏剧节）导演二等奖，2017年第六届江西艺术节（第十届江西玉茗花戏剧节）表演二等奖等奖项。2022年主演的萍乡大型采茶戏《一支枪》参加江西省第十二届玉茗花戏剧节，该剧夺得大戏剧目奖。

《清流》剧照

左为罗德梅

◎ 黎小锋

黎小锋，男，汉族，1971 年 4 月生，湘东荷尧人，中国内地纪录片导演、作家。先后毕业于华东师范大学中文系（本科）、北京师范大学艺术系（硕士）、华东师范大学传播系（博士），现为同济大学教授。2005 年执导的纪录片《夜行人》，获得第一届中国纪录片学术委员会"自然纪录片杯"奖；2007 年执导《我最后的秘密》，获评中国独立影像展"CIFF 年度十佳纪录片"、中国纪录片学术委员会"年度十优纪录片"；2011 年执导的《遍地乌金》，入围哥本哈根纪录片节、山形纪录片节，获得北京独立影像展独立精神奖；2016 年执导《昨日狂想曲》获得西宁 FIRST 青年电影展最佳纪录片奖、华盛顿华语电影节最佳纪录片奖；2019 年执导的《游神考》，入围全世界最大的纪录片节荷兰阿姆斯特丹纪录片节。著作《作为一种创作方法的"直接电影"》（2012 年由同济大学出版社出版）、《纪录片创作》（2017 年由中国国际广播出版社出版）等获得中国高校影视学会（国家一级学会）"学会奖"优秀著作奖、教材类一等奖。

《游神考》剧照

◎ 彭东方

彭东方，曾用名彭冬发，男，1975年11月生，湘东排上人。中国音乐家协会会员，萍乡市音乐家协会副主席，萍乡市青年表演艺术协会主席，江西省音乐教育委员会理事，长期担任江西省和萍乡市各类大型活动的歌唱演员。2002年获得第十届中央电视台全国青年歌手电视大奖赛荧屏歌手奖，2007年获得江西省"庆祝十七大 放歌井冈山"红歌演唱比赛一等奖，多次在中央电视台和江西卫视表演节目，2008年出访俄罗斯并演出。歌曲《我渡情川秋水来看你》（作曲）入围2023年江西省旅发大会十首原创歌曲。

《武功山放歌》
演唱照

◎ 贾勇军

　　贾勇军，男，汉族，1988年2月生，湘东东桥人。中国曲艺家协会会员，江西省文促会歌唱艺术专业委员会常务理事，萍乡市声乐学会、曲艺家协会副主席。曾荣获中国曲艺家协会举办的第四、第五届中部六省曲艺大赛二等奖（与人合作），第七届江西艺术节暨第二届声乐艺术节民族组二等奖，第六届江西省音乐"映山红"奖声乐比赛暨第十三届中国音乐金钟奖声乐比赛江西选拔赛中荣获民族青年B组三等奖，在第七届江西省音乐"映山红"奖声乐比赛暨第十四届中国音乐金钟奖声乐比赛江西选拔赛中荣获金钟民族组三等奖。

《新时代高唱福寿歌》演唱照

◎ 王 婵、王 娟

王婵、王娟，双胞胎姐妹，汉族，2000年4月生，湘东排上人，现分别为浙江音乐学院音乐教育专业、首都师范大学音乐学院乐队指挥专业硕士研究生。2004年起开始学习声乐、舞蹈、钢琴，曾获萍乡市"大富乳业"杯少儿卡拉OK电视歌手大赛金奖、首届"安源之春"音乐舞蹈节声乐大赛幼儿组一等奖、"庆六一、迎奥运"少儿歌唱大赛金奖、江西省少儿才艺展演二等奖等奖项。2006年演唱《我们长在花园里》，获"新盖中盖"杯CCTV少儿艺术电视大赛声乐类幼儿组唯一的一个金奖。2008年获中央电视台《非常6+1》节目排练和录制最佳参与奖。2010年演唱《良好的习惯早养成》(杨有花词 / 王小荣曲)，获首届"校园时代"全国青少年才艺电视展演金奖。2011年姐妹俩领衔与其他四人演唱《阳光女孩》(王小荣词曲)，获"蒙牛未来星"第十届CCTV少儿艺术电视大赛声乐类儿童组金奖。

《我们长在花园里》演唱照

图中前排为王婵、王娟

附录

阜外名家咏湘东

◎［唐］李嘉祐

李嘉祐（生卒年待考），字从一，赵州（今河北省赵县）人。唐天宝七年（748）进士，授秘书正字。李嘉祐是中唐肃宗、代宗两朝时期的才子，是继郑虔之后向台州传播盛唐文化的第二位著名文人，位居刺史。

送张观归袁州

羡尔湘东去，烟花尚可亲。

绿芳深映鸟，远岫递迎人。

饥狖啼初日，残莺惜暮春。

遥怜谢客兴，佳句又应新。

◎［唐］薛　逢

薛逢（生卒年待考），字陶臣，蒲州河东（今山西省永济市）人，唐会昌元年（841）进士。历侍御史、尚书郎。因恃才傲物，议论激切，屡忤权贵，故仕途颇不得意。《全唐诗》收录其诗一卷。《旧唐书》卷一九〇、《新唐书》卷二〇三皆有传。

题黄花驿

孤戍迢迢蜀路长，鸟鸣山馆客思乡。

更看绝顶烟霞外，数树岩花照夕阳。

注：“鸟鸣”一作“鸟啼”。黄花驿在今湘东。据《昭萍志略》载："旧

有桥，因文姓植菊桥边，故名黄花桥。后圮，里人置船为渡，故名黄花渡。"因设驿站，又叫黄花驿。

◎[宋]黄庭坚

黄庭坚（1045—1105），字鲁直，号山谷道人，晚号涪翁，洪州分宁（今江西省九江市修水县）人，北宋著名文学家、书法家、盛极一时的江西诗派开山之祖，与杜甫、陈师道和陈与义素有"一祖三宗"（黄庭坚为其中一宗）之称。与张耒、晁补之、秦观都游学于苏轼门下，合称为"苏门四学士"。生前与苏轼齐名，世称"苏黄"。著有《山谷词》。黄庭坚书法亦能独树一格，为"宋四家"之一。

送密老住五峰

我穿高安过萍乡，七十二渡绕羊肠。

水边林下逢衲子，南北东西古道场。

五峰秀出云雨上，中有宝坊如侧掌。

去与青山作主人，不负法昌老禅将。

栽松种竹是家风，莫嫌斗绝无来往。

但得螺蛳吞大象，从来美酒无深巷。

注：密老，黄庭坚好友，时为东桥五峰寺住持。

◎[宋]卢 炳

卢炳，字叔阳（一作叔易），号丑斋，里居及生卒年均不详，约宋高宗绍兴初前后在世。尝仕州县，多与同官唱和。其他事迹不可考。著有

《哄堂词》（亦作烘堂词）一卷，《文献通考》为辞通俗，咏物细腻。

踏莎行·过黄花渡（二首）

其 一

秋色人家，夕阳洲渚，西风催过黄花渡。江烟引素忽飞来，水禽破暝双双去。　　奔走红尘，栖迟羁旅，断肠犹忆江南句。白云低处雁回峰，明朝更踏潇湘路。

其 二

猎猎霜风，濛濛晓雾，归来喜踏江南路。千林翠幄半红黄，试看青女工夫做。　　茅舍疏篱，竹边低户，谁家酒滴真珠露。旋酤一盏破清寒，趁晴同过黄花渡。

◎［宋］黄次山

黄次山（生卒年待考），字秀岑，庭坚族子，宋宣和元年（1119）试国学第一，以庭坚名在禁锢，复抑置第四，历信阳州学教授、池州司理参军，靖康初迁博士官。建炎初年迁尚书员外郎、京东西路安抚使、筠州（治今高安市）知州、吏部郎官。曾因在朝廷争程学的地位，而离京任湖南提刑。著有文集。

湘 东

春尽江南归已迟，湘东风雨度花时。

无因亲取湘江色，携著江屏画竹枝。

◎［宋］阮　阅

阮阅，字闳休，自号散翁，亦称松菊道人，舒城（今属安徽）人。生卒年均不详，约北宋末前后在世。宋神宗元丰八年（1085）进士（榜名美成），做过钱塘幕官，自户部郎官责知巢县，宋徽宗宣和中任郴州知州。南宋建炎初（1127），以中奉大夫知袁州。致仕后定居宜春。

湘东驿至萍乡

萍乡路与醴陵通，溪上长亭草木中。
行尽江南有山处，门前隔水是湘东。

黄　花　渡

晓渡黄花溪水湍，鸣榔身在小沙滩。
盘斜曲踏畲田去，露下星稀霜月寒。

◎［宋］侍其备

据《全宋诗》（北京大学古文献研究所编著）以及清代乾隆版《萍乡县志》和清代同治《高安县志》卷八：侍其备，生卒年不详，宋代长洲（今江苏苏州）人。高宗绍兴三年（1133）知高安县。

经 湘 东

迢迢萍水向西流，地接长沙一片秋。

不逐征鸿过湘浦，行程应记到南州。

◎ ［宋］范成大

　　范成大（1126—1193），字至能，号称石湖居士。汉族、平江吴县（今江苏苏州）人。南宋诗人。谥文穆。从江西派入手，后学习中、晚唐诗，继承了白居易、王建、张籍等诗人新乐府的现实主义精神，终于自成一家。风格平易浅显、清新妩媚。诗题材广泛，以反映农村社会生活内容的作品成就最高。与杨万里、陆游、尤袤合称南宋"中兴四大诗人"。

菩萨蛮·湘东驿

　　客行忽到湘东驿，明朝真是潇湘客。晴碧万重云，几时逢故人。　　江南如塞北，别后书难得。先自雁来稀，那堪春半时。

◎ ［宋］杨万里

　　杨万里（1127—1206），字廷秀，号诚斋，吉州吉水（今江西省吉水县黄桥镇湴塘村）人。南宋著名诗人，与陆游、尤袤、范成大并称为"中兴四大诗人"。因宋光宗曾为其亲书"诚斋"二字，故学者称其为"诚斋先生"。杨万里一生作诗 2 万多首，传世作品有 4200 首，被誉为一代诗宗。他创造了语言浅近明白、清新自然，富有幽默情趣的"诚斋体"。杨万里的诗歌大多描写自然景物，且以此见长。也有不少篇章反映民间疾苦、抒发爱国感情。著有《诚斋集》等。

将至萍乡欲宿为重客所据馆乃出西郊哦诗

浑忘薄暮路高低，忽怪松梢与路齐。

准拟醉眠萍实驿，匆匆西去更山西。

◎〔宋〕朱 熹

朱熹（1130—1200），字元晦，又字仲晦，号晦庵，晚称晦翁，谥文，世称朱文公。祖籍江南东路徽州府婺源县（今江西婺源），出生于南剑州尤溪（今属福建省尤溪县）。宋朝著名理学家、思想家、哲学家、教育家、诗人，闽学派的代表人物，儒学集大成者，世尊称为朱子。朱熹是唯一非孔子亲传弟子而享祀孔庙者，位列大成殿十二哲之一。朱熹是程颢、程颐的三传弟子李侗的学生，任江西南康、福建漳州知府、浙东巡抚，做官清正有为，振举书院建设。官拜焕章阁待制兼侍讲，为宋宁宗讲学。

宿黄花驿

鼎足炉边坐，陶然共一楼。

道心元自胜，此味不须论。

安稳三更睡，清明一气存。

虽无康乐句，聊尔慰营魂。

◎ ［宋］马子岩

马子岩（生卒年待考），同治《萍乡县志》作马紫岩，南宋文人，字庄父，自号古洲居士，建安（今福建建瓯）人。淳熙二年（1175）进士，历铅山尉，恤民勤政。长于文词，为寺碑，隐然有排邪之意；为仓铭，蔼然有爱民之心。能诗，尝与赵蕃等唱和，《诗人玉屑》卷一九引《玉林诗话》，谓《乌林行》辞意精深，不减张籍、王建之乐府。尝知岳阳，撰《岳阳志》二卷。其余事迹无考。诗辑《萍乡县志》。

黄 花 渡

黄竹歌成雪未休，黄花渡口上横舟。

百钱买酒可能醉，千里怀人不奈愁。

岁事只余旬五日，家山犹隔两三州。

飞云在目还知否，肯为雕胡一饷留。

◎ ［明］潘希曾

潘希曾（1476—1532），浙江金华人，字仲鲁。弘治十五年（1502）进士，改庶吉士，授兵科给事中。嘉靖中历太仆卿，伏阙争大礼。以右佥都御史巡抚南赣，迁工部右侍郎总理河道，筑长堤四十余里，期年而成。历兵部左右侍郎。嘉靖十一年（1532）五月初四日卒于官，赠兵部尚书。有《竹涧集》及《奏议》传世。

泊 湘 东

残暑侵陵困未苏，短篷闲倚欲长吁。

不闻更漏怜村僻，渐转星河见夜徂。

万里潇湘梧叶落，百年天地野航孤。

思莼剩有秋风兴，未卜归途是坦途。

◎［清］李来泰

李来泰（1624—1684），江西临川人，字石台，一字仲章。顺治九年进士，授工部主事，官至苏松常道。康熙十八年，应博学鸿儒科，试列二等第一。工诗文。有《莲龛集》。

湘 东 作

已历江关险，还吟楚泽歌。

路经三峡迥，山抱九嶷多。

岸远留鸿爪，烟寒有钓蓑。

水流天际近，好寄洞庭波。

◎［清］潘耒

潘耒（1646—1708），清初学者，吴江（今属江苏苏州）人，潘柽章弟。师事徐枋、顾炎武，博通经史、历算、音学。清康熙十八年，举博学鸿词，授翰林院检讨，参与纂修《明史》，主纂《食货志》，终以浮躁降

职。其文颇多论学之作，也能诗。所著有《类音》《遂初堂诗集》《文集》
《别集》等。

自芦溪际行经萍乡抵湘东

袁江源尽处，闲道走湖湘。

城冷如村落，山荒似战场。

披图江甸尽，改火楚天长。

旅馆明灯夜，何人不念乡。

◎ [清] 查慎行

查慎行（1650—1727），清代诗人，当代著名作家金庸先祖。初名嗣
琏，字夏重，号查田；后改名慎行，字悔余，号他山，赐号烟波钓徒，晚
年居于初白庵，所以又称查初白。海宁袁花（今属浙江）人。康熙四十二
年（1703）进士；特授翰林院编修，入直内廷。五十二年（1713），乞休
归里，家居十余年。雍正四年（1726），因弟查嗣庭讪谤案，以家长失教
获罪，被逮入京，次年放归，不久去世。查慎行诗学东坡、放翁，尝注苏
诗。自朱彝尊去世后，为东南诗坛领袖。著有《他山诗钞》。

自湘东驿遵陆至芦溪

黄花古渡接芦溪，行过萍乡路渐低。

吠犬鸣鸡村远近，乳鹅新鸭岸东西。

丝缫细雨沾衣润，刀剪良苗出水齐。

犹与湖南风土近，春深无处不耕犁。

◎［清］胥绳武

胥绳武（生卒年月不详），字燕亭，清代山西凤台县（今山西晋城）人。乾隆年间曾任江西萍乡县知县，在任五年。

竹枝词二首

湘东水长好撑篙，渡口船排半里遥。
各取小红旗子挂，客来争问卖鱼苗。

黄花渡头黄花稀，金鱼洲嘴金鱼肥。
凤凰池边看月上，横龙寺里探泉归。

◎［清］晏斯盛

晏斯盛（1689—1752），字虞际，号一斋。新喻浒江（今上高蒙山乡浒江村）人，康熙辛丑进士。雍正戊申授山西道监察御史，后提督贵州学政，再补鸿胪寺少卿。乾隆丙辰特授安徽布政使，壬戌擢山东巡抚，癸亥三月调抚湖北，次年正月升户部侍郎。为官清正廉洁，深知"民以食为天"，故"生平宦辙，所至以士习农田，积贮为先"，备受百姓爱戴。著《梦蒙山房集》《易经解》《禹贡解》等。

湘东夜泊

楚地东偏江水西，满蓬新雨岁光迷。

何人紧吹凌风起，一枕龙泓烟澍低。

◎［清］蒋知让

蒋知让（1756—1809），清代江西铅山人，字师退。蒋士铨子。举人，官河南唐县知县。亦工诗。有《妙吉祥室诗集》。

飞雪满群山·过湘东抵萍乡

渌水移舟，萍川催渡，故乡第一旗亭。湘东市外，黄花桥侧，好山都展银屏。逼貂裘寒色，破酒力、微醺乍醒。满腔吟思，填胸古恨，何以冠飘零。　　此地是杨朱垂泣处，何堪风雪岁晏车停。腰弧纵猎，衔杯射覆，寻梦梦无灵。甚袁安高卧，蓬庐下、千秋令名。飞霰扑面，丝丝不觉双鬓星。

◎［清］叶名澧

叶名澧（1811—1859），字润臣，号翰源，湖北汉阳人。道光十七年（1837）举人，后改浙江候补道。名澧博学好古，尤工诗，居京师，键户苦吟不辍，与潘德舆交十年。好游山水，中岁遍历江、汉、吴、越，南抵黔中，北至雁门，所至皆纪以诗。一时名士皆与之交。诗有真意，张际亮称其深得唐人三昧。著有《敦夙好斋诗》初编十二卷、续编八卷，《桥西杂记》一卷，并传于世。

舟　晚

萍川流水入湘东，日日看山暮雨中。

傍晚扁舟何处泊，一天秋色满青枫。

湘　东　驿

日夕湘东棹，征帆殊未休。

江风吹地转，岳雨极天浮。

万族迎凉序，孤踪误壮游。

荒村少醅酴，古调忆三洲。

◎［清］刘洪阘

刘洪阘（1860—1942），原名咏霓，字舜门，号筱和，晚年号廉园老人，萍北彭高乡泉溪村人。于光绪二十年（1894）中举。光绪三十三年（1907），赴京应吏部拣选考试合格，授知县，签分山西地方任用。辛亥革命后返萍任教席，后相继任彭泽知县以及萍乡县教育局局长。生前著有《学馀轩诗稿》《昭萍志略》等多部文集行于世，是近代萍乡地方上的一位重要人物。

过马脑寨

土山高戴石，马脑旧传名。

势欲悬崖勒，情同仰秣惊。

据鞍谁顾盼，揽辔俟澄清。

借问路旁客，何时寨结营。

◎［近代］黄　兴

黄兴（1874—1916），原名轸，字廑，又字克强，湖南善化（今长沙）人，光绪二十八年（1902）留学日本。光绪三十年（1904）与刘揆一、宋教仁等在长沙组成华兴会，策划暴动未成，次年于日本拥护孙中山组成中国同盟会，任执行部部长，居协理之职。光绪三十三年（1907）起，指挥全国多处暴动，武昌起义后任革命军总司令。1912年任国民政府陆军总长、参谋总长，1913年组织讨袁，1916年病逝于上海。黄公与萍乡渊源颇深，友交萍矿李寿铨，同事汤增璧。有《黄兴集》。

题黄钟杰墓（对联二副）

一死激成新世纪；
万山罗拜此英魂。

为祖国捐躯，倡义先声垂宇宙；
择名山葬骨，稽勋旷典炳旗常。

后　记

黄彩国

　　编辑《风华荟萃——湘东艺文录》一书，源于最初的设想——编辑《诗画湘东》。

　　我担任第九届区政协主席不久，时任区政协常委、提案委员会主任李禹平向我提议编辑《诗画湘东》。其初步构想是，精选古今湘东及阜外人士状写湘东秀逸景致的优秀诗、词、曲、赋、楹联，配以相对应景致的绘画、摄影作品，编辑成书，将其打磨成一张向外推介湘东风土人情和文旅事业发展成就的"名片"。

　　带着这一朴素的设想，我将编辑《诗画湘东》一事交主席会议成员及部分政协委员进行沟通。大多数同志认为，湘东作为赣西门户、萍乡的西大门，有着深厚的文化底蕴，编辑此类文史资料具有独特的价值，故将此列为九届区政协主席会议议题，交由会议讨论。会上，分管文史委的邱凤副主席建议扩大本期文史资料的征集范围，不限于单一地收集诗、词、曲、赋、楹联和绘画、摄影作品，而是全方位地征集文学艺术佳作，以增强本辑文史资料的历史厚重感，真实、立体地反映湘东区文化建设情况以及文学艺术成就、文艺队伍的创作状况和精神风貌。经过充分酝酿、讨论，会议采纳了邱副主席的意见，并决定由她牵头物色编辑人员成立编辑组，尽快启动编辑工作。根据组织安排，邱副主席在市信访局挂职工作了一段时间，此间的文史委工作由刘卫国副主席兼管。

　　征集资料是编辑文史资料的重头戏，贯穿着书稿编辑工作全过程。编辑组组成并运转起来后，迅速拿出了具体的征集方案，明确了征集方向和要求。在征集方向上，主要征集湘东籍人士创作的具有较高水准的文学和艺术作品。文学类作品包括诗歌（含旧体诗、词、曲以及现代诗歌、歌词）、小说、散文（含赋、现代游记等文体）、纪实、报告文学、戏剧、楹联等，艺术类则涵盖书法、美术、摄影、剪纸、雕刻、影视、工艺制作等方面的作品。每名被收录者提供的作品，原则上收录2～3件。

　　为保障作品收录质量，编辑组对不同时代的作品实行不同的收录方式：古代以及近、现代作品直接收录，当代作品需满足较高要求方可收录。其具体要求是：文学类作品，须为在省（部）级及以上文学刊物，或省（部）级及以上党报党刊，或省（部）级及以上其他报刊上已经发表的作品，或为省（部）级及以上官方或文学刊物举办的征文获奖作品；艺术类作品，须为在省级官方协会等机构举办的作品展（大赛）中获得过三等奖及以上奖励者或被评为省级及以上非遗代表性传承人创作的作品，或为在省（部）级及以上党报党刊或省（部）级及以上其他报刊（含专业报刊）上发表的作品，或为在国家级官方协会举办的作品展上入展者创作的作品。所有被收录的当代作品的创作者，除了向编辑人员提供真实的个人艺术成就简要介绍性文字外，获奖（入展）的还要提供获奖（入展）证书，属于在报刊上发表的作品要注明原载报刊名称和刊载日期，以备编者甄别、查询，作为作品能否选录的依据。

　　之所以按时代划分对作品实行不同的收录方式，是基于以下因素考虑：近、现代特别是古代作品，距离当今年份久远，经过岁月的不断沉淀，大浪淘沙后能载入史册或者能流传下来的，其文学、艺术水准及其思想性应是不低，具有收录价值；当代则因为有层级不同的报刊、专业机构以及比赛活动等平台来展现、评判作品水平的高下，恰好为作品的收录提供了便利，这种选录方式虽不能道之为绝对的精确，却直观且具有普遍的公允性。而我们将当代作品的选录条件放在省级及以上的门槛上，所追求的是尽力增强本书的可读性，让本书具有较高的品位、质量，从某种意义上来说还折射我们编辑本书的严肃态度和价值取向。

然而，资料征集工作开展得并不像预料中的那样单纯、顺利、快捷。编辑组成立后，我们考虑编辑第八辑文史资料《稻种》时面向社会征稿未收到效果这一情况，没有采取征稿方式，而是组织各乡镇街的文化站负责人和全区 10 余名诗词爱好者根据征集方向和要求，进行了时长 4 个多月的资料搜集工作。汇总出来后，所搜集资料叠起来有六七寸之厚。遗憾的是，这些资料碎片化、线索性的居多，有的则谬误明显，能作为一则完整且有收录价值的资料甚少。

面对这一回局，邱凤副主席带领编辑组及时调整收录方式，将征集的目光投向文艺领域内的主管机构、专业性社会团体以及地方史志、基层组织等区域，开辟了新的搜集线路：求助主管单位、专业性团体，查询馆藏资料，动员地方组织找乡贤，赴现场看实物。为此，我们访问了市文联以及市作家协会、市书法家协会、市美术家协会、市博物馆、区文化馆，咨询了市图书馆、市档案馆，走访了相关村组干部和群众，查阅了《昭萍志略》《萍乡县志》《萍乡乡贤人物事略》《湘东区志》《湘东区名人录》《全宋诗》《全宋词》以及大量书法美术作品集、族谱等多种多类史料和出版物，赴湖南省醴陵陶瓷博物馆找寻湘东先贤创作的艺术品，等等。杨有花、丁顶天两位编辑人员还利用自己爱好文学艺术积攒的"人脉"和储存的"文艺人才库"，积极"搜罗"文艺"圈子里的人"，发动被"捕捉"到的"圈子里"的文艺人士以由此及彼的"串联"方式提供湘东籍文艺人士的信息，希冀通过这些途径挖掘更多的收录线索，发现更多的文艺人才，找到更多更好的文艺作品，力求使本书作品丰赡、题材多样、门类全面。

新的收集思路和淘宝式的搜集，使我们掌握了大量的收集线索，进而换来了不菲的收获，87 名湘东本土文艺人士携着才情和创作或演绎的 155 件作品，或前或后地向我们盈盈"走来"，"步入"书中。他们当中，有中国共产党杰出的理论宣传家凯丰，一代伟人毛泽东求学于湖南省立第一师范学校时的国文教师汤增璧，晚清维新派思想家、光绪年间殿试榜眼、爱国诗人、词家、学者文廷式，中国当代著名文学家彭荆风，著名音乐家、二胡演奏家、作曲家黄海怀，著名画家黄乃源、张自嶷、李一平、刘千，著名雕刻家陈启南，中国陶瓷美术大师、微雕家张晓耕，著名作家张学龙、赫东军、张安华，等等。因为我们手头上掌握的现有史料有限，目前往上追溯到有史可查的资料只能搜集到明代，因而当代湘东籍文艺人士及其创作的作品在本书中占据了极大的份额。87 名文艺人士中，古代以及近、现代有 15 名，当代占据 72 名。

细致且严谨是区政协编辑文史资料一贯的作风，而本期史料的编辑，这一特征依然体现得很分明。无论是作品质量上的把握，还是如何最佳地展示艺术作品的魅力，以及细节上的设计和推敲等方面，我们的编辑人员都在围绕追求完美，近乎精微、精准地行事，可谓如切如磋、如琢如磨。黄希文的书法作品《石鼓文八言联》，是编者通过上饶一书法微友转发在朋友圈里的链接中发现的，由于对该先贤及石鼓文了解不多，其个人的介绍性资料也挺简单，编者便向从事或熟谙篆刻技艺的南昌刘松和萍乡周友田、陈光华等几名中国书法家协会会员求询该书作的艺术水准，得到他们认可后，方将该作品收入书中。

编辑清代邓锡礼的行书册页《甲申元日》时，编辑组更是花了不少精力，作了多方面的设计。该书法作品共有 17 页，是一幅艺术和思想价值俱佳的自己作诗自己书写的书法精品，谭延闿、陈三立两位文化巨匠均在册页上留有题跋。题跋将邓公的诗风与诗坛"清初六家"之一、文学家、东南诗坛领袖查慎行（别名"初白"）相提并论，将邓的书法与道光皇帝的老师、廷考榜眼、礼部尚书、协办大学士汪廷珍置于一起比较，足见该书作的功力和魅力。为了加深读者对这幅精品的了解，编者特地加了按语，还将谭延闿、陈三立的简介、题跋和题跋"释文"编入书中。在将谭延闿的古文题跋转换为"释文"时，编辑人员遇到了断句以及题跋中"香山""华亭"尤其是"初白""天瓶"等众多词汇解读、"破译"上的困难。于是，编辑人员反复朗读、细加揣摩，利用互联网进行搜索，同时将与邓锡礼生前身后相接近的历史名人联系起来推敲，如此反反复复、断断续续地进行了差不多一个礼拜的努力后，终于换来了目前模样的"释文"。

编辑此书，编者还遭遇了这种情形，有多位著名艺术家数十年前就已离开故土在外省生活，有的已去世多年，不仅其本人和后人联系不上，其出生、成长地的亲戚和村组级组织也没有他们新的联络方式。编辑人员找不到他们的信息和纸质作品，只得从国家级专业协会、他们工作单位的官方网站以及市图书馆等处收藏的作品集中寻找，找到并确认无误后，能下载的就下载，可翻拍的即翻拍，下载效果不好或者网站和现有作品集上找不到的，便从淘宝网上搜寻相关作品集，搜到后买下再翻拍出来。当遇到某些作者的生卒年月、出生地等情况不详或有异议时，编辑人员便想方设法弄来族谱，仔细查阅、多方论证，直到弄得清楚明白、准确无误为止。

从启动编辑工作始，到整个编辑工作止，不少单位、个人热切响应我们的编辑工作，充分认同和肯定编辑此书的价值和意义，给了我们很多支持和帮助，我们对此深受感动、心存感激。两次获得"茅盾文学奖"提名的著名作家、市政协原提案委员会主任张学龙，盛赞我们将文学艺术作品列为政协文史资料编辑范畴，是一个有非凡意义的创举，有利于助推文艺事业发展；市作家协会主席赫东军向我们介绍了湘东文学创作队伍情况，提供了《萍乡新诗选》《萍乡新时期文学作品选》《萍乡当代作家与作品》《萍乡当代文学精选》等一系列文学作品集，让我们能够快捷地找到不少湘东籍文学人士创作的文学作品；市博物馆馆长邓里提供了馆藏翻拍的文廷式、汤国桢、邓锡礼、张晓耕等一批湘东杰出先贤的艺术作品，还向我们提供了新的收录线索；市书法家协会热心联系并召集在萍的5位湘东籍中国书法家协会会员与编辑组热烈座谈，6位湘东籍国家书协会员按编辑要求及时提供了书作；市民间文艺家协会主席、大唐幼儿园有限责任公司董事长敖桂明欣然接受编辑组的委托，及时联系、协调著名文学家彭荆风的女儿、远在云南的著名作家彭鸽子，请她提供父女俩的简介和文学作品，此外他还向编辑组提供了多条收录线索和爱女敖竹梅的诗作；张学龙、彭鸽子、张安华、赫东军、李根萍、赖咸院等作家积极配合编者的安排，将发表或出版了的文学作品转换为便于编辑的 WORD 文档；张安华在美国旧金山旅行时接到编者打来的电话，请他尽快提供3幅左右获奖摄影作品和5幅左右攀登珠穆朗玛峰的照片，尽管当时公务在身、手头上没有编者所需照片，但他不烦不躁，发动家人搜寻，在约定时间内保证了编者所需；市图书馆地方文献室和历史文献室热情接待前来查阅资料的编辑人员，提供了很多工作便利；已是83岁高龄的李祖葳老先生天天在家作画，平时几乎不接待来看其画作者，听说我们要编辑文艺作品方面的书籍，畅然开门将编者领进画室看他作画，还捧出4本个人画册供我们选择，并用钢笔在6张方格子稿纸上给我们撰写了一份千余字的字迹工整秀丽的自我介绍材料……在资料编辑的整个过程中，秘书长、办公室主任谭敏，文史委主任邓建萍尽职尽责、协调得力，保障了各项编辑工作的正常进行；文史委副主任麻甜甜生下孩子才数月，获悉收录线索后当即联系纪录片导演、作家黎小锋，请他提供作品，还多次与其商讨作品的展现方式；文史委干部文萍虽然即将退休，工作却任劳任怨，做好了与乡、村、组干部、群众和有关单位的联系、接洽等事宜，还牺牲双休日去当事人家里寻找作品。

历经一年多的时光，《风华荟萃——湘东艺文录》终于即将付梓，但是我们的心头还是有几分"挑得樱桃，漏了芭蕉"的缺憾和担心。本辑资料编辑工作启动之初，我们就本着在确保史料真实、展示正能量的前提下，尽一切可能去收集湘东人士创作的各类优秀文艺作品，做到有收皆收、可收尽收并防止漏收误收，力求编辑出一期丰厚的高质量的文艺方面的文史资料。然而，现实拉开了与良好期盼的距离，产生了一些不如意。因为我们手头上没有系统的准确的全区文艺工作者的信息，掌握不到文艺工作的整体情貌；有的作者已移居国外，一时回不来，而作品在湘东老宅，无法向我们提供；有的则因为年纪过大、行动不便而儿女不在身边，难以找回其作品；有的则因为多次搬家，搬来搬去中弄丢了作品，等等，这些情况使我们未能百分之百地将优秀的文艺人士和作品收进书中，甚至还有可能漏收了一些文艺精品。同时，由于页面的局限，张学龙、张安华、赫东军的众多优秀长篇小说等大幅文学作品无法收录；由于没有视频资料，所收录的剧照、表演照，无法直观地展现影视、声乐等艺术人士的艺术魅力和水准；由于我们的视野不够开阔、编辑水平和能力有限，本辑资料与我们最初的期望还有一定的差距，有可能还存在诸多不当和谬误。此外，本书中80后、90后的作者甚少，扛鼎之作更是鲜见，这是一个令我们感到意外、遗憾、担忧的地方。综合这些现实情况，从另一个视角来看，本书有点像一张资料卡片，有待我们继续去挖掘、去充盈、去完善和创新收录方式。

尽管有这么一些缺憾，我们仍然视本书为一册史料价值珍贵、作品富赡多样、编辑灵动隽永的文艺作品选集，深信它能为推动湘东文艺事业繁荣兴盛，进而推动全区文化事业大步发展起到一些积极的核融合作用。我们热切地期望，它是一面镜子，能使读者探视到湘东这座"赣西文化堡垒"上的文艺事业所取得的不凡成就，能映照出湘东儿女用艺术才华所展现出来的无限家国情怀。我们还热切希望，它是一节引线，能点燃全区广大文艺工作者的激情与灵感，激发他们创作生产出更多无愧于时代、无愧于民族的优秀文艺作品，给人类奉上营养价值更高的精神食粮。

2023 年 10 月